社文庫

最後の光

警視庁総合支援課2

堂場瞬一

講談社

目次

最後の光

警視庁総合支援課2

第一部　小さな死

1

柿谷晶《かきやあきら》はざわつきを胸に抱いたまま、地下鉄の吊《つ》り革《かわ》をきつく握っていた。

警視庁捜査一課の刑事として、そして総合支援課のスタッフとして多くの事件を担当してきたが、今回の犠牲者が最年少なのは間違いない。殺されたのは二歳の男の子、森野蓮《もりのれん》。母親・夏海《なつみ》の交際相手・岡江弘人《おかえひろと》が、既に殺人容疑で取り調べを受けている。

二歳の子どもが殺される——物心つく前の幼い子が、一瞬で無限の可能性を閉ざされたわけで、一報が入って来た時から晶は鬱々たる気分に陥っていた。

「大丈夫ですか？」

支援課の後輩、秦香奈江《はたかなえ》に声をかけられ、はっと我に返る。

「大丈夫じゃない、かな」後輩に落ちこんでいるのを見せても仕方ないと思いながら、ついつっけんどんな声を出してしまう。

「……ですよね」

「二歳の子が犠牲者になる事件は、初めてなんだ」

「晶さんでも？」

「私、そんなベテランじゃないから」

「だったら私なんか、全然駄目ですよ」香奈江が溜息《ためいき》をつく。

「駄目ってことはないと思うけど」

「精神的にダメージを負いそうです」

晶は黙ってうなずいた。ダメージを負う──その可能性は高いが、口に出すと確定してしまいそうな気がして怖い。

東京メトロの西《にし》ケ原《はら》駅で降り、現場へ向かう。秋の風が爽やかに頬を撫《な》でていくが、それで気持ちが落ち着くわけではない。気づくと、香奈江に遅れ始めていた。気配で分かったのか、香奈江が立ち止まって振り返る。

「晶さん？」

「ああ……ごめん」

自分は現場に行きたくないのだろうか？　そうかもしれない。子どもが殺された現場を見て冷静でいられるかどうか、分からなかった。

スマートフォンが鳴り、立ち止まって応答する。係長の若本大輔《わかもとだいすけ》だった。

「もう現場に着いたか？」

「最寄《もより》駅から向かう途中です」

「悪いけど、現場じゃなくて西ケ原署に行ってくれないか？　被害者の母親は、先ほど家を出て署に向かったそうだ。そっちについてくれ」

「……分かりました」

　無駄足か……所轄の最寄駅は、東京メトロ南北《なんぼく》線の西ケ原駅である。庁舎は駅のすぐ近くとはいえ、一度来た道を引き返すのは面倒でならなかった。普段は絶対にそんな風には感じないのに……こんなことじゃ駄目だと自分を鼓舞したが、気持ちは簡単には上向かない。駅の方へ戻ると告げると、香奈江もうんざりした表情を浮かべたが、それでも晶よりは気持ちがしっかりしているようだった。

「頑張りましょう、晶さん。私たちが落ちこんでいたら、上手《うま》くいきませんよ」

「秦は平気なんだ」

「平気じゃありませんけど」怒ったような表情を浮かべて香奈江が言った。「何とか頑張ってるだけです」

「じゃあ、私も頑張らないと」晶は肩を上下させた。

「そうですよ」香奈江が小さく笑う。「まだ何も分かってないですし、これからじゃないですか」

「そうだね」

晶は意識して大股で歩いた。何とか気持ちを鎮めるため——この仕事では、平常心が大事だ。被害者やその家族には、常に落ち着いた態度で接しないといけない。

西ケ原署は、本郷《ほんごう》通り沿いに建つ、二十三区内の所轄としてはこぢんまりとした署である。出入り口で立ち止まると、晶はもう一度肩を上下させて深呼吸した。それから「行こう」と声をかけて香奈江を追い越す。

二階の刑事課に上がって、課長に挨拶をする。課長の今泉《いまいずみ》は小柄で童顔な男で、三十代にも見えた。しかし表情は険しく、二人を迎えても愛想笑いも浮かべない。

第一声が、「今のところ、本部の支援課のヘルプが必要な状況じゃないけど？」。さっさと帰れ、とでも言いたそうだった。

「念のためです」晶は一歩前に出た。「デリケートな事件ですから、最初が肝心です」

「所轄には任せておけないってことか。うちにも初期支援員はいるんだけどな」

「私たちは、これが専門ですから」

「それで……どうする？　今、被害者の母親からは、事情聴取をしてるけど」

「そこに入らせてもらっていいですか？　口出しはしません。取《と》り敢《あ》えず様子を見たいんです」

「ああ、それなら構わない。三番の取調室だ」刑事課の隅に並んでいる取調室の方に親指を向ける。

「取調室を使ってるんですか？」晶はつい眉を吊り上げた。

「何か問題でも？」今泉が怪訝《けげん》そうな表情を浮かべる。

「被害者家族に関しては、できるだけ穏やかな環境で話を聴くように——取調室は使わないようにと推奨しています」

「そうなのか？」

「支援課から何度もお願いしています。支援研修でも、それは話していると思いますが」晶は無意識のうちに、腰のところで手を組んでいた。

「分かった、分かった」鬱陶しそうに言って、今泉が顔の前で手を振る。「次回から気をつける。ただし今日は勘弁してくれ。事情聴取の途中で場所を変えると、集中力が切れるからな」

「——分かりました」この課長と本格的に喧嘩《けんか》している暇はない。

晶は香奈江に目配せして、課長席を離れた。香奈江が小声で「飛ばし過ぎですよ」と忠告する。

「間違いは正しておかないと」

「分かりますけど、この署ともしばらくつき合っていかないといけないんですから。最初から課長を怒らせなくても」

「ご忠告、どうも」

晶は三番の取調室の前に立ち、また深呼吸した。何だか今日は、深呼吸ばかりしているような気がする。よし、と心の中で自分に気合いを入れ、ドアを軽くノックした。本当は、正拳突きでドアをぶち破りたいぐらいの気分だったが。

「はい」という返事を待って、ドアを開ける。

「失礼します――本部の総合支援課です」

「どうぞ」

被害者の母親・夏海から話を聴いているのは、中年の刑事だった。一人で、というのが気になる。本当は所轄の初期支援員が同席して、様子を見守るべきなのだ。しかも水もお茶も出していない。被害者家族は突然事件に巻きこまれて、極度の緊張状態にある。一口の水が助けになることもあるのに……事件が一段落したら、この署には徹底した被害者支援研修が必要だ、と晶は頭の中にメモした。

「支援課で同席させていただきます」宣言して、晶は取調室に入った。後からついてきた香奈江が、大きなトートバッグからペットボトルを取り出し、そっとテーブルに置く。

「水を飲んで下さい。常温ですけど」

香奈江が声をかけても、夏海は反応しなかった。香奈江は黙って引いた――強引に話しかけてもよくない。向こうがヘルプを求めてきた時だけ手を差し伸べるのが基本だ。

晶と香奈江は、取調室の中の記録者席についた。二人並んで座り、夏海の斜め前の位置から見守る。

元気がない——それは当たり前だが、全ての感情をどこかに置き忘れてきてしまったようにも見える。それだけショックなのだろうが、この状態だとまともな事情聴取もできないのではないだろうか。

初めてきちんと夏海の顔を見て、晶は軽い衝撃を受けた。二十三歳ということは既に分かっているのだが、実年齢よりもずいぶん若い感じがする。小柄で華奢《きゃしゃ》、化粧もしていないせいかもしれないが、制服でも着ていたら高校生に見えるかもしれない。太いボーダーのカットソーにたっぷりした太いパンツ、足元は、少し汚れたグレーのスニーカーだった。

「確認しながら進めますからね。話が戻りますよ」

ベテランの刑事の話し方は、教師のようだった。夏海はうなずいたものの、目はぼうっとしていて、意識はどこか別のところにある感じである。「一人息子が死んだ」事実は、簡単に呑《の》みこめるものではあるまい。

「今朝、午前七時頃、あなたが起きたら息子さんの蓮君が息をしていなかった。そして、出かけていたはずの岡江弘人さんが家にいた、ということですね。タオルを手に持って」

「はい」声は消えいるようだった。朝から泣き続け、もう声も出ないのかもしれない。実際、目は真っ赤で腫れている。

「一一九番通報して、救急車の到着を待っている間に警察にも電話した。どうしてですか？」

「それは……蓮は殺された……」

言葉が中途半端に消え、夏海が泣き出した。散々泣いたはずなのに、まだ涙は涸《か》れていないのだと思うと胸が痛くなる。しかし晶は、この若い母親から目を逸《そ》らさないことにした。これから、この女性をしっかりフォローしていかねばならないのだ。

「息子さんは殺されたと思って、それで警察に通報しようと判断したんですね」

「はい」

これで状況が分かってきた。「二歳の幼児が殺される事件が発生」の第一報が入ってきたのは、今朝七時半頃である。幼児の虐待死の場合、怪我《けが》の具合を見た救急隊員や医者が、虐待・暴行を疑って警察に連絡してくるケースが多いのだが、今回は被害者の母親が直接通報してきた。こういうケースはさほど多くない。子どもが死にそうだ、あるいは息をしていないという状況なら、親はまず救命を考える。犯人が誰かなど、どうでもいいはずだ——もっとも、必ずしもそうとは言い切れない。以前から揉《も》めていた相手が犯人だと分かっていれば、一刻も早く逮捕して欲しいと願うのも普通の感覚である。夏海の場合、普段から同棲《どうせい》相手の暴力に耐えかねていたのではないだろうか。

「この男性――岡江弘人さんね、今は一緒に暮らしてるんでしょう？」

「はい」

「いつから？」

「夏ぐらい――から？」

「仕事は？」

「それは……アルバイトで、色々と」

「フリーターということかな？　決まった仕事はしていない？」

「……はい」まるでこの状況が自分の責任であるとでも言うように、夏海の声には元気がなかった。

「岡江さんは、昨夜は自宅にいなかった？」

「はい」

「でも、今朝はいたんですよね。遅くに帰って来たのかな？」

「そう、です。夜中……四時頃には家にいました。またすぐ出て行ったけど」

「こういうことはよくあるの？」

「たまに……はい」

「昨夜からの動きを詳しく教えてもらえますか」

夏海がぽつぽつと説明した。元気はないが、一応説明の筋は通っている。晶も手帳を広げ、メモを取った。

夏海の仕事は、基本的にバイト。就職して、息子の蓮を保育園に預けてきちんと働きたかったが、なかなか仕事の口がない。それにこのところ体調が優れず、家で休んでいることが多かったという。昨夜もそうで、蓮を寝かしつけた後、自分も午後九時過ぎには布団に入ってしまった。その時点では、岡江弘人は家にいなかった。昨日はバイトの予定はなく、どこかで遊んでいる——夜通し遊んで、帰りは朝、という日も珍しくなかったという。

ベッドに入ったもののなかなか寝つけず、夜中に何度も目が覚めてしまった。午前四時に、岡江が帰宅していたのは分かったが、いつものことだと思って声はかけなかった。うつらうつらしているうちに、岡江がまた家を出ていったが、煙草《タバコ》が切れたのだろうと考え、自分は起きなかった。岡江はヘビースモーカーで、煙草がないと機嫌が悪くなる。夜中だろうが早朝だろうが、煙草を買うために家を出ることもよくあった。

「家で蓮と一緒にいるのが、嫌だったみたいです」夏海がぽつりと言った。

「そうなのか？」ベテランの刑事が目を見開く。

「子どもが嫌いで……絶対に抱こうとしません」

「なるほど」刑事が自分の手帳に素早く何か書きつけた。「それで、あなたが今朝起きたのが、午前七時頃。その時には岡江さんは帰って来ていて、蓮君が息をしていないことに気づいた、ということですね」

「はい」また声が小さくなる。「蓮は、普段は起きるとすぐ騒ぎ出すのに、今日は静かだったから変だなって……ぐったりしてました。岡江は手にタオルを持っていて……」

タオルで首を絞めた、あるいは顔に押しつけたのだろう。幼児だから、大人の力でタオルを顔に押しつけているだけで、すぐに息ができなくなってしまうはずだ。

「それで一一九番通報した」

「そうです」

「直後に一一〇番通報してるね？　岡江さんがやったという確信はあったわけだ」

「間違いないです。聞いたんです。『やった』って言ってました」

「でも、あなたは肝心な時には寝ていた。その場面——岡江さんが蓮君を殴ったりしているところを直《じか》に見たわけじゃないよね？」

「今までも、何度も！」夏海の声が急に激しくなった。勢いよく顔を上げると、髪がはらりと揺れて目が隠れる。「何度も……」

「何度も？」

「蓮を何度も殴ってるんです。子どもなのに、大人を殴るみたいに」

「怪我は？」

「鼻血が出たり……」

「病院に行ったり、警察に通報しようとは考えなかった？　児童相談所でも話は聴いてくれるよ」

「児童相談所って何ですか？」

晶ははっとして背筋を伸ばした。この若い母親は、児童相談所も知らないのか……普通に暮らしている人は、児童相談所の存在など意識しないのかもしれないが、名前すら知らないとは思えない。

「まあ、それは後で……とにかくあなたは今まで、警察や救急には連絡しようとしなかった。どうしてですか？」

「それは……怖いから」

「もしかしたら、あなたも暴力を受けていたのかな？」

夏海が無言でうなずく。晶は、顔から血の気が引くのを感じた。要するにこの母子は、岡江の暴力に支配されていたのではないだろうか。それが最終的に悲劇につながった――。

「傷は残っていますか？」

「……たぶん」

「ええと」中年の刑事が、晶に視線を向けてきた。「申し訳ない、あなた、確認してもらえますか」

「うちの仕事じゃないですけど、いいですか」やる分にはまったく構わない。普段は捜査担当者の仕事にまで首を突っこんで嫌がられているぐらいなのだから――急に仕事を振られ、かえって戸惑ってしまった。

「今、うちの女性刑事が現場に行っているんだ。人の手配をする時間がもったいない」

「分かりました」晶はうなずいて立ち上がった。「ちょっと出ていてもらえますか」

「終わったら声をかけて下さい」

ベテランの刑事が、手帳とスマートフォンを持って出て行った。これで直接夏海と話すことになる――晶は久々に緊張を覚えた。既にこの事件が、自分が経験した中で最悪のものになるという確信はある。彼女の向かいに座り、静かな声で話しかけた。

「殴られた跡――例えば、痣《あざ》なんかは残ってますか？」見たところ、顔などは綺麗《きれい》だった。人に見られて分かるようなところは狙わない、卑怯《ひきょう》な人間もいる。家庭内の暴力は、内にこもってどんどん陰湿になり、最後には悲劇を迎えるのだ。

「はい」

「ちょっと見せてもらえるかな。あと、写真も撮りたいけど、いいですか？」香奈江に目配せする。彼女はうなずき返して、大きなトートバッグからスマートフォンを取り出した。支援課に来てから、彼女のバッグは膨らむ一方である。先輩たちから「あれもこれも持っていた方がいい」とアドバイスを受け、素直に受け入れているからだ。写真を撮るならスマートフォンで済むのに、わざわざ高性能な一眼レフデジカメまで入れている——使う場面を見たことはないのだが。

「大丈夫です」夏海が力なく言った。

「どの辺？」

夏海がのろのろと立ち上がり、カットソーの裾をまくり上げた。右側の脇腹に、広範囲に痣ができている。かなり薄れてはいるものの、激しく殴られて内出血したのは間違いない。晶は目を逸らさないように気をつけたが、どうしても険しい表情になってしまう。夏海の目は虚《うつ》ろ……晶は、この若い女性は最悪の状況にあると確信した。

暴力は、最も簡単に人を屈服させる手段である。それは社会のどんな階層においても変わらないが、家庭という社会の最小単位では、特に効果を発揮するものだ。そして女性は、男性の暴力の影響を受けがち……繰り返し暴力行為を受けた女性は、恐怖で萎縮し、自分が「物」になっていくような感覚を抱くようになるという。

「ちょっと失礼します」

冷静な声で香奈江が言って、カットソーを左手で押さえたまま、右手で写真を撮った。角度を変えながら、二枚、三枚。終わると「ありがとうございます」と丁寧に言って写真を確認する。今日は香奈江の方がずっと冷静だな、と情けなくなってきた。しかし感情は、簡単にコントロールできるものではない。この仕事で、冷静でいるのは大事なことだが、淡々と仕事をこなすだけでは相手の心には響かないはずだ。平静な表情を保ちながら、親身になっていることを相手に感じさせる――実に難しい。難しいが、犯罪被害者・加害者の家族と心を通わせるのが、支援課の最大の仕事なのだ。

「他に傷はありますか?」晶は気を取り直して訊《たず》ねた。

「ああ……太腿《ふともも》とか。でも、もう痣は残ってないです」

「そんなに頻繁に殴られたりしてたの?」

「毎日じゃないけど」

「一度も医者に行ったことはない? 脇腹のところ、かなり痛かったでしょう」

「蓮を家に置いていけなかったから」

夏海の目から光が消える。そうか――自分に暴力を振るう相手に大事な一人息子を預けて、病院に行けるわけがない。それなら子どもと一緒に行けばいいのだが……夏海はまともな判断力を失っているようだ。

「脇腹の傷は、医者に診てもらった方がいいと思います」晶は言った。

「もう、痛くないですけど」

「傷は治っていても、事件をきちんと捜査するために、医者の診断は必要よ」

「そうですか……」夏海が溜息をついた。「でも、もうどうでもいいです」

「そういう気持ちになるのは分かるけど、息子さんのためだから」

「でも、そもそも蓮が死んだのは私の責任です。あんな男と一緒にいなければ……」

「その話は、これからゆっくりしましょう」

晶は香奈江に合図してスマートフォンを受け取った。「ちょっとお願い」と声をかけてから、取調室を出る。先ほどの中年の刑事は、壁に背中を預けて、激しい勢いでガムを嚙《か》んでいた。

「禁煙チャレンジ中でね」聞いてもいないのに説明した。

「大変ですね」

「あなた、煙草は？」

「吸いません」

「絶対に吸わない方がいいよ。三十年も吸ってると、やめるだけで時間も金もかかる。実に馬鹿馬鹿しい」

「そうですか……怪我の具合、こんな感じです」晶は撮影したばかりの写真を見せた。

「ありゃりゃ、これはひどいな」刑事が顔をしかめる。顎の動きも止まっていた。

「医者は？」

「行っていないそうです」

「俺だったら、すぐに救急車を呼んでるね」

「そうですね。かなりひどい怪我だったはずです。事情聴取が終わったら、病院へ連れて行った方がいいと思います。今後の捜査に、正式な診断は必要ですよね」

「そうだね……しかし気が重い事件だ」

「同感です」

「それで、支援課としては、俺の仕事ぶりには問題ないかい？」

「はい」今のところは。

「そいつはよかった」刑事が本気でほっとした表情を浮かべる。「支援課は、厳しく指導するって聞いてるからね」

「被害者家族に対して丁寧に接していただければ、私たちは何も言うことはありません」

「肝に銘じておくよ……そうそう、俺は隅田《すみだ》。ここの刑事課だ」

「支援課の柿谷です」

「――ああ」

一瞬、返事まで間が開く。自分の名前と事情を知っているのだな、と晶は合点がいった。晶自身も犯罪加害者家族――兄がかつて事件を起こして服役した。普通なら警察官の試験に合格するはずがないのだが、支援課の業務を拡大するための要員として採用されたのだと後から知った。極めて特殊な事情であるが故か、警視庁の中でも知っている人は少なくない。警察官には守秘義務があるのに、仲間内の噂話《うわさ》は大好きなのだ。もちろん、晶が自分から積極的に話すことはなかった。

「事情聴取、まだ時間がかかりますよね」晶は腕時計を見た。午前十一時四十五分。体力をキープしておくためにも、夏海にはきちんと食事を摂《と》ってもらわねばならない。「できれば、食事休憩を取った方がいいんですが。朝も食べてないんじゃないですか」

「そうだろうな」隅田がうなずく。「声はかけてみるよ。食べる気にはならないかもしれないが」

「こちらで軽く食べられるものを用意しておいていいですよね」

「いいのかい？　それぐらい、うちが責任を持ってやるけど」

「何を食べさせるつもりですか？」

「食堂で弁当を用意してもらえる」

晶は黙って首を横に振った。途端に隅田が渋い表情を浮かべる。

「いつもそうやってるけどね」

「しっかりしたデータがあるわけではないですけど、こういう時に何とか食べられるのはコンビニの卵サンドなんです」

「卵サンド？　いくら何でも、それじゃ腹は膨れないだろう」

「食べる気にもならない時でも、卵サンドなら何とか食べられるんです。あくまで経験的な話ですけど」

それをふと思いついたのは、支援課に来てからだった。兄が事件を起こして、家に閉じこもらざるを得なくなった時……何も食べる気にならず、ほぼ二日ほど絶食状態だったのだが、神奈川《かながわ》県警——晶の実家は横浜《よこはま》だ——の支援担当者が差し入れてくれた卵サンドだけは食べられた。あれで何とか生き延びたことを思い出し、被害者家族に出してみるようになったのだ。

「とにかく、昼まではこっちでやらせてもらう」隅田が話を引き戻した。「昼飯を食べた後で病院、という流れにするよ」

「それは、そちらで決めてもらっていいんですよ」隅田は少し腰が引けている感じがする。まるで支援課に監視されているとでも思っているように。

「じゃあ、そういう手順で」隅田がひょこりと頭を下げた。

何でこの人はこんなに遠慮しているのかな、と不思議になった。隅田は五十歳ぐらいだろうか……これぐらいの年齢の刑事は、ありとあらゆることを経験して図太くなっている。自分の仕事のやり方にも自信を持っていて、他人に少し指摘されたぐらいでは絶対に変えようとしないのが普通だ。何かあったのだろうか？

取調室に戻ると、晶はスマートフォンのメモアプリに「昼食に卵サンド」と書いて香奈江に示した。一瞥《いちべつ》した香奈江が、一瞬眉を釣り上げる。自分のスマートフォンのメモで「一人で大丈夫ですか？」と書いて示してきた。晶は「ノートラブル」と書いて見せた。実際、ここまで問題はない……香奈江が素早くうなずき、取調室を出ていく。

事情聴取は急に停滞した。怪我の話が出たせいだろうか、夏海が怯《おび》えてしまい、話もまともにできなくなってしまったのだ。隅田は無理に話を聞き出そうとはしなかったが、軽く声をかけるだけでも、夏海はびくりと身を震わせる。

「隅田さん……」

晶は思わず声をかけた。隅田が困ったように首を横に振る。

「少し休憩した方がいいと思います」晶ははっきり言った。

「そうだな。じゃあ、昼飯休憩にしよう。エネルギーが切れてるでしょう？　朝ご飯も食べてないんじゃない？」

「大丈夫です」夏海の声は、相変わらず消えそうだった。

コンビニのビニール袋をがさがさ言わせながら、香奈江が戻って来る。結構買いこんできたようだ。あらゆる状況に対応するために、どうしても毎回こうなってしまう。香奈江がテーブルの上に飲み物と食べ物を次々と並べる。いつも通りに、卵サンドは二個。

「ちょっと、ここ、いいかな」隅田が晶に目配せした。任せる——きつい事情聴取を一時中断することを強調するためには、自分がいない方がいい、と判断したのだろう。

「大丈夫です」

晶は、隅田が腰かけていた椅子に座った。これで改めて、夏海と正面から対峙《たいじ》することになる。夏海はぼんやりした表情で、髪をいじっていた。

「本当にお腹《なか》空いてない？」

「食べたくない……」子どものような反応だった。

「少しでも食べておいた方がいいんだけどな」晶はわざと快活な声を出した。「飲み物も。ここへ来てから、何も飲んでないでしょう」香奈江が出した水にも手をつけていない。

「飲んでないです」

「せめて飲んで。喉が渇いてると辛《つら》いよ」

夏海がちらりと晶の顔を見て、おずおずと手を伸ばした。ペットボトルが三本。緑茶、紅茶、コーヒー。紅茶とコーヒーはたっぷりのミルクと砂糖入りだ。心身ともに疲れている時には、甘いものが助けになる。夏海は少し迷った末に、ミルクティーのボトルを摑《つか》んだ。キャップを捻《ひね》り取って、ほんの一口飲む。しかし溜息を漏らして、すぐにキャップを閉めてしまった。

「緊張しないで。私たちは刑事じゃないから、事情聴取はしません」

「違うんですか?」夏海がのろのろと顔を上げた。

「警視庁本部には、総合支援課という組織があるの。犯罪被害者の家族をフォローするのが仕事」実際には加害者家族のフォローも行うのだが、今はそのことは言わなくていいだろう。今回は、いわば家庭内の事件である。被害者と加害者が同じ屋根の下にいる……。「事件が起きた時にフォローするのが仕事だから、困ったことがあったら何でも言って」

「別に……」

「困ってなければ、何も言う必要はないから。あなたが何かして欲しい時だけ、手を貸します」

「私、いつまでここにいるんですか」

「もう少し我慢して。病院へも行かないといけないし」

「蓮に会いたい」

「それは……」晶は一瞬言葉に詰まった。こういう事件なので、二歳の子どもとはいえ解剖は必要である。母親の元に遺体が戻るのは、どんなに早くても明日だろう。

「色々調べることがあるから、もう少し待って。その間に、あなたの方の怪我も調べておかないと」

「私は平気です」夏海がぽつりと言って「蓮に会いたい……」と繰り返した。

晶は胸を締めつけられるような思いを味わったが、そんな内心を表に出すわけにはいかない。

「こういう事件が起きると、調べることがたくさんあるのよ。何が起きたか、はっきりさせないといけないから」

無言。先ほどまでの隅田とのやりとりで、エネルギーを使い切ってしまったのかもしれない。雑談で気持ちを解《ほぐ》す方法もあるのだが、今の彼女には、雑談に応じる余力さえ残っていない様子だった。

「よかったら食べて」

夏海が、テーブルに広げられた食べ物をちらりと見た。サンドウィッチに握り飯……まったく食指が動く様子はない。何度も言われて手を伸ばしかける——しかし結局は引っこめてしまった。

「遠慮しなくていいから。少しでも食べておかないとエネルギー切れになりますよ」

「もう切れてます」

「だったら尚更《なおさら》」

無理に勧める形になってしまった。ようやく夏海は卵サンドに手を伸ばした。乱暴に包装を破き、三角形のサンドウィッチを引っ張り出す。鋭角な部分に口をつけて、ほんの少し齧《かじ》りとった。まるでロボットだ、と晶は心配になった。言われたことはやるが、自分から進んで動こうとはしない。

夏海がゆっくりとサンドウィッチを嚙んだ。柔らかいパンと柔らかい卵の組み合わせなら、心身ともにきつい時でも何とか食べられるものだ。案の定、夏海は、一個の半分ほどまで順調に食べ進めていく。一つ食べればもう一つ。そうやって少しずつ空腹が解消されれば、何とか次の局面に立ち向かう力が出てくるはずだ——。

夏海が急に、サンドウィッチを直にテーブルに置いた。口元に掌《てのひら》を持っていくが間に合わない。体を二つに折り曲げ、自分の足元に吐いてしまった。香奈江が慌てて歩み寄り、背中に手を当てる。ゆっくり撫でているうちに、夏海のえずきはようやく収まった。

「……ごめんなさい」何とか顔を上げた夏海の目は涙で濡《ぬ》れて、真っ赤になってい
た。

「大丈夫」

晶はうなずいて立ち上がった。夏海の背後に立つ香奈江が「大丈夫じゃない」とで
も言いたげに険しい表情で首を横に振った。

「少し休もうか」

「別に……」

「横になった方がいいよ。ちょっと待ってて」香奈江に目配せして、晶は取調室を飛
び出した。課長席で今泉と話している隅田を摑まえる。

「やはり体調がよくないようです。少し食べたんですが、吐いてしまいました」

「そりゃまずいな」隅田が真剣な表情で言った。「どうする?」

「取り敢えず休んでもらおうと思いますけど、怪我の診断もありますから、病院に連
れて行った方がいいですね」

「救急車は?」

「歩けるかどうか、確認してからでいいと思います」

「確認するよ」

隅田が取調室に向かった。今泉が皮肉っぽく告げる。

「ずっと問題なくやってたのに、支援課が来たらこの始末だ。ちゃんと支援してくれよ」

この課長はいつか痛い目に遭わせる、と晶は心の中で誓った。

2

昼過ぎ、西ケ原署は岡江を逮捕した。夏海の証言に基づいて厳しく取り調べたのだが、基本は黙秘。これがいかにも怪しいと判断された。否定さえしないのは、確かにおかしい。

それを見届け、午後遅く、晶は報告のために一人で支援課に戻った。病院に運ばれた夏海は極度のストレス状態にあると診断され、絶対安静を言い渡されている。さらに、怪我の診断も受けることになっていて、香奈江はそちらにつき添っていた。

係長の若本、課長の三浦亮子《みうらりょうこ》に現状を報告する。

「しばらく、まともに話を聴けそうにないわね」亮子があっさり結論を出した。

「本人も暴行を受けていた可能性が高いですし、精神的なケアは必要です」

「そうね……入院する感じ？」

「少なくとも今晩は、病院泊まりです。事情聴取を再開するかどうかは、明日の朝の様子を見て決めるそうです」

「絶対に無理させないように」亮子が釘《くぎ》を刺した。「森野夏海さん、二十三歳だったわよね？　まだ子どもじゃない」

「でも、母親ですよ」

「子どもなのに母親になってしまったことが問題じゃないかな」若本が遠慮がちに指摘した。「産んだのは、二十一歳の時だろう？　今の二十代前半なんて、まだほんの子どもだよ」

若本の息子が十七歳——高校二年生で野球に打ちこんでいる。年齢が近い息子がいるから、二十歳過ぎの若い母親の感覚も分かるつもりかもしれない。しかし、野球に集中している高校生を見守る父親と、複雑な環境で子どもを育てている母親では、まったく状況が違うだろう。

「あなたの印象ではどんな感じ？　どういう人？」

「弱い……とは言い切れませんけど、ひどいダメージを受けているのは間違いありません。考えがまとまらないようで混乱しています」

「それはそうね」亮子がうなずく。「いずれにせよ、長期的支援が必要になりそうね」

「はい」

「家族と連絡は取れてない？」

「連絡先は分かっています。実家は静岡《しずおか》——三島《みしま》です。ただ、所轄の方ではまだ連絡が取れないと」

「その辺も含めて、調べてみる必要があるわね。長期的なフォローのために、本人の家庭環境も調べておかないと」

「実家とは上手くいっていない可能性が高いと思います」晶は指摘した。「上手くいっていれば、事件が起きた時に真っ先に連絡するはずです」

「逮捕された相手とは、結婚してるわけじゃないよな？　内縁関係か？」若本が手帳に視線を落としながら訊ねた。

「同棲相手ではありますが、内縁関係とまで言えるかどうかははっきりしません」

「どうも、嫌な予感がするんだよな」若本が手帳を閉じた。「シングルマザーで、亡くなった蓮君の父親が誰かも言わないんだろう？　言えない事情があるのかな」

「あまり穿《うが》った見方をしなくてもいいと思います」晶は軽く反発した。「たまたま話題にならなかっただけかもしれません」

「普通は、そこを真っ先に確認するよ。ただしこういう状況だから、無理には問い詰めないと思うけど……いずれにせよ、逮捕された岡江弘人は父親じゃない。交際相手が家に転がりこんできた感じなんだろうな。あのアパートは、森野夏海さんの名義で借りている」

「ええ」

「シングルマザーが厄介な男に出くわして、最悪の結果になった——ひどい事件だよ。子どもが犠牲になる事件は、いつでもひどいけどな」若本の表情が歪《ゆが》む。

「それは分かっています」

「とにかく、長期的な視野に立って支援活動を続けて」亮子が指示する。

「分かりました」

「だから、あまり急ぎ過ぎないように。気合いを入れ過ぎても駄目よ」

「気合いを入れていかないと、今回の事件のフォローはできません」晶は反発した。

「あなたの最大の問題点が何か、分かる？」

「何ですか？」亮子の物言いに、急に居心地が悪くなった。何もこんなところで、自分の欠点をあげつらわなくてもいいのに。

「最初に飛び出し過ぎること。マラソンだったら、ハーフの距離まではトップを走れるけど、そこからがくりとスピードが落ちてしまう。マラソンで一番大事なのは、何だと思う？」

「完走すること、ですか」

「そう。支援活動も同じでしょう」

「違います。マラソンは走り切れば必ずゴールになりますけど、支援活動に終わりはありません」

「柿谷、そういう理屈っぽいところが……」若本が溜息をついた。

「すみません、黙っていられないので」

「はいはい、そこまで」亮子が両手を叩《たた》き合わせた。「とにかく、森野夏海さんの家庭環境、それに交友関係を調べて。それによって、短期的、そして中長期的にどういう支援活動をするか、方針を決めるから」

「分かりました」

「それと……神岡《かみおか》先生に連絡して」

「必要ありますか？」晶は思わず反論した。神岡琢磨《たくま》は、ある事件を通じて知り合った弁護士で、晶とは微妙な関係にある——とも言える。何度か食事をしたり、互いの趣味である車でドライブに出かけたりしたが、別につき合っているわけではない。少なくとも晶には、そういう感覚はなかった。

しかし仕事の上では接点がある。神岡琢磨はこの春から、総合支援課の「法律助言員」に指定されたのだ。民間で言うところのアドバイザリー契約のようなものだが、費用が発生しているわけではない。難しい事件が起きた時に、法的なアドバイスを求める、という曖昧なものだ。いつも総合支援課と一体になって動く民間の支援センターにも弁護士はいるが、支援課がダイレクトに相談できる弁護士がいれば何かと便利だろう、という判断である。ただし任命されて半年、神岡にアドバイスを求めるような事態は発生していない。今回は、幼児が犠牲になったデリケートな事件なので、早目に連絡を入れたのだろう。

弁護士ね……何だか納得できない気持ちを抱えたまま、晶は自席に戻った。弁護士というと警察の敵のようなイメージがあるのだが、必ずしもそういうわけではない。例えば警視庁が訴えられた裁判を担当する訟務課では、日常的に弁護士とのやり取りがある。支援課も、これまで弁護士と一緒に仕事をする機会は多かったという。特に犯罪被害者支援課から総合支援課に衣替えしてからは、弁護士とのつき合いが増えているそうだ。総合支援課になったのは、加害者の家族や関係者に対する攻撃が目立つようになったからだが、実際に対応するのは弁護士である場合が多い。こういう攻撃はネットで行われることがほとんどで、発信者開示を経て民事裁判で対応していくのが一般的なやり方だ。そのために必要なのは警察ではなく弁護士——ただし、事件化して警察が捜査に乗り出したケースも少なくない。それだけ、支援業務というのは複雑で難しいのだ。

「どうだった」スマートフォンを取り上げた瞬間、同僚の清水将太《しみずしょうた》が声をかけてきた。

「難しい事件ですね」清水はどうにも軽い――ワークライフバランスが「ライフ」に寄り過ぎなのだ。仕事はするが、常にその後の一杯を考えているようなタイプである。コロナが猛威を振るっていた頃の方が、この男はきちんと仕事をしていたのではないだろうか。少なくとも、呑み会のことを心配する時間はなかったのだから。

「俺も手を貸すけど」

「まず基礎調査をしますから。それは一人で大丈夫です」晶が所属する一係の中で、香奈江は十分戦力になっているが、清水はどうにも頼りない。できれば一緒に仕事はしたくない相手だった。

スマートフォンが鳴る。神岡琢磨。かけようと思っていた時に、向こうからかかってくるとは。

「柿谷です」

「どうですか？　かなり難しい事件になりそうですけど」神岡の口調は丁寧だった。

「そうですけど、私の携帯に直電しなくてもいいと思いますが」晶はつい抗議した。公務なら、課の固定電話にかけてくるべきではないか？　公私混同……という言葉が脳裏に浮かぶ。彼が自分のことをどう考えているかは、今ひとつはっきりしないのだが。

「その方が早いでしょう」神岡はまったく気にしていない様子だった。

「まあ……いいですけど。でも、どうして難しい事件だと思うんですか」

「ニュースで見ただけですけど、勘みたいなものです」

「家庭内の事件は、よくあることですよ」実際、日本の殺人事件の多くは家庭内で起きている。

「ただし今回は、シングルマザーと同棲相手が絡んだ事件でしょう？　子どもが犠牲者だし」

「それもよくあることです」

「柿谷さん？　何で苛《いら》ついてるんですか」

「別に苛ついてませんよ」そう言う声が刺々《とげとげ》しくなってしまう。

「でも、いつもより棘《とげ》があるな」神岡が指摘した。

「私のいつもの様子、そんなに知ってるわけじゃないでしょう」

「いやいや、結構細かく見てますよ」

晶はスマートフォンを耳から離して、小さく溜息をついた。神岡の距離の取り方が、未《いま》だによく分からない。これではストーカーではないか。「打ち合わせなんだから」と気を取り直し、晶はもう一度スマートフォンを耳に押し当てた。

「被害者の母親は入院しました」

「あらら」

「極度の緊張と疲労です。それに、母親も暴力を受けていたようで、その検査もあります」

「なるほど」

「調べることが多過ぎて、まだ先生に相談できることはないですよ」

「分かりました。私はいつでも待機していますから、何かあったら連絡して下さいね」

「先生、暇なんですか？」晶は少し呆《あき》れていた。「うちの仕事に専念できるなんて……それに、お金にもなりませんよ」

「別に、支援課のお手伝いに専念しているわけじゃないです。弁護士は、常に複数の案件を抱えているものですから、ご心配なく。それより、ドライブ、どうしますか？」

「はい？」

「この前、紅葉を見に行くっていう話、したでしょう。今の時期なら日光《にっこう》かな。いろは坂《ざか》は、いいワインディングコースですよ」

「こんな時期、週末に日光へなんか行ったら、渋滞に巻きこまれて、コーナリングを楽しむ余裕なんてありませんよ」

「だったら平日では？」

「公務員は、平日には休みなんか取れません」

「有給を取ればいいじゃないですか？」

「そういう話は、後にしましょう」どうしてこんな呑気《のんき》な話をするのだろう。「何か分かったら連絡します」

神岡の返事を待たずに、晶は電話を切った。この人は……やはりどうにも本心が読めない。しかし自分から「どういうつもりなんだ」と問い質す気にもなれなかった。

「デートの誘いかい？」清水が軽い口調で問いかけた。

「そうみたいです」

「断るのか？　もったいないなあ」

「こっちにも、選ぶ権利はありますよ」

「そういうことを言っている人間は、なかなか結婚できないんだけどね」

「大きなお世話です」

どうして自分の周りには、こういう軽い人間が集まるのだろう。いや、神岡は軽いわけではない……敢えてカテゴライズすれば、彼は「変な人」だ。

西ケ原署には捜査本部が設置された。殺人事件で、犯人が分からない場合は「特捜本部」になって本部から応援が入るのだが、今回は既に犯人が逮捕されたということで、一段レベルが低い捜査本部になっている。予算も人員も特捜本部とは違うし、基本的には所轄で処理し、難しい局面になったら本部から応援が入るのが決まりだ。晶は電話で情報収集を進めた。刑事課長の今泉とは馬が合いそうにないが、仕事だからと自分に言い聞かせて淡々と話をする。その結果、夏海の実家の連絡先が分かった。

「母親と話してみます」

「そいつは難しいだろうな」

「連絡は取れたんですか？」

「取れたけど、自分には関係ないと言ってる。ひどい言い草じゃないか？」今泉は本気で憤っている様子だった。

「母親が、ですか？」確かにひどい言い草だ。

「ああ。森野夏海さん自身も、母子家庭で育ったようだな。他に兄弟はいない……母親に拒否されたら、家族は当てにできないということだ」

「母親と上手くいってなかったんですか？」

「そのようだな。電話で話しただけでも分かる……ただし、その辺の事情について、森野さんからはちゃんと聴けていないから、実際のところどうなのかは分からない」

「東京で、誰か知り合いはいないんですか？　側《そば》についていてくれるような人は？」

「職場の同僚とかかい？　子どもが生まれてからは、バイトで食いつないでいたみたいで、どれも長続きしなかったようだ。だから、親しい友人ができるような状況じゃなかったと思う」

「そうですか……」この巨大な街で孤独に暮らしていたわけか。しかし、ママ友もいなかったのだろうか？

「どうする？　こういう場合、支援課はどこまで手を貸してくれるんだ？」

「家族のことは、うちで何とかしても構いません」今の今泉の話を聞いた限りでは、母親の説得は難しそうだ。とはいえ、避けては通れないだろう。「明日、三島に行ってみます。何か気をつけておくことはないですか」

「全部」今泉があっさり言った。「うちの刑事は電話で話しただけだけど、とりつく島もなかったそうだ。母親の方では、完全に縁を切っている感覚かもしれない」

「でも、こういう状況ですよ？」孫が殺された――究極の悲劇ではないか。

「俺には何とも言えないな。とにかく、現段階では完全にゼロベースだ。そっちでよろしく頼むよ」

今泉はいきなり電話を切ってしまった。丸投げ――これが支援課の仕事だと分かっているが、さすがにむっとする。現場で捜査を担当する刑事は、事件の本筋を追う以外のことをしたがらない。被害者家族のフォローなど、余計な仕事だと舐《な》めてかかっているのだ。そういうケアも含めて、全てが捜査だと思うのだが。

既に就業時間は過ぎている。亮子は残業に関してうるさいのだが、今日は非常時……そもそも彼女自身が居残っている。晶は三島への出張を願い出て、すぐに許可された。

「でも、一人は駄目よ」亮子が釘を刺した。

「秦は、明日も夏海さんにくっつけておこうと思いますが」

「だったら清水主任と一緒に行って」

「もういませんよ」晶は空になった彼の席を見た。「今から連絡を取るのは……」

「人を選《え》り好みするのは、あなたの悪い癖よ」亮子が呆れたように言った。

「一人の方が上手くいくこともあります」

「そうかもしれないけど……」

「私、そんなに問題児ですか？」

「必ずしも優等生とは言えないわね」亮子が真顔で言った。

「それはどうも、ご迷惑をおかけしまして」つい皮肉を返してしまう。

「一人の方が気が楽かもしれないけど、大きな事案になったら、チーム全員でかからないと。普段からそういうことに慣れておかないと、駄目よ」

「ご指摘、肝に銘じておきます。でも、明日は一人で行きます。清水主任は、秦と一緒に夏海さんのところへ行かせて下さい」

「しょうがないわね」亮子が溜息をついた。「とにかく、連絡を絶やさないように」

「もちろんです」

それから晶は、香奈江と連絡を取った。病院へ行った夏海は、疲労が激しいということで点滴を受け、今は眠っているらしい。怪我の検査は明朝以降。病院に運びこまれてからは、香奈江もほとんど話ができていないという。

「私、明日は三島に行くから」

「夏海さんの家族に会うんですね？」

「上手くいくかどうかは分からないけど……本当は秦のヘルプが欲しいけど、あなたは朝から病院に詰めてもらえる？」

「その方がいいですね。所轄は、できればすぐに事情聴取を再開したいようですけど、この状況だと無理です」

「あなたが防波堤になって」

「私が防波堤になれるかどうかは分かりませんけど」

「秦なら大丈夫だよ。任せる」

「プレッシャーですね」香奈江が疲れたように言った。

「清水さんにも、そっちへ行ってもらうつもり」

「ああ、いいですよ」香奈江と清水の関係は悪くない。隙あらば呑み会に誘い出そうとする悪癖には辟易《へきえき》しているのだが、仕事に関しては、普通に組んでできるようだった。

「じゃあ、話は通しておくから」

「一応、八時には病院にいるようにします」

「だったら今夜は遅くならないように……なるべく早く引き上げて。今、病院にいても、できることはないでしょう？」

「ないですね。夏海さんのことは、病院がしっかり診ています」

「だったら、適当なタイミングで引き上げて」

「了解しました」

香奈江との会話は心地《ここち》好《よ》い。本部の少年事件課出身の香奈江は、支援課に来た当初はいつも不安そうにしていたのだが、いつの間にか仕事にも人間関係にも慣れたようだった。今は自分よりもよほど頼りになる――ちゃんとチームプレーもできるし。

さて……自分も引き上げるか。根を詰めて仕事をした日は、夕食を作る気にもならないのだが、誘う相手もいない。一瞬神岡の顔が脳裏に浮かんだが、彼に声をかけるのも何だか悔しかった。

一人でいいだろう。

一人には慣れている――兄の事件が家族をばらばらにしたあの日から。

晶の自宅は下北沢《しもきたざわ》にある。ここでの暮らしも長くなってきて、最近は居心地の悪さを感じるようになっている。下北沢は基本的に若者の街――歩いている人の中心はハイティーンから二十代前半で、三十歳を過ぎた晶は、違和感を覚えることが多くなった。

元々ここは、昭和の時代から「演劇の街」として知られていたのだが、最近は再開発が進んで、街の様子が変わってきた。特に、東北沢《ひがしきたざわ》駅から世田谷代田《せたがやだいた》駅に至る「下北線路街」が、落ち着いて洒落《しゃれ》た雰囲気を加速させている。線路脇に綺麗な歩道を整備して、ところどころに小さなショップ、さらには旅館などを配する――休日にぶらぶらするのが楽しい場所だ。幼子を連れた若い夫婦などの姿も目立つようになっている。ただし、晶の自宅がある南口商店街の方には、昔からの下北沢のイメージが残っている。真偽は分からないが、日本で一番古着屋の集積度が高い街だという。

駅に着いて午後七時半。やはりこれから食事の用意をする気にはなれない。馴染《なじ》みの店でさっさと済ませようと考え、駅から歩いて五分ほどのところにある古びた中華料理店に入った。とにかく安いし、料理が出てくるのも早いから、時間がない時には重宝している。

駅から南へ続く商店街は常に賑《にぎ》わっていて、週末などは自由に歩けないほどの人出があるのだが、脇道に入ると急に静かになるのが不思議だ。そして、安く美味《うま》く食べられる店にも事欠かない。

この中華料理店は、夜の定食メニューも充実している。いかにも学生や一人暮らしのサラリーマン向けで、栄養バランスも取れるのがありがたい。晶は豚肉と茄子《なす》の味《み》噌《そ》炒《いた》め定食を頼んだ。今は野菜の季節感は薄れているが、一応秋だし茄子がいいか、と……店内には客は少なかった。昼は外で待たされるぐらい賑わうのだが、夜はだいたいこんな混み具合である。時には、この辺に勤めるサラリーマンが大きな円卓を囲んで宴会をしているのだが。

料理もご飯も盛りがよく、一食で完全に満腹になる。誰かと一緒なら、色々料理を頼んで楽しめるのだが、一人ならこの定食が一番ありがたい。七百五十円でデザートに杏仁豆腐《あんにんどうふ》もついているし。

時間がないわけではないから、ゆっくり食べてもいいのに、いつもの癖でそそくさと食べ終えてしまう。警察官はこれだから……健康にいいわけないと分かっているのに、この早飯の癖はなかなか修正できない。

もう何年も通っているのに、注文以外で店員と言葉を交わしたことはない。しかし素っ気ないのがこの店特有の距離感だと思う。まあ、東京の店というのはだいたいこういうもので、一人暮らしの人間にとってはむしろ使いやすいのだが。

駅の方へ戻って、スーパーで買い物を済ませる。重いビニール袋をぶら下げて家に戻ると、冷たさが身に染みた。冬はもう少し先だが、それでもひんやりした空気は、まるで真冬のそれである。秋から冬にかけては、一人暮らしの侘《わび》しさを感じる季節だ。

雑用を終えてデスクにつき、便箋を取り出す。

晶です。ご無沙汰しています。どうしてもお話ししたいと思い、この手紙を書いています。

毎回同じ書き出しの、兄への手紙。出所して行方知れずになってから、せめて手紙で近況を聞こうと思って書くのだが、一度も出したことがない。これが七十三通目。警察官なのだから、居場所を調べようと思えばできないこともない。しかしどうしても、兄を見つけて連絡を取ろうという気にはなれないのだった。向こうから連絡してくるのを待っている？　だったらそもそも、こんな手紙を書く意味もないのだが。完全に自己満足ではないか。

書き終えた手紙を封筒に入れ、一番下の大きな引き出しにしまう。手紙だけで、もう一杯になってしまっている。思わず溜息をついて、両手で顔を叩いた。何やってるんだろう……それでもまた時間が経《た》てば、兄へ向けて手紙を書いてしまうだろう。

　これが自分にとって、何らかの浄化なのだろうか。

3

　晶は自分の車――MG‐RV8で高速を飛ばしたい、という欲望を抱えたまま、自宅を出た。朝早いこの時間なら東名高速はがらがらなはずで、三島へのドライブは極めて快適だろう。今日は雲一つない好天で、しかも気温は二十度近くまで上がる予報だ。日本では稀《まれ》な、オープンエア・ツーリングに適した日。しかし出張だから、マイカーを使うわけにはいかない。

　下北沢から三島へ行くには、品川《しながわ》まで出て新幹線だ。こだまで四十五分から五十分ぐらい。近いものだが、こだまは本数が少ないから、一本逃すと時間をロスしてしまう。

　晶は午前八時三十四分品川発のこだまに乗った。三島着は九時二十五分。そこから伊豆箱根鉄道駿豆線《いずはこねてつどうすんずせん》に乗り換え、三つ目の三島二日町《ふつかまち》駅まで。駿豆線の乗車時間は数分だし、本数も多い。ロスなく夏海の実家まで行けそうだと安心した。

しかしこの計画は、身内からの妨害で頓挫した。いや、妨害などと言うべきではないのだが……JRから駿豆線のホームへ移動し、出発を待っていた電車に乗りこもうとした瞬間、スマートフォンが鳴ったのだ。香奈江。

「電車ですか？」

「今、三島の駅で乗り換え待ち」

「あ、じゃあ、まずいですか」

「まずくはないけど……ちょっと待って」話しているうちに電車は行ってしまうだろう。次の電車は何分後か……それでも晶は、メモを取る必要がある場合に備えて、ホームの待合室に入った。ベンチに腰かけ、準備完了。「どうぞ。今、病院？」

「はい。朝、夏海さんと少し話したんですけど」

「話せたの？」晶は少し驚いてしまった。夏海とまともに会話が成立する？　それができたとしたら、香奈江は自分よりもよほど、コミュニケーション能力に長《た》けている。

「話せたというか……ご家族の話を出したんですけど、すぐに興奮状態になってしまって、失敗でした――いや、大失敗です」

「それで、夏海さんは無事なの？」

「今は鎮静剤で眠っています。でも、所轄はカンカンですよ。これで事情聴取ができなくなるって」

「そうか……」仮に鎮静剤を投与されなくても、話が聴けるかどうかは分からないのだが。

「どうしましょう」香奈江はかなりダメージを受けている様子だった。

「分かった。私から若本係長に連絡しておく」

「いいんですか？」

「秦からは言いにくいでしょう？　それに係長なんて、頭を下げるためにいるんだから。所轄にちゃんと謝ってもらおう」

「それが仕事だったら、係長にはなりたくないですね」

「管理職の宿命だから」目の前の電車が出ていく……まあ、いい。待合室の時刻表を確認すると、次の電車は十分後だ。「それより、興奮状態ってどういう感じ？」

「実家の方に連絡を取りたいって言ったら、いきなり悲鳴を上げだして、全然話になりませんでした」

「拒絶反応？」

「拒絶――はい、そんな感じです。大声で叫びましたからね。正直、焦りました」

「病院だもんね」さすがに香奈江でも、その状況は手に負いかねただろう。病院のスタッフの慌て振りも想像できる。

「死んでも親の助けは受けたくない、みたいな感じです」香奈江の声は暗く沈んでいた。「いったい何があったんですかね。母子家庭ということが関係しているんでしょうか」

自らも母親の手だけで育てられ、今度は自分がシングルマザー……歴史は繰り返すではないが、自分が育った環境の影響がないとは言えないだろう。

「関係ないとも言えないけど、どうかな。今のところは断定したくない。とにかくそっちで、夏海さんに話を聴くのは難しそうだよね」

「目が覚めてどうなるかですけど……鎮静剤って、結構残るんですよ」

「秦は経験あるんだ」

「胃カメラを呑んだ時に、鎮静剤を使ったことがあります。麻酔じゃないんですけど、終わってからも何時間かは、ぼうっとしますからね」

「そうなんだ……夏海さんに確認しなくちゃいけないことはたくさんあるけど、ひとつ、できるだけ早く聴きたいことがある」

「何ですか」

「父親が誰なのか」

「ああ……」香奈江の声が揺らぐ。「昨日も、所轄の方で確認していましたよね。でも、証言拒否だったはずです」

「結婚して離婚したのか、そもそも未婚だったのか……夏海さんに会わせるかどうかはともかく、割り出しておいた方がいいと思うんだ。いざという時に、夏海さんの助けになるかもしれないから」

「やってみますけど、期待しないで下さい」香奈江は弱気だった。

「了解。こっちでも何か分かったら、連絡するから」

電話を切り、すぐに若本にかける。所轄に対するフォローを頼んでから、ホームに滑りこんできた次の電車に乗った。さて、自分の仕事はこれから……一人でいることが唐突に不安になったが、誰が一緒でも同じことだと自分に言い聞かせる。

こういうややこしい仕事は、結局は一対一の戦いになるのだから。


三島二日町の駅を出て、タブレット端末で地図を確認しながら歩き出す。近くには大きな工場もあるのだが、基本的には典型的な地方の住宅街である。大きな一戸建ての家が建ち並び、道路を行き交うのは車だけで、歩いている人はほとんどいない。道路は狭くごちゃごちゃしていて、地元の人以外が車を運転したら、カーナビと睨《にら》めっこが続きそうだ。

十分ほど歩いて、特別養護老人ホームにたどり着く。夏海の母親・貴恵《たかえ》はここの事務職員なのだ。まだ新しい四階建ての建物で、敷地《しきち》面積も広い。ここを終《つい》の住処《すみか》にしている人は、どれぐらいいるのだろう……。

受付で貴恵を呼んでもらおうと思ったら、その受付が貴恵だった。四十五歳と分かっているが、その年齢にしては老けている。化粧っ気はなく、顔色も悪かった。こういうところで働く人は、せめて明るい化粧をすべきではないかと思ったが、それは晶の勝手な思いこみかもしれない。

名乗ると、貴恵が途端に表情を固くした。

「何でしょうか」第一声も素っ気ない。

「昨日、西ケ原署の方から連絡があったと思いますが」

「事件のことなら知りません、関係ないです」

「お孫さんのことなんですよ」あまりにも頑《かたく》なな態度に、晶は戸惑いを感じた。今泉が言っていた以上ではないか……。

「会ったことのない孫のことを言われても」

孫に会っていないのか……これは相当こじれた関係だ、と晶は覚悟した。娘との仲が悪化していても、孫の誕生をきっかけに修復されることはありそうなのに。

「今、娘さんは東京で頼る人が誰もいないんです。会ってあげてもらえませんか？仕事がお忙しいのは分かりますが……」

「私が行っても、何にもならないでしょう」貴恵の素っ気なさはまったく変わらない。

「そう言わずに、私と一緒に東京へ行ってもらえませんか」

「お断りします」

激しい拒絶。これでは打つ手なしか……しかし晶は粘った。

「せめて、どこかで座って話せませんか？　腰が痛くなってきました」これは本当だった。受付は低い位置にあるので、屈《かが》みこまねばならないのだ。「この中でも構いませんし、どこか外でも」

「この辺には、話ができる場所なんかないですよ」貴恵が周囲を見回した。

「だったらここで、お願いします」晶は振り返った。陽射《ひざ》しが降り注ぐロビーには、座り心地のよさそうなベンチも、テーブルと椅子のセットもある。

「仕事中なんです」貴恵があくまで抵抗する。

「私も警察の仕事中なんですよ」

貴恵が立ち上がり、事務室にいる同僚に声をかけた。事務室の脇のドアから出て来る。夏海と同じように小柄な女性だった。晶は彼女をテーブルに誘導して座らせた。自分は斜めの位置に腰かける。名刺を出すと、貴恵がしげしげと見詰めた。

「刑事さん……じゃないんですか」

「違います。いえ、刑事でしたけど、今は一般職員の扱いです」こんなことを説明する意味も義務もないのだが、何とかして話をつないでいきたかった。

「支援課って……」

「犯罪が起きた時に、被害者やその家族をフォローするのが仕事です」

「それでわざわざ三島まで？」呆れたように言って、貴恵が名刺をテーブルに置いた。

「必要だと思えば、全国どこへでも行きます」

「別に必要だとは思えないけど」貴恵が溜息をついた。

「夏海さんは厳しい状態にあります。息子さんを殺されて、一人きりなんです。精神的なダメージが大きいので、今は一時的に入院しているぐらいです」

「それも、あの娘《こ》が選んだ道だから」

「そう仰《おつしや》らずに……」

「警察にも関係ないでしょう。これは親子の問題です。あなたは――」貴恵が晶の名刺に視線を落とす。「支援することが仕事なら、支援すればいいでしょう」

「ご家族に話をすることも、支援業務の一つです。夏海さんは二十三歳……成人していますけど、今は収入もないし、苦しい状況なんですよ」

「それはあの娘の勝手です。あの娘が選んだ人生なんだから」

「森野さん……」晶は辛《かろ》うじて溜息をつくのを我慢した。「何があったんですか？

そんなに娘さんを拒否する理由は何なんですか？」

「あの娘は勝手に生きているんです。勝手に生きている人間は、何が起きても自分で責任を取らないといけないでしょう。取るべきです。それが自由の代償でしょう」

「しかし――」

「あなたとお話しすることはありませんし、東京へ行くつもりもないですから」貴恵が立ち上がる。「仕事がありますから。こういうところの仕事も忙しいんですよ」

「それは分かります。大事な仕事だと思います」晶も慌てて立ち上がった。「しかし、娘さん、それにお孫さんのことなんですよ」

「一度も会ったことのない孫を、孫と言えますか？　勝手に産んで……勝手に……」

貴恵が言葉を呑んだ。彼女が発さなかった言葉は「勝手に殺された」だろう。それを言わなかったことで、貴恵はまだ常識や家族らしい優しさを持っていると確信する。しかし、まともに話をするのは不可能だ。

晶は自分の甘さと経験不足を思い知っていた。

このままでは帰れない。晶は東京と連絡を取りながら、現地で事情聴取を進めることにした。夏海が高校まで三島にいたことは分かっていたので、その伝手《つて》を辿《たど》り、まず母校を訪ねる。卒業したのが数年前なので、三年時の担任がまだ在籍していた。竹《たけ》井賢子《いさとこ》。大柄な四十代の女性で、数学の教師だという。分厚い眼鏡をかけていて、どことなくゆったりした雰囲気を漂わせている。いかにも頼り甲斐《がい》がありそうだ。

事件については知っていた。「昨日のニュースで見て、びっくりしました。心臓が止まるかと思った」と打ち明け、逆に晶に事情聴取を試みる。

「捕まった相手は、旦那さんではないんですね」

「恋人、ですかね。同棲相手という感じだと思います」

「あの娘も、可哀想《かわいそう》に……何でこんなことになったんですかね」

「今、それを調べています。私たちは、夏海さんのフォローをしているんですけど……公にしないで欲しいんですが、お母さんが面会を拒否していまして」

「ああ」賢子がどんよりとした表情を浮かべる。「まだ……」

「まだということは、前からそうだったんですか？」

「夏海のお母さんとは進路相談で会ったことがあるだけですけど、ちょっと様子がおかしいなと思ったんです。よそよそしいと言うか。子どもが高校三年生になれば、進路が気になるのは普通ですよね？」

「そうだと思います」

「でも、『適当に就職させますから』と言うだけで。夏海も何も言わないんですよ。就職するならするで、学校としても色々手を貸せるんですけどね」

「結局、卒業してからどうしたんですか？」

「東京へ出ました」

「向こうで就職を？」

「いえ、少なくとも学校の方には報告がなかったです。取り敢えず東京に出た、ということでしょうね。いつの間にか子どもを産んでいたなんて……どういうことなんでしょう」

「分かりません」晶は首を横に振った。「父親が誰かさえ、まだ分かっていないいんです。高校時代につき合っていた人とかではないんでしょうか」

「高校時代には彼氏はいなかったと思いますけどね。でも、生徒の私生活を全部知っているわけではないですから、何とも言えません」

「高校時代は、どんな感じの生徒だったんですか？　部活とかは？」

「帰宅部です」賢子が手帳を広げた。「ご存じかと思いますけど、母子家庭なんです。お母さんは当時、仕事を二つかけもちしていました。昼は喫茶店で、夜はスナックだったかな？　だから、家のことは夏海がやっていたみたいです」

「今は、特養で事務の仕事をしているようです」

「二つの仕事をかけもちはきついですからねえ」賢子がうなずいた。「母親がそんなに忙しくしていたら、部活をやってる暇はなかったでしょうね。本人もバイトしていました。本当はうちの高校はバイト禁止なんですけど、家庭の事情で特例ということで」

「バイト先は？」

「何ヶ所か」

賢子は、自分が知っていた夏海のバイト先をいくつか教えてくれた。三島駅前のベーカリー、コンビニ……自分の小遣いを稼ぐわけではなく、生活費の足しにしようとしていたようだ。

「親しかった友だちを教えていただけますか？」

「……会いますか？」

「できれば」

「だったら、私から電話しておきますよ。警察からいきなり連絡があったらびっくりするでしょう」

「助かります」晶は頭を下げた。やはり面倒見がいい――生徒には絶対的に人気があるタイプだろう。

賢子は数人の同級生の名前を教えてくれた。全員女子――これだけでは断定できないが、高校時代にはやはり、交際していた相手はいなかったのではないだろうか。

「どんな高校生だったんですか？」

「あまりこういうことは言いたくないけど、地味な子でした。クラスでも目立たず、友だちも多くなかった。帰宅部だし、生徒会活動をやるわけでもないし……家庭の事情があったから、しょうがないんでしょうけどね」

「こんなに若くて子どもを産むようなことは想像できてました？」

「いえ、まったく」賢子が首を横に振った。

「出産したのは、二十一歳の時でした」

「ということは、東京へ出てすぐに、誰かと関係ができたということですね」賢子が顎に手を当てる。

「そうなります」

「奥手な感じだなと思ってたけど、東京へ出ると環境も激変しますからね」

「そうかもしれません」実際には、夏海の東京生活はまったく追えていない。

「可哀想に」賢子が首を横に振った。「一人きりで、東京で何をしていたのか」

「先ほど教えていただいた同級生の中で、東京にいる人もいますか？」

「ええ。今、大学に行った子は社会人一年目ですね」

「忙しい時期ですね」何とか助けてもらえないかと思っていたのだが、難しいかもしれない。「まずは、こちらで会える方に会ってみます」

「よろしくお願いしますね」賢子が頭を下げた。「私は何もできないけど……でも、夏海に、いつでも電話してもらっていいって伝えてもらえますか。話を聞くぐらいなら、私にでもできますから」

「お手数おかけします」晶も頭を下げた。

少しだけ手がかりが手に入ったが、これで上手くいくかどうか。モヤモヤとした気分は、一切晴れないのだった。

4

すぐに会えそうな相手を見つけ、晶は三島駅前にある洋菓子店を訪ねた。店に入った瞬間、甘い香りにノックアウトされる。晶は甘いものがそれほど好きではないのだが、空きっ腹にこの香りは刺激が強過ぎる。パティシエが作る独創的な高級スイーツを売りにする店ではなく、この駅前で何十年も、地元の人にオーソドックスなケーキを提供し続けている店という感じだった。

店頭にいる若い女性に声をかけると、すぐに自分が会うべき相手だと分かった。藤《ふじ》野《の》美《み》幸《ゆき》。この店の跡取り娘で、高校卒業後に東京の専門学校で菓子作りの基本を学んで、実家に戻ってきたばかりだという。賢子とは今でも、連絡を取り合っているということだった。

「仕事中にごめんなさい。ちょっと話がしたいんだけど、大丈夫ですか？」

「はい――ええと」店の奥にある厨房《ちゅうぼう》の方を見やる。「交代するので、待ってもらえますか」

「もちろんです」

美幸が厨房に引っこんだ。店内には狭いながらもイートインスペースがあるのだが、さすがにそこで話はできないだろう。どこか外で、座って話せる場所はあるか――美幸が出て来た。

「事務室でいいですか」

「助かります」

厨房の一角に案内された。外の汚れた空気をまとった自分が入ってはいけない場所と思ったが、美幸はドアを開け、先に中へ入るように晶を促した。

四畳半ぐらいの部屋で、小麦粉や果物の入った段ボール箱が所狭しと積み重ねられている。部屋の中央には傷だらけのテーブルと椅子が三脚……奥にはノートパソコンが載ったデスクがあった。

「狭いところですみません」美幸が恐縮しきって言った。

「大丈夫です」ドアを閉めてしまえば誰かに話を聞かれる心配もない。

「どうぞ」

勧められるまま、晶は椅子を引いて座った。ここにも甘い香りが漂っている。美幸はもう一つの椅子に浅く腰かけた。洋菓子店の跡取りからイメージされる外見ではない。がりがりとは言わないがかなり痩せていて、甘いものには縁がない感じなのだ。

「夏海さんのこと、聞いてますか？」晶は切り出した。

「はい。昨日、連絡が回ってきて……絶句です」

「そうですよね。夏海さんが子どもを産んだことは知っていましたか？」

「産んだというか、妊娠したことは」美幸はいかにも話しにくそうだった。

「それはいつですか？」

「二年前の夏です。私は東京の専門学校を卒業して、向こうのお店で働いていました。その時に、夏海と久しぶりに会ったんです」

「同じ東京に住んでいて、たまに会うぐらいのつき合いは続いていたんですね？」晶は念押しした。

「いえ――はい」

「どちらですか」美幸のはっきりしない態度が気になったが、声を張り上げないように気をつける。相手を緊張させては何にもならない。

「連絡は取ってましたけど、会うのは卒業以来でした。その時に、お腹が大きいことに気づいて」

「二年前の――正確にはいつですか？」

「あれは……」美幸がコックコートのポケットからスマートフォンを取り出した。

「七月二日」

「コロナ第二波の直前ですね」

「そうです。だからお茶ぐらいいいかなと思って、声をかけたんです。それで、渋谷《しぶや》で会って。お腹が大きかったんでびっくりしました。妊娠どころか、つき合っている人がいることも全然知らなかったので」

「相手が誰かは聞いた？」

「聞きましたけど……」美幸が唇を軽く嚙んだ。「言いませんでした」

「言えない相手だったのかな」

「そうかもしれません」

「不倫とか？」

「うーん……」美幸が考えこんだ。「それは私も考えましたけど、そんなこと、確認できないじゃないですか」

「友だちなのに？」

「そういうことを気軽に聞けるほどの仲ではないんです」

「親友ってわけじゃないのね」

「そうですね」美幸がうなずく。「クラスで仲がいい仲間の一人だったけど、親友かって言われると……」

「たまにはお茶を飲む、ぐらいの友だち？」

「そんな感じです」

晶はスマートフォンでカレンダーを確認した。殺された蓮が生まれたのは、二年前の十月八日。二人が会った七月二日というと、お腹はかなり大きくなって目立っていたはずだ。そして蓮は、二歳の誕生日を迎えた一ヶ月後に殺された……晶は首を横に振って、意識を集中した。

「その頃、夏海さんは働いてたんですか」

「ええ」

「お腹が大きいのに？　出産まで三ヶ月ぐらいの時期ですよ」

「バイトしてるって言ってました。喫茶店だったかな」

大きなお腹で、喫茶店で立ちっぱなしのバイトができるものだろうか。疑問はいくつも浮かんできたが、晶は話を先へ進めた。

「その喫茶店の名前、分かりますか？」

「いえ……家の近くの店だって言ってましたけど、名前までは聞いていません。カフェじゃなくて、昔ながらの喫茶店だったみたいですけど」

「上京してからずっとその店で働いてたのかな」

「いろいろやっていたと思います。その時は喫茶店で働いていました」

「そもそも夏海さん、何で東京へ出ようと思ったんですか。就職が決まって出ていったわけじゃないでしょう？」

「ああ、それは……」言いにくいことなのか、美幸が視線を逸らす。

「ここで出た話は絶対に表には漏れないから、話して下さい」晶は食い下がった。

「家を出たかっただけです。早く一人暮らししたいって、高校時代にずっと言ってましたから」

「お母さんと上手くいっていなかったとか？」

「詳しいことは聞いてないんですけど」

「夏海さん、母子家庭ですよね」

「ええ」

「母子家庭は珍しくないと思うけど……」

「でも、それぞれの家で事情はあるんじゃないですか？　夏海はきつそうでした」

「頼れる親戚とかは？」

「うーん、どうですかね」美幸が首を捻る。「そこまで詳しいことは知らないんです。夏海とは、高校が一緒なだけだったんで」

「例えば、小学校からの幼馴染みみたいな人、いないかな。子どもの頃から知っている人なら、もう少し詳しく事情が分かるかもしれない」

「それなら、亜実《あみ》かな」

晶は手帳を開いた。原田《はらだ》亜実——賢子が教えてくれた一人だ。もう、かつての担任から連絡が入っているかもしれない。

「原田亜実さん、ですよね」

「はい」

「今、どこにいるか分かりますか」

「地元ですけど、この時間だと仕事してると思います」美幸がスマートフォンを見た。

「仕事は？」

「あ、公務員です。市役所の職員で、市の体育館で働いています。高校時代はソフトボール部だったんですよ」

「特技を活《い》かした感じ？」

「そうですね」美幸の緊張した表情がようやく崩れる。「怪我しなければ、実業団でやっていたと思います」

「それぐらい、優秀な選手だったんだ」

「そうですね……連絡しましょうか?」

「それは大丈夫。あなたのところに、竹井先生から連絡があったでしょう?」

「はい」

「竹井先生、原田さんにも連絡を回してくれていると思います」

「そうなんですね」うなずき、美幸がスマートフォンをコックコートのポケットに戻した。

「一つ、お願いしていいかな」晶は人差し指を立てた。

「何ですか」美幸の顔が強張《こわば》った。

「夏海さんに電話してあげてくれないかな。メッセージでもいいけど……今、東京で頼る人がいなくて大変なんです」

「それは……」美幸が躊躇《ためら》った。

「友だちとして話してくれれば、夏海さんも気が楽になると思うんだけど」

「でも、ちょっと」美幸がうつむき、「私、そんなに仲良くないですよ」とつぶやいた。

「でも、東京で会ってる――」

「お茶を飲んだだけです」慌てた調子で言った。

「夏海さん、ダメージが大きいのよ」

「だから——」美幸が顔を上げた。「怖いんです。子どもを殺されたなんて、どういう精神状態なのか、想像もつきません。私が声をかけても慰められるとは思いませんし、私も何を言われるか分からないし……」

「ごめん、無理言いました」晶は頭を下げざるを得なかった。友だちだから必ず慰めになると思うのは、単なる希望的観測だろう。

そう言えば——晶にも同じような経験がある。兄が逮捕され、ネットで非難囂々《ごうごう》の声が噴出した時に、大学の友人が電話してきてくれたことがある。しかし、せっかくの厚意だったのに、まともに会話を交わすことができなかった。それだけ晶が落ちこんでいたのだが、あの友人には申し訳ないことをした……ある程度騒動が収まった後で謝りに行ったのだが、ぎくしゃくした会話になってしまい、関係は途切れた。

「夏海、大丈夫なんでしょうか」

「今は病院で治療を受けているから大丈夫だけど、長期的に見ていきます」

「こんなこと、あるんですね」美幸が溜息をついた。「高校を卒業して四年しか経っていないのに」

「四年あれば、どんなことでも起きるのよ」年寄りめいた教訓を吐いてしまった自分が嫌になる。

晶はそのまま、駅の反対側にある市の体育館を訪ねた。原田亜実はここで、体育館運営の事務作業をしているのだという。中に入ったが静か……平日の昼過ぎだと、利用者もいないのだろう。

清潔で素っ気ないロビーの片隅にある事務室に顔を出し、亜実を呼んでもらう。大柄な女性——百七十センチはあるだろう。体格もがっしりしていて、いかにもスポーツ経験者という感じだった。緊張しきっていたが、晶がソフトボールの話題を出すと小さな笑みを浮かべる。

「ずっと続けていけるぐらいの選手だったそうですね」

「そういうのは、自分では言わないですけどね」その言い方に、逆に自信が滲《にじ》んでいる。

「ポジションは？」

「ピッチャーです」

「怪我がなければ……ということでしょう？」

「肘をやっちゃったんですよね」亜実が右手で左の肘を握った。サウスポーか……今は普通にしているが、肘を壊したらソフトボールを続けていくのはきついだろう。スポーツ医学も発達しているとはいえ、どうにもならない怪我もあるはずだ。治療とリハビリに費やす空白を考えて、諦めてしまう場合もあるだろうし。

二人は、ロビーのベンチに並んで腰かけた。本当は、話を聴く時は正面から向き合いたいのだが、これはしょうがない。

「夏海、大丈夫なんですか」亜実の方から確認してきた。

「ダメージは大きいです。だから今、サポートしてくれる人を探しているんです。東京には知り合いもいないみたいなので」

「ああー、でも、私も高校を卒業してからは会ってないんです」

「そうなんですね……夏海さん、何だか地元との関係を断ち切るみたいに東京へ出て行った感じがするんだけど、本当のところはどうなんですか？」

「ああ、はい」亜実がうなずく。「お母さんと上手くいっていなくて。最後は喧嘩別れみたいだったはずです」

「何か原因があったんですか」

「お母さんは、夏海に地元に残って欲しかったんです。お母さんの紹介で就職も決まりかけていたんですけど、夏海がそれを嫌がって。東京へ出て行きたいというより、一人になりたかったんだと思います」

「そんなに窮屈な思いをしていたんですか？」

「だと思います。ずっとアパートでお母さんと二人暮らしで、息が詰まってたんじゃないかな。小学生の頃遊びに行ったことがあるけど、正直、ゴミ屋敷《やしき》みたいでした。

狭いアパートが物で一杯で……その頃からずっと『広いところで暮らしたい』『一人で東京へ行きたい』って言っていたんです」

「でもお母さんは、地元にいて欲しかった」

「束縛が強い人だったんです。そういう母親、いるでしょう？」

「ああ……分かります」晶の母親も、どちらかというとそういうタイプだ。

「子ども扱いっていうわけじゃなくて、娘を自分の所有物みたいに思ってる感じ」

この子はよく見ている——母娘《おやこ》の関係を小学生の時に見抜いていたとしたら、かなり早熟かつ観察眼が鋭い。

「夏海さんは、それを嫌ったんですね」

「だから、家出同然で家を出たんですよ」

「就職の当てもないのに？　お金がないと、東京で暮らすのは難しいですよ」

「高校時代、ずっとバイトしてました。かけ持ちで……生活費の足しにするのと、東京へ出て行くために貯金していたんです」

「バイトでそんなに大金を貯《た》められるものですかね」家を借りるには、かなりの金が必要なのに。

「心配して聞いたことがあるんですけど、『大丈夫』って言ってました。だから、ちゃんと貯めてたんだと思います」

「お母さんは？」

「それは分かりません。私もほとんど話したことないし……夏海は、縁を切る覚悟だったんじゃないかな。私たちにも『もう会えないかも』って言ってたぐらいです」

「向こうで会っていた人もいますよ」美幸は結構気楽な調子で電話をかけて、お茶に誘っていたようだ。その結果は、衝撃の妊娠発覚だったわけだが。

「ちょっと気が引けて……」

「なるほど……それであなたは、高校を卒業してから夏海さんとは会っていなかったんですね？」晶は念押しした。

「覚悟を決めて出て行ったんですから、邪魔したら悪いかな、と」

「夏海さんは、お母さんの束縛を嫌っていた――そういうことなんですね？」

「ええ」

「お母さんは、どうしてそんなに娘さんをコントロールしたがっていたんでしょう」

「不安？　だったのかもしれません」首を傾《かし》げながら亜実が言った。

「不安？」

「シングルマザーで、頼る人がいなくて、必死で娘を育てていたわけですから。娘が大きくなってくれれば、逆に頼りたくなるってこともあるんじゃないですか」

「離婚したんですか？」

「ええ。小学校に上がる前だったと思います。その後、お父さんは亡くなったはずです」

「親戚とかは？」

「いない、かな……」亜実がまた首を傾げる。「お母さん、確か九州《きゅうしゅう》の人なんですよ。結婚してこっちに来たっていう話でしたけど」

「親戚の人、誰か知りませんか？」

「すみません」亜実が首を横に振った。「そこまで詳しいことは分かりません」

「父方の親戚は……」

「そっちは全然知りません」

「そうですか」ここでの手がかりは切れたか……しかし晶はなおも食い下がった。

「高校を卒業してから会っていない、という話でしたよね」

「ええ」

「電話で話したり、メッセージのやり取りは？」

「それは何度かありました」

「夏海さんが妊娠していることは知ってましたか？」

「それは全然知りませんでした。竹井先生に聞いて初めて、子どもがいることを知ったんです。夏海、きっとショックですよね」

「だから、サポートしてくれる人を捜しているんです。例えば……あなたは、電話できませんか？　話して励ましてあげるとか」

「無理ですよ」亜実が勢いよく首を横に振った。「ずっと会ってなかったし、あんなひどい事件に巻きこまれた人に声をかけるなんて、できないです」

「幼馴染みでも？」

「幼馴染みですけど、私は夏海を励ましてあげられるほど強くないです」

「そうか……」かつての同級生たちの微妙な関係を思う。いや、どんなに仲がよくても、こういう事件に関係した人を慰めるのは至難の業だろう。迂闊《うかつ》な一言で、相手をさらに傷つけたり、恨みを買ってしまう恐れもあるし。誰だって、まずは自分の身を守りたい——亜実の態度は、必ずしも身勝手とは言えない。

「すみません。自分勝手だって分かってますけど、自信、ないです」亜実が頭を下げる。

「ごめんなさい、こっちも無理言いました」晶も謝った。

「こんなことになっているなんて……普段からちゃんと話をしておけばよかったです。でも夏海、私と話すのを嫌がってるのかなって思って」

「そうなんですか？」

「相手が電話に出なくて、留守電を残す時、あるじゃないですか？　別に用事があるわけじゃないけど……でも、夏海は一度もコールバックしてくれませんでした。電話に出られた時は普通に話したんだけど。メッセージも既読スルーになることが多くて」

「あまり人と交わりたくなかったとか？」

「そうかもしれません」

「でも、向こうで仕事はしていたんでしょう？　そうじゃないと生活していけないし」喫茶店、という情報を思い出した。「出産直前――二年ほど前まで、喫茶店でバイトしていたという情報があるんだけど、知ってますか？」

「あ、はい」亜実がうなずいた。「お店は確か……ええと……『琥珀亭《こはくてい》』です」

「よく覚えていましたね」これはいい手がかりだ。

「最近は珍しい感じの名前じゃないですか……だからかえって、覚えてるんです。電話で話している時に聞いて、その後、お店の名前で検索しました」

「どんなお店ですか？」晶もスマートフォンを取り出して「琥珀亭　喫茶店」で検索した。

「老舗みたいです。昔ながらの喫茶店っていうか、何十年もずっと続いているお店」

「確かに……そうみたいですね」

琥珀亭のホームページもあった。それによると、開店は昭和二十三年。「敗戦のシヨックに打ちひしがれた日本人をコーヒーで元気づけようと初代店主が神保町《じんぼうちょう》に店を開いたのが始まりです」という歴史の紹介がある。店はその後、同じ神保町でも別の場所に移転している。それが昭和五十二年で、その後はずっと同じ場所にあるようだ。店を経営している人たちの個人情報はない。しかし、店の名前と場所が分かれば、後は突撃して話を聴くだけだ。

「この頃、家の近くの喫茶店で仕事をしている、という話を聴いている人がいたの。どこに住んでいたか、知ってる？」

「家の住所までは知りませんけど……歩いて通えるという話は聞いてました」

アルバイトで生計を立てているような若い女性が借りられる家が、神保町にあるのだろうか？　山手《やまのて》線の内側なのだし。

「助かりました」晶はスマートフォンをバッグに入れた。「調べてみます」

「すみません、役に立たなくて」亜実が頭を下げる。前髪がはらりと垂れて、目が隠れた。

「とんでもないです。仕事中にお時間いただいて、ありがとうございました……もう一つ、いいですか」

「はい」終わったと思ったらまた話が……亜実が緊張した表情を浮かべる。

「もしもだけど、夏海さんからあなたに連絡があったら、話してもらえますか？　あなたから連絡して欲しいとは言わないけど」

「それは――いいですけど、たぶん連絡はないと思います」

「どうしてそう思うんですか？」

「夏海って、遠慮しちゃうタイプなんです。何か困ったことがあっても、人に相談しないんですよ。小学生の時からそうでした」

「なるほど……」

「ちょっと忘れものをすることがあるじゃないですか。消しゴムとか、鉛筆削りとか。そういう時って、普通は『ちょっと貸して』って言いますよね。でも夏海は言わないんです。鉛筆が丸くなっているのに気づいて、こっちが『貸そうか』って言うと受け取るんですけど」

「そういう性格なんですね」

「性格って、年取ってもあまり変わらないんじゃないですか」

そうかもしれない。そしてそれが、夏海を追いこむ原因になっていたのではないだろうか。東京という街では、図々《ずうずう》しいところがないと生きていけない。

遅い昼食を済ませ、支援課に連絡を入れる。若本に「東京へ戻って、以前夏海が働いていた喫茶店で事情聴取をしたい」と申し入れて許可された。

「出産前に働いていた場所だな」若本が確認する。

「何か分かるかもしれません」身重のバイトがいたら、さすがに店主も気を遣ってあれこれ訊ねるのではないだろうか。他人の生き方を詮索しないのが最近の「普通」ではあるが、そんな時代でも、親身になって相手に気を遣う人はいるものだ。そういう人を相手にすれば、どんなに頑なな人間でも素直になるかもしれない。

「分かった。そのまま回るか?」

「はい、直行します——秦はどうしてますか?」

「病院で夏海さんにつきっきりだ。昼前に意識を取り戻したという連絡が入ったけどな」

「そうですか」鎮静剤が切れただけなのだろうが、晶はほっとした。聞き込みには香奈江のヘルプが欲しいところだが、ここは一人で踏ん張るしかないだろう。

「病院の方、清水と交代させる」

「大丈夫……ですかね」

「もうちょっと同僚を信用しろよ」若本が厳しい口調で言った。「清水は、仕事はきちんとしてるだろう」

それは認めざるを得ない——性格に難があるだけで、しかもその被害に遭っているのは自分たち支援課の人間だけだ。

「秦を、神保町の喫茶店に回してもらうことはできますか？」

「大丈夫だ。何時にする？」

「三時過ぎに東京着なので、三時半ではどうでしょうか」

「分かった。こっちで指示しておく」

「お願いします」

電話を切って、新幹線のホームへ向かう。ホームには強い風が吹き抜け、少し冷えこむ……三島辺りは東京に比べれば暖かいはずだが、風が強いとやはり体感気温はぐっと下がる。もう少し厚着をしてくるべきだったと悔いたが、後は東京へ戻るだけだ。新幹線に乗れば、快適な一時間の旅になるだろう。

ならなかった。

まだ分からないことだらけだが、夏海の人生を考えると気持ちが沈みこむ。高校を卒業して四年半。母親の束縛から逃れるために故郷を出てきたのに、待っていたのはシングルマザーとしてのハードな人生、そして一人息子を殺されるという無惨な未来だった。もう少しきちんと話してくれないかと苛立つこともあったが、そんなことが無理なのは今では分かっている。傷ついた若い母親を立ち直らせる手段を、まったく思いつかないのが情けない。こうやって彼女の人生を丸裸にしていく行為に意味があるかどうかも……支援課の仕事には効率的な方法も正解もないということは、先輩の村野秋生《むらのあきお》から何度も言われた教えである。頭では分かっているのだが、もう少し何とかならないかという場面に頻繁に出くわす。

自分がやっていることは、本当に正しいのだろうか。

5

喫茶店「琥珀亭」は、東京メトロ神保町駅から水道橋駅《すいどうばし》へ向かう白山通《はくさん》りから一本入った路地にある。古い雑居ビルの一階。香奈江は店の前で待っていた。晶が近づいたのに気づくと、スマートフォンから顔を上げてさっと一礼する。

「お疲れ。病院の方、大丈夫だった?」

「私は大丈夫です。待ちが長かっただけで」

「夏海さんの様子は?」

「目は覚めましたけど、まだ話ができる状況じゃないですね。話したくないだけかもしれませんけど……本音が読みにくい人です」

「昔からそんな感じだったみたい」

晶は、夏海の地元での聞き込み結果を簡単に報告した。主に、彼女の生い立ちと遠慮がちな性格について。

「そういう家庭環境だと、引っこみ思案で遠慮がちになるのは分かりますね」

「東京へ出てくるのは大冒険だったと思うよ」

「ですよね……でも、よくそれで、一人で働いて子どもまで産みましたね」

「その辺がちょっと分からないんだけど、誰かに騙《だま》されていたのかもしれない」

「ああ」香奈江が憂鬱そうな表情でうなずいた。「変な男に引っかかったとか？」

「あまりこういうことは言いたくないけど、詐欺とかに引っかかりそうなタイプに見える」

「……ですね」香奈江が渋い表情を浮かべる。

「でも、そういう話はしないようにしよう」晶は唇の前で人差し指を立てた。

「了解です」

店内に入ると、うっすらと流れる特有の香りに、一瞬で癒《いや》される。こういう古い喫茶店には、コーヒーと煙草の臭いが入り混じった独特の香りが染みついているものだが、さすがに今は「店内禁煙」の張り紙があちこちにある……これが時代の流れというこことだ。今日は朝コーヒーを一杯飲んだだけなので、猛烈にエスプレッソが飲みたくなったが、壁のメニューにエスプレッソはない。ブレンドと各種のストレートコーヒー、そしてカフェオレなどのアレンジばかりだ。

広々とした店内には木製のテーブルが並び、出入り口の正面には長いカウンターがある。午後三時半という時間だが、店内はほぼ埋まっていた。若い人が多い――学生や給料の安いサラリーマンに愛される店なのだろう。ブレンド四百円は、最近の喫茶店にしては格安だ。学生でも入りやすい喫茶店はいい喫茶店、という自分基準を晶は再度確信した。

カウンターの奥でコーヒーを用意している女性に声をかける。歳《とし》の頃、五十歳ぐらいだろうか……ダンガリーのシャツにジーンズという軽装で、少し白いものが混じった長い髪は、後ろで一本にまとめている。

「すみません、店主の方はいらっしゃいますか」晶が声をかけると、女性が顔を上げる。動きには、どこか余裕があった。

「私ですが」

晶はバッジを示し、「警視庁総合支援課の柿谷です」と名乗った。続いて「こちらは秦です」と香奈江を紹介する。

「何事ですか」女性が怪訝そうな表情を浮かべる。

「以前、こちらに森野夏海さんという女性が勤めていませんでしたか？」

「夏海――ええ」女性の疑いが深くなったようだった。「いましたけど、夏海がどうかしたんですか」

「ちょっと座って話せませんか」環境はあまりよくない。店内は客でほぼ埋まっているから、話が丸聞こえになってしまうだろう。

「できれば、人がいないところで話したいんですが」

「そんなに深刻な話なんですか」

どうやら彼女は、今回の事件を知らないようだ。夏海自身が殺されたわけではないが、話を聞けばショックは受けるだろう。

「はい。あまり人に聞かれたくない話なので」

「――じゃあ、こちらへ」

店に入った時には気づかなかったが、一角に個室のような部屋がある。ガラス張りで中は丸見えだが、今は誰もいない。女性が先に立って部屋に入り、晶と香奈江はすぐその後に続いた――元々は喫煙スペースだったのだとすぐに気づく。かすかに煙草の臭いが残っているのだ。元々分煙対策で作ったものを、店を完全禁煙にしたので、今は個室として使っているのだろう。中にはテーブルが一台だけ。女性は二人に座るよう勧め、自分は向かいに腰かけた。

「すみません、先にお名前をお伺いしていいですか」香奈江が切り出した。暗黙の了解なのだが、二人で聞き込みをする時は、香奈江が第一声を発することが多い。彼女の方が、相手を警戒させないような顔立ち、声なのだ。

「じゃあ、名刺を……」

女性がダンガリーのシャツの胸ポケットからカード入れを取り出した。晶たちも名刺を出して交換する。飯塚朋恵《いいづかともえ》。名刺には店の名前と電話番号、メールアドレスとホームページのURLが記載されている。

「夏海さんの息子さんが殺されたんです」

「蓮？」朋恵がすぐに反応し、一瞬で顔面が蒼白《そうはく》になった。「蓮が殺された？　本当に？」

「はい。昨日の朝です」

「知らなかった……いつもニュースはちゃんとチェックしてるのに」朋恵が、知らなかったことを激しく後悔するように、きつく唇を噛み締めた。

「仕方ありませんよ」慰めるように香奈江が言った。「全部のニュースをチェックできるわけじゃないですから」

「どういうことなんですか？　誰がやったんですか」

「交際相手――同居している男性が逮捕されています」

「ああ……そうですか」朋恵ががっくりとうなだれた。「何でそんなことに」

「それは今、調べています。申し訳ないですが、夏海さんが働いていた頃の状況を教えていただきたいんです」

「夏海さんは、こちらで働いている頃に妊娠していた、と聞いています」晶は話を引き取った。香奈江が最初を無事に切り開いてくれたから、今度は自分の番だ。

「ええ」

「いつからいつまで働いていたんですか？」

「正確に？　それは記録を調べてみないと」

「後で確認してもらえますか？」

「ええ」

「辞めたのは……」

「出産してからです」

「彼女がここにいた時のことを教えて下さい」

「それは、ねえ」それまで比較的歯切れよく喋《しゃべ》っていた朋恵の口調が曖昧になった。テーブルに両手をついて立ち上がり、「ちょっと勤務状況を調べてきます」と言って部屋を出て行く。

ドアが静かに閉まると、晶は香奈江と顔を見合わせた。二人とも何も言わない。しかしこの店にいる時に夏海に何かあったのだ、と互いに分かっていた。すぐに朋恵が、ノートパソコンを持って戻って来て、画面を確認しながら答える。

「ここで働き始めたのは、二〇一九年の八月ですね」

コロナ禍《か》以前の時期か……今や、その頃の日常がどうだったか、よく思い出せなくなっている。

「どういう経緯でこちらに？」

「バイトを募集していて、それに応募してきました。フルタイムで働けるという話だったし、喫茶店でのアルバイト経験もあるということで、すぐに決めて」

夏海が静岡を出たのは、二〇一八年の三月。高校の卒業式の当日に、新幹線に乗ったらしい。それから一年半後に、この店にたどり着いたわけだ。

「このお店の営業時間は？」晶は訊ねた。

「八時から八時です。十二時間」

「大変ですね。夏海さんは、その時間をフルタイムで？」

「ええ」

「お金が必要だったんでしょうか」

「まあ、バイトでもフルタイムということはありますから。それで、週五回、店に来ていました」

「失礼ですが、月給はどれぐらいになったんですか」

「二十万円と少しですね」

「この辺で暮らすのに、それで足りるでしょうか。高いアパートやマンションが多い印象もありますけど」

「夏海が借りていたのは、月五万円の物件ですよ」

「神保町に、そんな安いアパートがあるんですか？」晶はつい、自分の部屋の家賃を考えてしまった。日本はいつの間にか、世界でも物価の安い国になってしまったが、それでも東京の家賃は高い。

「築五十年の物件だったそうだから。この辺には、そういう古いマンションやアパートが結構あるのよ」

「夏海さんの実家の事情、ご存じですか」

晶が切りこむと、朋恵が一瞬黙りこんだ。しかしすぐに、話を再開する。

「静岡の自宅を、家出同然で出てきたとか」

「彼女、そういう事情を普通に話してましたか？」

「喫茶店っていうのは、いつも忙しいわけじゃないから。ぽっかり空いた時間もよくある。そういう時は、色々話をするものよ」

「家出してきたような人を雇ってもよかったんですか？」

「彼女はもう成人してたから。それに、静岡の家を出て、ダイレクトにうちに来たわけじゃないし。あちこちでバイトをしてきたみたいね」

「働くことには問題はなかった、と」晶は相槌《あいづち》を打った。

「ないですよ。真面目に働いてくれて、うちの大事な戦力になってたからね」

「特に問題はなく？」

「ないですよ」少しむっとした口調で朋恵が答える。

「妊娠したことはどうなんですか？」

朋恵が居心地悪そうに体を揺らして、ノートパソコンの画面を覗《のぞ》きこむ——そこに何か答えが書いてあるとでもいうように。しかしすぐに、パソコンを閉じてしまった。

「その件は、私にも責任があるから」

「どういうことですか？」

「いや、プライベートな話なので」朋恵が顔を逸らした。

「夏海さんを助けるためには、すべての事情を知っておく必要があるんです」

「言いにくいわね」

「教えて下さい。私たちは、亡くなった蓮君の父親が誰かも知らないんです」

「蓮君ね……」朋恵がさっと晶の顔を見た。「可愛《かわい》い子よね」

「会ったことがあるんですか」

「生まれた時から知ってるわ」

「出産した時に面倒を見たんですか？」いくら病院にいても、一人きりで出産は心細いだろう。誰かが近くにいることが分かっていれば、何とか耐えられるのではないだろうか。

「面倒を見たというほどじゃないわ。病院にはつき添ったけど」

「父親は一緒じゃなかったんですか」

「父親は……」朋恵が躊躇った。しかしほどなく、意を決したように目を細め、晶の顔を正面から見据えた。「父親は、その頃日本にいなかった可能性が高いのよ」

水谷晃太《みずたにこうた》という名前が浮上した。今、おそらく三十歳。コロナ禍が広がる前は、琥珀亭の常連客だった。店の近くにある商社の社員で、昼飯時には毎日のように訪れていたという。それも分かる……居心地はいいし、コーヒーは安いし、若いサラリーマンが昼食後に一休みするには最適の場所だろう。もちろん、ここでランチを食べてもいいわけだ。

「その人を、夏海さんに紹介したんですか」

「そう。うちには何年も通ってくれてて、信用できる人だったのよ」

「会社は……新日《しんにち》トレーディングですね」晶には聞き覚えがない会社だった。

「伝統はありますよ」朋恵が言った。「戦前から続いている会社ですから。規模は小さいけど、総合商社です」

「エリートですね」

「彼自身は、スーパーエリートだと思いますよ。創業家の人だから」

「ええと……」晶は香奈江のスマートフォンを手にした。新日トレーディングの社長の名前は、星野《ほしの》大樹《たいき》で「水谷」ではない。それを指摘すると、朋恵がすぐに説明してくれた。

「創業者は、水谷君のひいお爺《じい》さん。でも、会社を家族経営にするつもりはなかったそうで、社長は歴代、社員から普通に選ばれていました。ただし、創業家の人が会社に入ることもあったようね」

「特別扱いではなく、ですか？」

「水谷君も、あくまで普通の就職だったみたいね。創業者の決めた家訓が『子孫に富と地位を残さず』だったそうだから」

「珍しいですね。子どもや孫に渡そうとするのが普通だと思いますけど」

「公明正大っていうことじゃないかしら。昔の人の考えは私には分からないけど……ただし、水谷君は優秀な人で、将来の社長候補とも言われていたぐらいよ。これは、会社の他の人から聞いた話ですから、冗談とは言えないでしょう」

「社長候補って……二十代でですか？」いくら何でも、それはジョークではないだろうか。

「新日トレーディングでは、入社試験の成績が大事だそうよ。それと、二十代での仕事の成果。そこまで見れば、だいたいどこまでやれるか分かる、ということのようね。それで認められて、幹部候補と見なされた社員はエリートコースに乗る――海外赴任もそのコースの一つ」

「水谷さんもですか」

「アメリカへ」

「赴任はいつですか」

「二〇二〇年の四月」

「ずいぶんはっきり覚えてるんですね」いくら常連とは言っても、少し意外だった。

「最初の緊急事態宣言が出る直前だったから。大変な時に渡米するものだなって、驚いて。本人も相当心配してたけど」

「その頃海外赴任した人は、決死の覚悟だったでしょうね」晶はうなずいた。国内で仕事をしている自分たちも、散々振り回されたのだから。

「単身赴任でね。独身だから当たり前だけど」

それで晶はピンときた。頭の中でカレンダーを広げる。

「その頃、夏海さんは妊娠四ヶ月ぐらいだったはずです。まだお腹は目立たなかったと思いますけど、本人は当然分かっていましたよね。飯塚さんはご存じだったんですか？」

「知らなかったわ……その時は」

「いつ知ったんですか？」

「梅雨の頃にお腹が大きくなっているのに気付いて、確認したら、十月に生まれるっていう話で、びっくりしたわ」

「その水谷さんは、妊娠を知らなかったんですか？　そもそも水谷さんが本当に父親なんですか？」

「悪いけど……」朋恵が頭を下げた。「その辺、実ははっきりしないのよ。二人がつき合っていたのは間違いないけど、夏海は父親の名前を絶対に明かそうとしなかった」

「水谷さんと交際していて、でも父親は別だったという可能性はありますか？」嫌な質問だと自覚しながら晶は聴いた。

「それはないわね」朋恵が首を横に振った。「夏海は、そういうことができる子じゃないから。奥手というか、恋愛に積極的なタイプじゃない」

「そうですか……」確かに、高校時代の同級生もそう言っていた。「水谷さんとは、この店で知り合ったんですよね？」アルバイト店員と常連客——いかにもありそうな話だ。

「知り合ったというか、私がけしかけてしまったんですね」朋恵が申し訳なさそうに言った。

「紹介したということですか？」

「水谷君は、夏海が働く前からここの常連だったし、信用できる人だったから。それに何だか、夏海が可哀想でね」

「可哀想？」

「あの子、東京にほとんど知り合いがいなかったんじゃないかしら。仕事も、ここに来るまでに二回も三回も変わって……バイト先でも馴染めなくて苦労したのよね。そういう若い女性は、恋人ができれば変わる。積極的になれる」

「しかも相手は、将来の社長候補」

「しかもイケメン」初めて軽い口調で言って、朋恵がスマートフォンを取り出した。画面に指を滑らせてから、二人に示す。

「この店で撮った写真ですか」カウンターに腰かけ、頬杖《ほおづえ》をついたところを斜めの角度から撮影している。顎が細いしゅっとした顔、さらさらの髪。ワイシャツ一枚なので、細身の体型が目立つ。いかにも今風のイケメンという感じだった。その向こう、カウンターの奥では夏海が微笑《ほほえ》んでいる。神岡は、とふと思う。イケメンには違いないのだが、何だか昔のハンサムという感じがするのだ。今の時代ではあまりモテそうにないタイプ。

「忙しいせいか、水谷君も彼女がいなくてね。いつもこぼしていたから、夏海を紹介したのよ」

「それでつき合うようになったんですね」

「そう。しばらくしてから、夏海がバイトの休みを土日にして欲しいって言ってきて。水谷君の休みに合わせたんだなって分かったのよ。でも、実際にどういうつき合いをしていたかは分からなかったけど」

「水谷さんの家は……」

「それは分かりません。実家暮らしみたいなことも言ってたけど、ちゃんと確認したことはないわ」

「水谷さん、まだアメリカにいるんですか」

「いえ」短い否定。

「帰って来たんですか？」それなら一歩前進かもしれない。子どもの父親が分かれば、夏海の助けになるかもしれない。

「ええ。一週間ほど前に」

「一週間？」つい最近ではないか。

「十一月一日に帰国して」

「もしかしたら、会われたんですか」

「そう。早速ここに来てくれて」

「その時に夏海さんのことは話したんですか？」

「話してません」

「交際していたのに？」

「別れたみたいなので……そういうこと、聞きにくいじゃない」

何かがおかしい。これまで話してきた感じでは、朋恵は非常に面倒見がいい女性に思える。仕事の面でもそうだろうし、東京で一人寂しく暮らすアルバイト店員にボーイフレンドを紹介したり──最近、そういうお節介を焼く人はあまりいない。

「少し、時間の流れを整理させて下さい」

「ええ」朋恵は明らかに乗り気でなかった。

「夏海さんと水谷さんがつき合い始めたのはいつですか？」

「正確なことは分からないけど、二〇一九年の秋……九月か十月でしょうね」

「それで翌年の四月に、水谷さんはアメリカに赴任している。本当に別れたんですか？」念押しして確認する。

「はっきり聞かなかったけど、たぶん、そうでしょう」

「そして、飯塚さんが妊娠を知ったのはその後ですね？　父親は水谷さんと考えていいんでしょうか」

「私はそうだと思うけど……夏海は絶対に言わなかったから」朋恵は自信なげだった。

「妊娠しているのが分かって、何の責任も取らずに一人でアメリカへ行った可能性も

あるんでしょうか？」そうだとしたら、あまりにも無責任ではないだろうか。サラリ

ーマンに転勤はつきものとはいえ、今は家族も大事にするのが普通だ。出産するまで

転勤を先延ばしにするとか、一緒に渡米するとか、手はいくらでもあっただろう。

「私の推測に過ぎないけど、知らなかったと思う」

「夏海さん、どうしてきちんと言わなかったんでしょうね」

「私には何も言えないわ。二人を引き合わせたけど、どんなつき合いをしているかま

では、首を突っこまなかったから。それはやり過ぎでしょう」

「雑談でも、そういう話はしなかったんですか？」

「夏海が明るくなって、幸せそうだったから、上手くいってると思ってたわ……それ

ならそれで、私みたいな人間が口を出すことじゃないでしょう」

「ここで週五日も顔を合わせていたら、家族みたいなものじゃないですか」

「それは違います」朋恵がぴしりと否定した。

「そうですか……とにかく、水谷さんに会ってみます。いきなり自分に子どもがいる

ことを伝えられて、しかもその子が殺されたと知ったら、ショックでしょうけど」

敢えてきつい言葉をぶつけて、晶は朋恵の反応を見た。無反応――そこまでは責任を負いかねると思っているのかもしれない。

「あの」朋恵が遠慮がちに言った。「夏海に会えますか？　元気づけてあげられるかどうかは分からないけど」

「それは助かります」香奈江が割って入った。「夏海さん、ショックを受けていて、私たちとも普通に話ができない状況なんです。飯塚さんが話してくれたら、安心するかもしれません」

「だったら、これからいいですか？　お店はバイトの子たちに任せられるので」

「もちろん、構いません」

香奈江が晶に目配せした。香奈江が同行する――意図はすぐに読めた。晶は香奈江に向かってうなずきかける。

「それでは、私が同行します」香奈江が申し出た。

「ちょっと待ってもらえますか？　準備しますから。それまでコーヒーでも……」

コーヒーの誘いは魅惑的だったが、晶は「公務中なので」と断った。それに、一刻も早く新日トレーディングに出向いて、水谷に会いたい。

「では、よろしくお願いします」晶はさっと頭を下げた。

朋恵が出て行くと、二人は今後の行動を打ち合わせた。香奈江は朋恵に同行して病院へ。晶は新日トレーディングへ向かう。

「晶さん」香奈江が両の掌を下に向け、二度、三度と上下させた。

「何、それ」

「どうどう、です。穏便にいって下さいね」

「私、別に怒ってないわよ」

「水谷っていう人が、クソ野郎だって分かったらどうします？　ブチ切れるでしょう。本当は、誰か一緒の方がいいんだけどな」

「自分の感情ぐらいはコントロールできるから。あなたはきちんと自分の仕事をして」

「それはもちろん、ちゃんとやります。でも晶さんはしばらく、夏海さんと直接接触はしない方がいいですね」

「どうして？」

「ずっとカリカリしてます」

「相手は被害者の母親だよ？　カリカリなんかしてない」

「顔を見れば分かります」香奈江が真顔でうなずいた。「私が言うのは生意気かもしれませんけど」

「それは……いいよ。ご忠告、ありがとう」後輩から言われるのは情けない限りだが、何も言われないよりはましかもしれない。

それにしても……自分は本当に、自分の感情をコントロールできているのだろうか？

6

新日トレーディングの最寄駅は、神保町ではなく水道橋だった。琥珀亭までは歩いて五分ほど。社員の昼食の行動範囲内だろう。

会社はオフィスビルの四階から七階までを占めており、それなりに規模が大きいことが分かる。事前に電話で連絡を入れておいたので、すぐに人事課長の宮代《みやしろ》に会えた。五十歳ぐらい、小柄で細身の男で、銀縁の眼鏡のせいか神経質そうなイメージがある。

「ええと、水谷晃太ですね」宮代がファイルフォルダから書類を抜き出した。

「アメリカ赴任から戻って来たと聞いています」

「はい、今月一日付ですね」

「今は、会社にいらっしゃいますか？」

「いえ、出社していません」

「コロナで待機とかでしょうか？」

「いえいえ」宮代が慌てた様子で、顔の前で手を振った。「休暇の消化です。基本的に海外赴任の後には、十日間の休暇を出すことにしているんです。家のこともありますし、環境が大きく変わりますから」

「なるほど……それでは、今月十日まで休みということですか」

「そうなりますね」

「休みの間、何をしているかは把握されていますか？」

「いえ。プライベートなことなので、そこまでは……でも大抵の海外帰りの社員は、家のことで手一杯になりますね」

「帰国後の水谷さんの所属はどちらですか？」

「北米一課です」

「アメリカでの仕事と地続きのような感じですか？」

「そういうことですね」宮代がうなずく。

ここから先が難しい。今のところ、水谷には犯罪の嫌疑はかかっていないので、強制的に情報を入手することはできない。何とか上手く言い訳を作って……といきたいのだが、いい手が思い浮かばない。

「今回は、どういうご用件でしょうか」宮代が上目遣いに晶を見た。

「詳細は申し上げられないんですが、捜査の関係です」結局、こういう曖昧な形でしか説明できない。嘘《うそ》はつけないし、「捜査の秘密」で押し通すしかないのだ。

「まさか、水谷が――弊社が何か事件に……」

「違います」晶は慌てて否定した。今のところは、だが。「ある事件の捜査に関して、水谷さんからお話を聴きたいだけです。水谷さんが容疑者だとか、そういうことではありません。あくまで参考です」

「本当ですか？」宮代は疑わしげだった。それはそうかもしれない。警察と聞けば、大抵の人は事件を想像する。自分が疑われているのではないか――実際には、警察の仕事のほとんどは、容疑者と直接対決することではない。容疑者を追い詰めるために、関係者から情報を集めて状況をはっきりさせることだ。晶たちの場合は、捜査ですらない。せいぜい「調査」だろう。

「御社にご迷惑をおかけすることはありません」水谷が女性関係にだらしないゲス野郎である可能性はあるが、さすがに会社は関係ないだろう。

「はあ……」

「携帯の番号は、こちらで調査しても分かります。ただし手間がかかりますから、できれば教えていただければ」晶は強気に出た。

「ちょっと上と相談してもよろしいですか」宮代が立ち上がりかけた。

「そんなに大袈裟《おおげさ》な話じゃないですよ」晶は宮代を引き留めた。「ここで聴いた話は表に出しませんし、秘密は厳守します」

「そう……ですか」淡々とした様子で、宮代が椅子にもう一度腰を下ろした。

「携帯電話の番号と住所。それだけ教えていただいたら引き下がります」

「あの、これ、どういう事件なんですか」

「それを言ってしまったら、捜査に差し障る恐れがありますので——すみません」晶は譲らなかった。

「そうですか……」

溜息をついてから、宮代は結局必要な情報を教えてくれた。ひとまずOK——晶は小さな笑みを浮かべて、さらに話を進めた。

「水谷さん、創業家の一族だそうですね」

「ええ」宮代があっさり認める。「でも、創業家は経営から完全に手を引いています。今でも大株主ではありますけど、それだけの話ですよ。水谷も、普通に入社試験を受けて入ってきています」

「非常に優秀だと聞いています」

「そうですね。今時の若い人には珍しく、指示がなくても自分で考えて動けますしね」

晶は思わず苦笑してしまった。指示待ち——最近の若い警察官にも、こういうタイプが多い。指示すればきちんと仕事をこなすのだが、自分から進んで動こうとはしない。命令一下、整然とした行動が要求される機動隊員ならそれでいいのかもしれないが、刑事が指示待ちでは困る。自分で考えて動き回らない人間は、いい刑事になれない、と晶も新人時代に先輩から散々聞かされていた。もっともほどなく、晶は「お前は勝手に動き過ぎだ」とお叱りを受けるようになったのだが。

「創業家がずっと経営権を握っている会社もありますよね」

「ええ。でもうちの創業者一族は、今で言うベンチャー気質の持ち主だったようです。維持していくより新しく作る方に注力した——うちだけでなく、他にもいくつも会社を作っていますから。新日トレーディングは、今も残っている中では、うちのグループ内で一番規模が大きいですが」

「それでも、創業者一族から社員が入ってくるというのは、大きなニュースじゃないですか？」

「まあ、社内ではそれなりに話題にはなりましたよ」宮代が認めた。

「社長候補と言われているとか」

「まさか。まだ新人から中堅になりかけですよ」宮代が苦笑する。「将来のことなんか、分かりません」

ここはあまり突っこむべきではないだろうと思い、晶は話題を変えた。

「水谷さん、出身は東京なんですか？」

「いえ、京都《きょうと》です」

「では今、創業者のご一家は京都に？」実家に住んでいるという朋恵の情報は、勘違いか聞き違いだったのだろう。

「そうですね。創業者の水谷白英《はくえい》が事業から引退した後、出身地の京都へ引っこんで、以来ずっとそちらが本拠地です」

「なるほど……ちなみに水谷さん、独身ですよね？」

「そうですが、それが何か？」宮代が怪訝そうな表情を浮かべる。

「念《ねん》の為《ため》の確認です。ありがとうございました」


電話をかけるか、直接訪ねるか——少し迷った末、晶は直接水谷の自宅に行ってみることにした。最寄駅は、都営三田《みた》線の新板橋《しんいたばし》。会社まで乗り換えなしで行ける便利な場所だ。しかも家賃はそれほど高くないだろう。

そんなことを想像しながら自宅まで来たのだが、実際は駅からほど近いタワーマンションだった。この物件だと、家賃は相当高いはずだ。新日トレーディングの給料で払えるかどうか。

インタフォンで呼んでみたが反応はなし……休みだからといって家にいるとは限らないのだが、一回で摑まらなかったので少し苛つく——悪い癖だ。

一度敷地から出て、携帯を鳴らしてみる。圏外なのか、こちらも反応はなかった。こうなると、再度訪問するか、あるいは待ち……ただし永遠に待ち続けるわけではない。水谷の休暇は十日までなのだから。その後は、確実に会社で摑まえられる。ただしそれまで、夏海の父親は確定できないままになるわけだ。

取り敢えず出直すことにして、香奈江に連絡を入れる。朋恵と一緒に病院にいるはずで、直接電話に出られないかもしれないと考え、まずメッセージ。見たらコールバックするように頼んだ。そのまま駅の方へ戻り、地下鉄の階段を降りようとした瞬間、スマートフォンが鳴る。

「駄目でした」香奈江ががっかりしたような口調で報告する。

「朋恵さんでも？」

「夏海さん、そもそも会おうともしませんでした」

「入り口でアウト、という感じなんだ……」晶は溜息をついてしまった。朋恵を当てにしていただけに、これは痛い。

「そうなんですよ。今、朋恵さんを宥《なだ》めるのが大変でした」

「ああ、お疲れ……」晶は苦笑した。「結構激しそうな人だもんね」

「頭を下げて、何とか帰ってもらいました」

「助かる。でも、今後も朋恵さんはつないでおいた方がいいね」

「そうですね。頼りになりそうな人ですし」

晶はスマートフォンを一瞬耳から放し、深く呼吸した。

「それで、夏海さんの様子は？」

「意識ははっきりしてますけど、ほとんど喋りません。あ、でも、怪我の検査は受けました。昨日見た脇腹のところですけど、やっぱり肋骨《ろっこつ》を骨折してたそうです。自然治癒でほぼ治りかけ、という感じみたいですけど」

晶は顔をしかめた。合気道をやっていた晶も、右の肋骨を骨折したことがある。寝る時が一番辛い。横になると、折れた部分にもろに体重がかかるのだ。医者へも行かず自然に治るのを待っていたとすれば、夏海はとんでもなく我慢強い。

「相当痛かったと思うけど、病院に行かなかったんだね」

「そうですね。病院の説明だと、蹴られた怪我じゃないかということでした」

「ひどいな」怒りがこみ上げてくる。「要するに岡江は、彼女もその息子も痛めつけていたわけでしょう」

「……そうなります」

「こっちは空振り。でも、十一日には会社に出てくるそうだから、その時に必ず摑まえる。一応、明日以降も接触を試みるけど」

「私もやってみます——それと、若本さんが集合をかけてます」

「この時間に？」既に勤務時間は終わりに近い。それだけ緊急の用事ということだろうか。胸騒ぎがしたが、香奈江も状況は聞いていないという。

「私もこれから戻ります」

「清水さんは？」

「私と入れ替わりで戻りました」

「何だか逃げ出したみたいだけど」

「そんなに厳しく考えなくても……清水さん、仕事はちゃんとやってますよ」かすかに抗議するような口調で香奈江が言った。「晶さん、点が辛過ぎるんですよ。そのうち、上司にしたくないタイプ、なんて言われちゃいますよ」

「そもそも偉くなる気もないから」

同僚の女性の中には、とにかく出世して「ガラスの天井」を突き破ろうとしている人もいる。同期で、特殊事件対策班《SCU》にいる朝比奈由宇《あさひなゆう》など、その典型だ。今はＳＣＵにいて通常の出世ルートを外れた感じではあるが「必ず上に行く」と事あるごとに言っている。

「とにかく、本部へ上がる」

ふっと息を吐いて気持ちを入れ替えようとした。思うことが何でもすぐに実現できるわけではない――「警察官の仕事の九割は無駄だ」とよく言われるし、自分でもその通りだと思っているが、それでも壁にぶち当たると疲れる。

今は、疲れている場合ではないのだが。

「では、後ほど」

若本の緊急招集は、ネットに関するものだった。

「かなりきつい攻撃が始まってる。逮捕された岡江弘人に対しても、夏海さんに対しても」若本が暗い口調で告げる。

「夏海さんは被害者の母親じゃないですか」晶はつい反論した。

「そうなんだけど、要するに訳の分からない男とくっついたのがまずい、という論調なんだ」

「駄目な男に引っかかる女にも問題あり、ということですか……」清水が白けたように言って肩をすくめる。

「清水さん、言い過ぎです」晶はすかさず抗議した。

「いや、実際、そういうことも多いしな。殺しの多くが家庭内で起こってることを考えれば――」

「そういうことじゃないです」

晶はぴしりと言った。清水はまた肩をすくめるだけだった。話し合いが進む中、晶はSNSの情報をチェックした。

ありがちな駄目女とクズ男の話。こんな事件、何回起きてる？

いつも犠牲になるのは子ども。母親の義務、ちゃんと果たせよ。

要するに底辺同士の話。クズがやることだから、こんなもの。

どう考えても母親も逮捕だろう。保護責任者遺棄致死じゃないか？

「被害者が二歳の男の子だからな。親に非難が集中するのもしょうがないだろう」清水が言った。

「夏海さんも被害者——暴行を受けていたのは間違いないんですよ。その事実を公表すれば、夏海さんに対する非難は収束すると思います」そもそも非難される謂《いわ》れはないのだが。晶は夏海の顔を思い出していた。あんなに虚無的な表情を浮かべる若い女性を見たことはない。心を丸ごと、事件に盗まれてしまった感じだ。

「しかし、この件はまだはっきりしていないんだな。肝心の犯行時刻が分かっていない」若本が手帳に視線を落とす。「秦、今日もほとんど話はできていないんだろう？」

「ええ」香奈江が暗い声で答える。「医者や看護師とは最低限の話をしていますけど、警察とは……病院側も、無理はさせたくないと言っています。ショックが大き過ぎますから、精神科のカウンセリングを受けた方がいいとも」

「支援センターに全面的に任せるわけにもいかないみたいね」

支援センターにも精神科医や臨床心理士がいて、心理学的に被害者のケアを行なっている。頼りになる人たちなのだが、夏海が病院にいる以上は、病院側に任せるのが筋だろう。

「支援センターにも、病院と密に連絡を取り合ってもらうしかないですね」晶は言った。

「それはもう連絡済みだが、取り敢えず病院の判断待ちということだった。勝手に話を聴くわけにもいかないしな。寄ってたかって話を聴こうとしたら、夏海さんも混乱するだろう」

「それで、どうしますか？　カウンター情報を流しますか？」

ＳＮＳでの犯罪加害者・被害者攻撃は時に過熱し、それによる二次被害も起きている。「セカンドレイプ」とする声もあるぐらいだ。犯罪で傷ついた心が、ネットの誹《ひ》謗《ぼう》中傷で二度目のダメージを受ける……。

あまり褒められたことではないが、支援課では誹謗中傷を否定するような意見を、複数の匿名アカウントで発することがある。さらに炎上する危険性もあるが、「消火」に成功したこともあるという。よほどひどい状況だと、被害者と相談して捜査に乗り出すこともあるが……名誉毀損や侮辱罪は親告罪であり、書かれた方が泣き寝入りしてしまえば、警察では何もできない。

「それも難しいな。だからこうやって集まってもらったんだ……知恵を出して欲しい」

警部の若本は一係を束ねる立場だが、独断で指示を出すタイプではない。何かあるとすぐにメンバーを集めて、全員で知恵を絞ろう、と言い出す。実際には、この方法は上手くいかないことが多いのだが。互いに好き勝手なことを言い合うだけで、話がまとまらずに無駄に時間が過ぎてしまう。

今日もそうなった。勤務時間を大幅に過ぎても話がまとまらず、結局「しばらく様子を見る」という曖昧な結論で散会になる。これではわざわざ集まった意味がない。水谷の自宅で帰りを待ち伏せしている方がよかったのではないか？

「加害者家族の方はどうしますか」全員が立ち上がったところで、晶はふと気づいて言った。「岡江に対する罵詈雑言《ばりぞうごん》もひどいですよ」

「ああ」座り直しながら、若本がまた手帳を広げる。「母親がいるな」

「そうですね」晶も手帳を確認した。「岡江佳代子《かよこ》さん、五十三歳。家は都内なんですね。何か商売をされているそうです。屋号は『かよ』」

「居酒屋でもやってるんだろうな。『かよ』というのは、いかにも居酒屋っぽい」

「岡江本人に対する攻撃の方が激しいんですけど、家族がどう捉えているかは気になります」

「捜査本部に確認してくれ」若本が指示した。「当然、加害者家族には事情聴取しているだろう」

「分かりました」晶はスマートフォンを取り出し、西ケ原署の刑事課に電話を入れた。課長の今泉を呼び出してもらう。

「何だ、あんたか」今泉は鼻でも鳴らしそうな感じだった。

「お忙しいところ、申し訳ありません」「あんた」呼びにはむっとしたが、晶は努めて丁寧に話した。「今、被害者、加害者それぞれの家族に対するフォローを検討しているんですが、岡江の母親の佳代子さんにも接触されてますよね」

「ああ」

「どんな感じでした？　ネットとかでだいぶ書かれてますよね」

「それが、無関心というか何というか、ネットなんか見ないそうだ……それに、息子が何をやっても自分には関係ないというんだ」

「親子仲、悪いんですか？」

「ずっと会ってないという話だな。岡江が中学を卒業して以来だから、もう十年以上になる」

「中学を卒業して、すぐ家を出たんですか？」

「まあ、いろいろと問題がある家庭だったらしい。親は、岡江がまだ小さい頃に離婚している。岡江は母親と父親の家、両方を行ったり来たりで、不安定な子ども時代を過ごしたみたいだな」

「それで母親と折り合いが悪くなった……」

「そういうことだろうな」今泉が疲れた口調で認めた。「高校にも行かないで家を出て、左官の仕事に弟子入りしたらしい。ただそこも、長続きしないで辞めてる」

「今は無職、ですね。たまにアルバイトをするぐらいで」

「ああ」

「夏海さん、どうして岡江と知り合ったんでしょう。接点が分かりません」

「岡江は、ナンパだって言ってる」

「ナンパ？」

「渋谷で。たまたまその時、夏海さんは一人だったそうだ。子どもがいることを知ったのは、その後だな」

「それは承知でつき合っていたんですよね？」家にも転がりこんでいるぐらいだから……交際するとなると、子どもの存在は大きな障壁になるはずだ。岡江が子ども好きだったとは思えないし。

「まあ、そういうことだな」

「出会ったのはいつなんですか？」

「岡江の証言だと、去年の暮れ。それで今年の夏には、夏海さんのアパートに転がりこんでいる。岡江はそれまでずっと知り合いの家を転々としていた」

「収入はあったんですか？」

「時々バイトしたりして、何とか暮らしてたみたいだ。ただし、夏海さんと暮らすようになってからは、建築現場の仕事に入るようになったんだけどな」

「就職したんですか？」

「いや、あくまで臨時のバイトだ。でも、それなりに収入はあったそうだ。夏海さんにすれば、金を入れてくれる人はありがたかったんだろう」

「夏海さんは、ずっと働いていなかったんですよね」

「小さい子どもを抱えたまま、預かってくれる人もいなかったわけだから。就職どころかバイトもままならなかったと思う」

「きついですね……岡江は金蔓《かねづる》ですか」

「ただし、岡江の仕事もいつも長続きしなくて、関係はどんどんぎくしゃくしていったみたいだけどな」

「それで今回の事件ですか……」

「もう少し精査しないと断定はできないけど、流れとしてはそんな感じだろうな。ま、支援課が家族のことを心配するのは分かるけど、今のところは問題ないんじゃないか？」

「そんなこともないです。ネットが荒れてます」

「そういうのは、放っておけば自然に鎮まるだろう。ＳＮＳのユーザーなんか、飽きっぽいだろうし」

「でも、書かれたことはデジタルタトゥーとして永遠に残ってしまいます。それがネットの世界です。一生苦しむことになる可能性もあるんですよ」

「あんた、一々大袈裟過ぎないか？」

「騒いで何もない方がましです」

この辺は哲学の違いとしか言いようがない。晶はもやもやした気持ちを抱えたまま電話を切り、他のメンバーに報告した。

「岡江の母親は、関係ないと言っているそうです。親子関係は破綻している、という説明ですね。本人もネットは見ていない様子です」

「取り敢えずそちらは保留しておいてもいいか」若本が結論を出した。

「夏海さんの母親が気づいて、気にするかもしれませんが」

「気にするような人か？ 実際に会った印象では、どんな感じだった？」

「……こちらも親子仲は最悪です」地元に娘を縛りつけようとした母親。母親の呪縛から逃れるために東京へ逃げ出した娘。関係はまったく修復されないまま、歳月の流れが二人の間の溝を深くした。

「だったら気にしないかもしれないが……そもそも都内に住んでいないわけだから、ケアするのは難しい」

「その辺、何とかならないんですか」東京は、地方出身者の集まりである。事件が起きた時、家族は実家のある地方に――というパターンはよくある。満足にケアが行えないことも珍しくはないのだ。

「他県警との連携だろう？ それはなかなか、な」若本が首を捻った。「捜査というわけじゃないから、積極的に連携しようという声は出てこない。その辺は、警察庁にでも音頭を取ってもらって、何とかするしかないだろう。俺たちが口出しできることじゃない」

それは分かっている——理屈では。しかしどうにも釈然としない。

帰る準備をしていると、村野に声をかけられた。

「あれ、今日はずいぶん遅いけど、いいんですか」村野はつかず離れずの関係を続けていた恋人の愛《あい》と結婚して、今は夕飯当番をしているという。二人は若い頃つき合っていて、二人揃《そろ》って事故に巻きこまれ、愛は下半身の自由を失った。アメリカで手術を受け、今では車椅子ではなく松葉杖《まつばづえ》で歩けるようになったものの、不自由は多い。しかし愛は、自分の不幸な経験を活かし、今では支援センターのフルタイムの職員である。村野は以前ほど忙しくないので、夕飯作りを担当しているそうだ。

「今日は、古巣の仲間と会食だってさ」

「さすが、社長」

「もう社長じゃないよ」村野が苦笑した。

愛は大学卒業後にウエブ制作会社を立ち上げ、順風満帆の人生を送っていた。車椅子生活になっても社長を務めていたが、アメリカで手術したのをきっかけに社長の座を退き、第二の人生を歩き出したのだ。

「まあ、今でも会社とは関係あるからな。大株主だし」

「配当だけで生きていけるんじゃないですか」

「そこまで大きな会社じゃないよ。ま、実態はアドバイザーという感じかな」

「完全に降りるって、なかなかできないんですね」

「そういうこと……だから今日は、俺も寂しく一人飯なんだ。一緒に行くか？」

「いえ――今日は帰ります」人と食事をするだけでもエネルギーを使う。今日はそんな気分にはなれなかった。

「そうか……西ケ原署の件、大変そうだな」

「被害者の母親のダメージが大きくて、まだまともに話ができないんです。昨日は一応、事情聴取に応じていたんですが」

「後からショックが来ることもあるからな」村野が、空いていた香奈江の椅子を引いて座った。「警察と話をしていてダメージが蓄積することもあるし。所轄の事情聴取はどうだった？」

「丁寧で、こっちがストップをかけるような状況にはなりませんでした」

「そうか……だったら、あまりカリカリしないように。俺たちが焦っても、被害者家族のためにはならないからな」

「カリカリしてませんよ」

「してるよ……顔が」村野が自分の頬を指差した。「たまには鏡を見ろよ」

「マジですか」晶は思わず顔を擦った。

「被害者家族は、細かいことが気になりがちなんだ。こっちが怖い顔をしてると、自分が怒られているんじゃないかと思う」

「まさか……そんなつもり、ないですよ」

「捉え方の問題なんだ。毎日、何度も鏡を見た方がいいな。できるだけ表情を消して――菩薩《ぼさつ》みたいな表情が一番いいんだけど」

「菩薩は……私には無理じゃないですかね」

「やってみればいいじゃないか」村野が穏やかな笑みを浮かべる。「そのためには、常に平静な気持ちでいることが大事なんだけどな」

「村野さんは、それができてるんですか？」

「いや、無理」村野が首を横に振った。「日々修行だよ」

「愛さんに顔をチェックしてもらったりして」

「やってるけど、毎日駄目出しだ」

「愛さん、厳しいですね」

「自分に厳しく、他人にも厳しく――昔からそうだけどね。行き詰まるようだったら、彼女と話してみればいい。いつも支援課の中だけで仕事をしてると、考えが固まってしまいがちだろう？　外の人とじっくり話すのもいいよ」

支援センターとは、日常的に一緒に仕事をしている。しかし事務的になりがちで、親しい人がいるとは言えなかった。村野の妻である愛には個人的に興味もあるのだが、ゆっくり話す機会はまだなかった。

「いいんですか？」

「俺の許可はいらないよ」村野が笑った。「いつでも電話して大丈夫だから」

「すみません、気を遣ってもらって」晶は頭を下げた。

「自分一人で抱えこまないことだ。それが続くと、すり減ってしまうから——俺みたいに」

実際村野は、限界近くまですり減りかけていたと聞いている。それで、支援課が総合支援課に衣替えしたことをきっかけに、一歩引いた形で仕事をするようにしたのだという。実際、支援課のスタッフは大幅に拡充されたから、以前のように、四六時中支援業務に入る必要もなくなっている。

「私は大丈夫ですよ」

「自分のダメージは、自分では気づかないものなんだよ。それがある日突然、歩けなくなる——そういうのは避けたい。精神的なリスクマネージメントだな」

「気をつけます」

「一人で抱えこまないで、皆と相談する——ここの仕事はチームワークなんだから」

「そうですね」とはいえ、清水のように頼りたくない相手もいる。

「上手くやってくれ。君が倒れたら困る人がたくさんいるんだから」
絶対に倒れはしない——困っている人のために。

第二部　埋もれる

1

晶は翌日、警視庁本部ではなく神保町に向かった。昨日、琥珀亭の飯塚朋恵に迷惑をかけてしまったので謝りたかったし、もう少し夏海の情報を手に入れたかった。今のところ、東京で夏海と濃い関係を築いていたのは、朋恵だけのようだ。

午前八時半、琥珀亭のドアを押し開ける。朝の客の年齢層は高い。この辺の商店主や引退した高齢者が、モーニングセットを食べに来るのだろうか。

朋恵はカウンターの中でコーヒーを淹《い》れていた。晶のことは認識しているようで、顔を見ると、表情は変えずにひょいと頭を下げる。晶はカウンターにつき、ちらりとメニューを見た。少し刺激が欲しい……ちゃんと金は払って、コーヒーを頼もうか。

「モーニング？」朋恵がいきなり訊ねる。

「いえ……食事は済ませています。コーヒーをもらえますか」メニューを上から下まで見ても、やはりエスプレッソはない。「お金は払いますので」

「ということは、今日も仕事？」

「はい。昨日の続きなんですけど……病院では大変だったと聞きました。その時の様子をお伺いしたいんです」香奈江から詳しく報告を受けたが、さらに朋恵の「印象」もぜひ聴いておきたかったのだ。

「あまり話したくないけどね」

「そう仰らずにお願いします」晶は粘った。

「ブレンドでいい？」朋恵がふっと話をずらす。

「エスプレッソはないですよね」晶は念のために訊ねた。

「あるわよ」朋恵があっさり言った。

「そうなんですか？」

「メニュー」朋恵が、カウンターの奥の壁を指差した。短冊が並んだ幅は、二メートルもある。「カフェラテがあるでしょう？　ということは、当然エスプレッソもあるのよ」

「メニューには載ってませんよね」晶は指摘した。

「エスプレッソを頼む人なんて、誰もいないから。あなた、よくあんな苦いもの、飲めるわね」

「めざまし代わりです」

「コーヒーをめざまし代わりにするのは失礼よ……でも、エスプレッソ、淹れるわ。

今回は特別」

「ありがとうございます」

朋恵がカウンターの奥に引っこむと、エスプレッソマシンが豆を挽《ひ》く甲高い音が聞こえてくる。すぐに、小さなカップでエスプレッソが出てきた。

晶は二口で飲み干し、「美味《おい》しいです」と言った。

「それそれ。それが嫌なの」朋恵が呆れたように言った。「エスプレッソは機械で淹れるから、腕のふるいようがないじゃない」

「カフェラテなら、ラテアートとかありますよ」晶は反論した。

「あれは味に関係ないでしょう。そもそも私、手先はそんなに器用じゃないし」

「コーヒーを淹れるのに専念、ですか」

「一杯一杯、気を遣うのよ。あなたには想像できないかもしれないけど」

今朝の朋恵はやけに攻撃的だ。元々そういう人なのか、昨日から晶に対して怒っているのか。

「夏海さん、病院ではどんな感じでしたか？」

「ろくに話せなかったのよ」朋恵が暗い表情を浮かべた。「元々、そんなに話す子じゃないんだけど、昨日は『会いたくない』ってだけ言って。後はほとんど無言」

「まだ鎮静剤の影響が残っている感じじゃないんですか」

「それはないって、お医者さんは言ってたわよ。壁を作ってる感じかな」

「飯塚さんでも駄目でしたか……」

「あれじゃ、誰が行っても駄目じゃないかな」朋恵が残念そうに言って首を横に振る。

「時間をかけるしかないかもしれませんね」

「警察は、そんなに焦ってるの？　別にいいじゃない、犯人は捕まってるんだし」

「家庭内の事件ですから、詳細は本人たちしか知らない——夏海さんに話を聴くのは、捜査でも絶対必要なんです」

「だから私、あんな男はやめておけって言ったのよ」朋恵が溜息をついた。

「岡江を知ってるんですか？」

「ここへ連れて来たことがあってね。一目見て、これは駄目だって分かったわ。女を食い物にするクズ男って、いるでしょう？　あなたみたいに若い人だと、そういうのは分からないかもしれないけど」

「そんなに若くないですし、そういう男性は仕事でよく見ています」

「そうか、警察だからね」

「駄目な男だと分かって……忠告はしたんですか？」

「もちろん、言ったわよ。絶対に上手くいかないからって。でも、あの子は言うことを聞かなくてね。結局、私の勘が当たっちゃった」

「お金の問題ですかね」

「そうね。小さい子を抱えて、仕事も自由にできないんだから、誰かを頼りたくなる気持ちは分かる」

「またここでバイト、というわけにはいかなかったんですか？」

「さすがに小さい子がいるとね……預けるにしても、保育園も簡単には見つからないし。今の東京は、若い人には住みにくい街よね」

「他に援助してくれる人もいなかったんですよね」

「残念ながら、ね」朋恵が肩をすくめる。「社交的な子じゃないから、東京にはほとんど友だちはいなかったんじゃないかしら」

「この店のバイト仲間とか、どうですか？」

「ああ……そうね。働いていた時期が被《かぶ》っていた子は何人かいるけど、そんなに親しかったかどうか」

「今、いますか？」振り返って店内を眺め渡す。テーブルを片づけている大学生風の女性が一人。

「今はいないわ。今日は一人、午後から出てくる予定」

「会えますか？」

「それはいいけど、仕事に差し障ると困るわよ。うちも今、ぎりぎりの人数で回してるから」

「だったら、ちょっと早めに来てもらって、時間をもらうということでどうでしょう？　三十分ぐらいあれば……連絡していただけますか？」

「あなた、強引ねえ」朋恵が苦笑する。

「すみません。商売柄、どうしても」

「まあ、いいけど……今日は一時からのシフトだけど、十二時半でいい？」

「大丈夫です」

話を聴く場所だけは確保しておかないと。朋恵の目が届く範囲では、向こうも話しにくいのではないだろうか。

朋恵がすぐに電話をかけ、約束を取りつけてくれた。服部菜々《はっとりなな》。近くの大学に通う学生だという。

「学生バイトは多いんですか？」

「喫茶店のバイトは、昔から大学生が主力よ。うちなんか、親子でバイトしてくれた人もいるぐらいだし」

「親子で同じ大学で、という感じですか」

「そう」朋恵の硬い表情がようやく解れた。「ここも長いからねえ」

「飯塚さんは、何代目なんですか？」

「私で三代目。初代と二代目は親子だったけど、三代目は私が引き継いだ」

「いつからですか」

「かれこれ三十年」

「じゃあ、すごく若い時にここの店長に？」

「年齢の話はあまりしたくないけど」朋恵が首を横に振る。「まあ、就職したようなものね。いい加減、長くなってきて疲れたわ」

「でも、すごいですね」晶は本心から感心した。この店の休みが週一だということは分かっている。そのペースで三十年も仕事を続け、しかも毎日十二時間営業なのだ。体力的にもきついに違いない。

「褒めても何も出ないわよ」朋恵が素気なく言った。

「本心です……出直します」

「どうぞ。ずいぶん熱心ね」

「これが仕事ですから」

「でも、一段落したらいなくなる。そういうことじゃない？」

「そうとは限りません」朋恵の言い方に少し棘を感じ、晶は反論した。「警察の他の部署だったら、捜査が終われば関係者との関係も切れます。でも支援課は、長く関係者とつき合うことも多いんです」

「そうかな」朋恵が首を捻る。「警察がそんなに親身になってくれるとは思えないけど。どうせすぐに引くんでしょう？」

「それは状況次第です」むっとしながら晶は反論した。

「私は引かないから」

「ずっと夏海さんの面倒を見続けるということですか？」朋恵がその気でも、夏海は拒否しているのだが。

「私には責任がある」

「水谷さんのことですか？」ピンときて、晶は訊ねた。「水谷さんを紹介したから、子どもが――」

「子どもの父親が誰か、私には分からないけど。だいたいあなた、水谷君には話を聴いたの？」

「まだです」この件も昨日から棚上げになったままである。

「本人に何も聴かないで決めつけるのはどうなのかしら。私はどうしても、警察は信用できないのよね」

「きちんと仕事します。警察が信用できないというなら、信用してもらえるように努めますので、私の仕事を見ていて下さい」

「ずいぶん自信たっぷりねえ」朋恵が首をすくめる。

「自信なさそうにしていたら、被害者が困ります」

昼過ぎ、晶は香奈江と一緒に琥珀亭の前にいた。まだ食事をしていないが、今日は先送りにするしかないだろう。菜々に話を聴いてから、遅めの昼食だ。

「ランチを取りながら事情聴取っていうわけにはいきませんよね」香奈江が恨めしそうに言った。

「さすがに、食べながらじゃ無理」

「今日、朝、抜いちゃったんですよね」

「何かあった？」

「寝坊です。たまにやっちゃうんですよ……」

「あと一時間、我慢して。この辺には、脂だらけのお店がいくらでもあるから」

「脂かあ……お洒落サラダランチってわけにはいかないですよね」

「ここをどこだと思ってるの？　神保町よ。そんな洒落たお店、あるわけないじゃない」

「ですよねえ」

軽口を叩いているうちに、店の方へ向かって一人の女性が歩いて来た。すらりと背が高く――いや、痩せ過ぎだ。棒のような体型、と言ってもいいぐらいで、短いスカートから覗く脚は割り箸のようだった。この人だと目星をつけ、大股で近づく。

「服部さんですか」

「はい……服部です」

「バイトの前にごめんなさい」香奈江が前に出る。出だしは香奈江から、というルールはここでも健在だ。「琥珀亭で話はしにくいでしょう？　申し訳ないけど、パトカーの中でいいですか」

近くに、話ができそうな店がないことを確認して、覆面パトカーを借り出してきたのだった。

「パトカーですか……」それでなくても白い菜々の顔が、さらに蒼白になった。

「大丈夫。覆面パトカーは、リアシートに座っていれば普通の車だから。三十分だけ」香奈江が指を三本立てて見せた。「あなたも忙しいでしょう？」

「……大丈夫です。今はほとんどバイトだけなんで」

「何年生？」

「四年です」

「じゃあ、就職も決まった？」

「はい」

「それなら、今が一番遊べるタイミングだね」

「まあ……」菜々が苦笑いした。「それでも色々忙しいですけどね」

「じゃあ、時間を無駄にしないようにしましょう」

香奈江に促され、菜々がパトカーの後部座席に座った。晶が隣に、香奈江は運転席に陣取る。さて、ここからは自分の出番だ、と晶は気持ちを引き締めた。

「総合支援課の柿谷です」改めて挨拶する。「森野夏海さんの息子さん……蓮君が殺された事件で、夏海さんのフォローをしています」

「夏海、大丈夫なんですか？　電話しても全然出ないし、メッセージも既読にならないし」

「今、電話に出られるような状況じゃないんです。入院中で」今日も朝から清水がつき添っている。相変わらず憔悴《しょうすい》しきった様子で、やはりきちんと話はできそうにないという。

「そうですか……夏海、我慢しちゃう方だから」

「そうなんですか？」呼び捨てが気になったが、考えてみれば二人は同い年かもしれない。確認すると、菜々は一浪していて、確かに夏海と同い年だった。

「口数が少ないし、いつも遠慮してる感じだから。もっとはっきり言えばいいのに」

「あなたは、ここでのバイトは長いんですか？」

「一年生の春からずっとです」

「じゃあ、バイトでは夏海さんの先輩なんですね」

「そうですけど、同い年です」

「蓮君のお父さんが誰か、知ってる？」話がすぐに通じそうなので、晶はいきなり本題に入った。

「水谷さんだとは思うけど、夏海、言わないんです」

「飯塚さんの紹介でつき合うようになった水谷さん、ですね？　何で隠してたんだろう」

「それは……」菜々がうつむく。下を向いたまま、「夏海、引いてました」とつぶやいた。

「引いてた？」

「水谷さんって、ボンボンじゃないですか」

「本当にそういう人かどうかは、私たちも知らないけど」ボンボンは死語ではないかと思ったが……金持ちかどうかはともかく、いい家の出なのは間違いない。

「お父さんが京都で会社の社長をやっていて、しかも新日トレーディングの創業家の子なんですよね。将来の社長なんて言われてたし」

「そういう風に見られてはいたみたいね」会社側は否定していたが。

「店に来る新日トレーディングの人も『社長』って呼んでました」

「それはちょっと皮肉っぽいかな」

「ですよね」菜々が顔を上げた。「でも、定番ジョークみたいなものじゃないでしょうか」

「いずれにせよ、エリート社員って言っていいわけよね」

「夏海は、そういうのに遠慮しちゃって。自分は高卒でバイト暮らしだからって、よく言ってました」

「一人で頑張って東京で暮らしているだけでも、偉いと思うけどな」

「私もそう言ってたんですけど、コンプレックスがあるみたいで。そういうの、簡単には拭えないですよね。抜け出すチャンスもあったのに」

「例えば？」

「水谷さん、アメリカへ行く時に夏海にプロポーズしてたんです。一緒にアメリカへ行かないかって」

「そうなんですか？」これは初めて聴く情報だ。

「水谷さんも、一人でアメリカへ行くのは不安だったんじゃないですかね」

「夏海さんは、英語は話せたんですか？」

「夏海も話せないはずですけど、一人より二人の方が心強いじゃないですか」

「それはそうですね」

「コロナで大騒ぎし始めた頃だったでしょう？　簡単に日米を行き来もできなくなって、しばらく会えない可能性もあるからって、水谷さんは心配してたみたいです。でも夏海、断ってしまって。思い切ればよかったのに」

「もしかしたら、妊娠してたから？　それで不安になったとか？」

「妊娠が分かったのは、水谷さんがアメリカへ行った後です」それで時間軸が少しだけはっきりした。

「それを伝えなかった？」晶は目を見開いた。

「何て言うか……アメリカ行きを誘われた時、夏海は思い切り引いてたんです。海外で暮らす自信がないし、そもそも自分は水谷さんみたいな人には相応《ふさわ》しくないからって」

「そんなに卑屈にならなくても……」

「私もそう言ったんですけど、そもそも育ちが違うから、一緒に暮らすなんて絶対に無理だって」

「同じ生活レベルで育った人同士だけが結婚するわけじゃないでしょう。そもそもつき合ってはいたんだし」

「でも、つき合うのと結婚するのとでは、全然違うんじゃないですか？　もったいなかったけどなあ……結婚すれば玉の輿《たまこし》ですよね」

「少なくとも、生活には困らなかったでしょうね」

「蓮君も可哀想ですよね」菜々がスマートフォンを取り出して操作し、晶に画面を見せた。生まれた直後の蓮の写真で、別の生き物のようにぷくぷくと太っている。ベッドに横たわる夏海の横で、笑顔に見えるような表情を浮かべていた。

「可愛いね」晶もつい言ってしまった。

「朋恵さんが写した写真です」

「朋恵さん、出産まで結構面倒を見ていたみたいね」

「ええ……夏海、実家と上手くいってなかったみたいです。家出同然で東京へ出て来たって言ってましたから」

「それは私たちも聞いています」

「頼れる人がいないんですよ」

「結局、子どもが生まれたことは水谷さんにも言ってないのかな」

「そうだと思います」

「出産で、琥珀亭でのバイトも辞めたのよね？　その後はどうやって暮らしていたのかな」

「たまにバイトを……詳しく聞いたことはないですけど、生活保護を受けていた時期もあったみたいです」

「岡江という人は知ってる？」

「ええ」渋い表情を浮かべ、菜々がスマートフォンをトートバッグに入れた。「夏海が一度、琥珀亭に連れて来た時があって」

「どう思った？」

「チャラい人だなって……すみません」

「個人的な印象だから、どう感じるかはあなたの自由です。それに、あなたが言ったことは表には出さないから」

「そうですか……変なのに引っかかっちゃったっていうのが本音です。金髪で、歩き方とかもだらしなくて。一目見れば、ちゃんとしてるかどうかは分かるじゃないですか」

「第一印象、だいたい当たりますよね」晶は同意した。

「今回の事件を知って……正直、やっぱりっていう感じはします」

「何かアドバイスとかした？」

「後で『よく考えた方がいいよ』ってメッセージを送ったんですけど、既読スルーでした。怒ってるなと思って、それからは連絡していません」

「ナンパされたという話だけど、何でそんな人とつき合うようになったんでしょうね」

「夏海の感覚では、自分に近い相手だったのかもしれません。水谷さんだとやっぱり、腰が引けちゃうっていうこともあったんじゃないですか」

「そんなものかなあ」自分が神岡に対して抱いている感覚――いや、神岡に対して劣等感を抱いているわけではない。もちろん、弁護士になるぐらいだから、自分とは頭の出来が違うのは間違いないのだが、彼の場合は世間知らずというか、天然ボケの面がある。人間として少し抜けているせいで、相手に劣等感を抱かせないのかもしれない。

「そんなにじっくり話したわけじゃないですけど、何となく分かります。それに岡江っていう人、知り合った時は仕事をしていたみたいですから、経済的な問題もあったんじゃないですか」

「確かに……」

「ああ、もう、どうしたらいいんですか？」菜々が首を横に振る。「心配なんですけど、連絡も取れないし……病院に行っても会えないですよね？」

「たぶん。昨日、飯塚さんも病院に行ったんだけど、話ができなかった。ちょっと時間を置いた方がいいと思います」

「そうですか……もっとちゃんと話を聞いてあげればよかったな」

「それはしょうがないでしょう。今までの話だと、夏海さんは自分の周囲に壁を張り巡らしていたような感じでしたからね」

「ああ……そうですね」菜々がうなずく。「本音は誰にも言わない、みたいな」

「東京で生きていく人は、そんな風に自己防衛したりしますよね」

「もしかしたら、私が夏海みたいになっていたかもしれないですね」菜々が暗い声で言った。

「それは……人によって事情は違うでしょう」

「私も田舎から出てきて一人暮らしで、押し潰されそうになる時もありました。変な男に引っかかって酷《ひど》い目に遭っていたかもしれない」

何も言えなかった。それは晶も同じ……岡江は、夏海の寂しい心の隙につけ入ったのではないだろうか。自分にも、そういう危機があってもおかしくはなかった。

2

琥珀亭では常時四人から五人がバイトしていて、連絡用にグループＬＩＮＥも作っているという。夏海と同じ時期に働いていた数人のバイトの連絡先が分かったので、晶は絨毯《じゅうたん》爆撃的に話を聴いてみることにした。

午後一時過ぎ、近くの洋食店でオムライスを食べながら、香奈江とこれからの仕事の打ち合わせをした。老舗の洋食店なので、さすがにオムライスは美味い。破れ目もなくしっとりと仕上がった薄焼き卵に包まれたチキンライス、真ん中にたっぷりのケチャップ、つけ合わせはキャベツの千切りにパセリという、折り目正しき洋食だ。

「じゃあ、近くから攻めていく感じでいいですかね」香奈江が手帳を見ながら言った。「一番近くだと、新宿《しんじゅく》になりますけど」

「仕事場だよね。迷惑かけないように気をつけて……とにかく情報を集めないと」

「その後は……池袋《いけぶくろ》の近くで働いてる人がいるんですけど、そこへ行くついでに、水谷さんのマンションを訪ねてみますか」

「そうだね。でも今、電話してみる」晶はスマートフォンを取り出し、登録しておいた水谷の番号を呼び出した。席で電話するのは憚《はばか》られるが、相手が電話に出たら席を立って外へ出ればいい。

出なかった。

「こんなに摑まらないと、ちょっと気になるな」晶は首を捻った。

「旅行に行っているとか？」香奈江が言った。

「旅行というか、実家かもしれない」その可能性をすぐに思いつかなかった自分を、晶は責めた。実家の連絡先を割り出して電話していれば、昨日のうちに摑まえられたかもしれない。二年以上のアメリカ勤務を終えて帰国したら、まず実家でゆっくりするのは自然だろう。

「実家がどこか、分かります？」

「確認してないけど、会社に聞けば分かるんじゃないかな。まず、そこからやってみる。外で電話してくるから、お会計、頼める？」

晶は財布から千円札を抜いて香奈江に渡した。店の外へ出ると、片側三車線の広い靖国《やすくに》通りが目の前に広がっている。道路の両側には古書店が並び、ここが神保町だということを嫌でも意識させられた。世界でも、こんなに古書店が集中している街はないだろう。賑やかなのは晶のホームタウン・下北沢も同じようなものだが、残念ながら下北沢には知的な雰囲気はあまりない。

粘って、人事課長の宮代から、水谷の実家の電話番号を聞き出す。手帳に番号を書きつけた時、会計を終えた香奈江が出て来た。

「電話番号、分かったよ」晶はスマートフォンを振って見せた。

「パトの中で電話します？」

「そうする。取り敢えず新宿までは秦が運転してくれる？」

「分かりました」

近くのコインパーキングに停《と》めた覆面パトカーに乗りこみ、料金の支払いと運転を香奈江に任せて、教えてもらった京都の電話番号をスマートフォンに打ちこむ。呼び出し音五回で、相手は電話に出た。上品そうな女性の声——これが水谷の母親ではないかと晶は想像した。

「東京の、警視庁総合支援課の柿谷と申します」

「警視庁？　警察ですか」電話の相手に、京都訛《なま》りはほとんどなかった。

「そうです。水谷晃太さんのご実家ですよね？」

「そうですが……どういったご用件でしょうか」

「水谷さんのご家族でいらっしゃいますか？」

「ええ。母親ですが——晃太に何かあったんですか？　事故でも？」

「違います」ここから先が難しい。例によって曖昧に話すしかないのだが、水谷の母親は納得してくれるだろうか。最初からかなり過敏な反応を示しているのが気になる。「実は、ある事件の関係で水谷さんに話を伺いたいんですが、摑まらないんです。アメリカから帰国されて、十日まで休暇を消化していると聞いていますが」

「ええ。帰って来た時に会いましたよ」

「京都で、ですか？」

「東京の家です」

「そちらにいらっしゃらないんですか？」

「いえ」母親が即座に否定した。「東京でマンションの片づけがあるから、こちらへ帰れるかどうかは分からないと言っていました」

「板橋のマンションですね？　あれは、水谷さんが借りている部屋ですか？」

「うちで持っている物件です」

おっと……ここで初めて「ボンボン」の実態が垣間《かいま》見えた。京都の実家が、東京のタワーマンションの一室を所有している。投資用なのか、大学進学で上京した息子のために用意したのかは分からないが、資金に相当余裕がないと買えないマンションのはずだ。朋恵が「実家に住んでいる」と思っていたのはそのせいかもしれない。「実家の物件」なのは間違いないのだから。

「上京してからずっとそこに住んでいるんですか？」

「ええ、学生時代から……アメリカに行っている時は空き家になってましたけど」

何と余裕のある話か、と思わず溜息をついてしまう。わずかな沈黙の時間を利用するようなタイミングで、水谷の母親が突っこんできた。

「一体何があったんですか？　息子が何か事件にでも巻きこまれているというんですか？」

「違います」今のところは。

「でも、警察なんて……うちは、警察なんかに関わりがある家じゃないんですよ」

「あくまで参考で話を聴きたいだけです」結局この理由で押し通すしかない。「捜査の秘密がありますので、全部話せるわけではないですが、参考人としてお話を伺う――それだけの話です。こういうことはよくあります」

「うちではそういうことはありません」母親はあくまで「家」にこだわるようだった。

「事件が起きれば、近くに住んでいる人には話を聴く、そういうことです」

「あのマンションで何かあったんですか？ それとも会社で不祥事でも？」

「今のは喩《たと》え話です……これは警察の公務ですので、ご協力下さい」

「でも、うちにはいませんよ」

「板橋のマンションにもいないし、電話にも出ないんです。知らない番号には出ないようにしているのかもしれません。ご家族からの電話なら出ると思うんですが……ご協力いただけますか」

「電話に出ないということはないと思うんですけど……」初めて、母親の声に不安そうなニュアンスが滲む。「電話にはちゃんと出るように育ててきました」

「おかしな電話もありますよ」

「それに対処できないようでは、今の世の中では生きていけないでしょう……連絡してみます」

「ありがとうございます」ようやく折れてくれたか。ほっとして、晶は息を吐いた。

「連絡がつきましたら、こちらにも教えていただけますか？」

「本当に、変なことじゃないでしょうね」母親が念押しする。

「はい、今のところは」晶は逃げた。実際には厄介なことになりかねない。殺された蓮の父親は、水谷かもしれないのだ。ＤＮＡ鑑定ができるよう、蓮の解剖の際には血液や毛髪なども保存されている。

電話を切った時には、車はすでに市谷《いちがや》まで来ていた。新宿まで、さほど時間はかからない。

「家族からの連絡待ちになった」晶は報告した。

「結構きつくやり合ってましたね」香奈江がちらりとこちらを見る。

「しょうがないよ。母親は、息子を心配するものでしょう」

「でも、水谷さん、もう三十歳でしょう」

「三十歳でも、独身だったら……母親から見れば、まだ子どもなんじゃないかな」

「ですかね」

「だいたい、男の子っていうのは――」甲高いスマートフォンの呼び出し音が鳴り、晶の文句は断ち切られた。画面を見ると、清水だった。何だか嫌な予感がする。

「柿谷です」

「今どこにいる？」

「市ヶ谷駅の近くですね。これから新宿へ回って、関係者に事情聴取します」

「それは後回しにできないかな」

「何かあったんですか？」

「あのさ、着替え」

「ああ——夏海さんの？」

「着の身着のままで病院に担ぎこまれただろう？　いつ退院するか分からないし、着替えとかいるんじゃないか」

それはそうだ——そして清水にしては気が利く判断だと思う。逆に言えば、思いつかなかった自分が情けない。

「持って来いっていうことですよね？」

「女性の下着や服だと、俺はできないからな。頼むよ」

「分かりました」

病院だと、北区まで行かねばならないから、先ほど香奈江と立てた予定はキャンセルせざるを得ない。まあ、仕方がない。こういうことも支援課の仕事なのだ。

晶は夏海の自宅へ向かうよう、香奈江に指示した。

「ああ、それ……気が回りませんでした」申し訳なさそうに香奈江が言った。「こっちでちゃんとやっておくべきでしたね」

「でも、下着なんて病院でも売ってるでしょう。使い捨てのやつとか」

「あれ、やっぱりよくないですよ。気持ち悪いです」

「秦は経験あるんだ」

「高校の時に、盲腸の手術で入院して……うち、両親が共働きで忙しかったし、入院も短かったですから、紙の下着で我慢しなさいって言われて。きつかったですよ。後で母親と大喧嘩しました」

「そうか……じゃあ、やっぱり持っていかないと」

「でも、勝手に下着を持ち出したら、嫌な思いをさせませんかね」香奈江が言った。

「そうか……プライベートな空間を侵された感じになるよね」とはいえ、彼女が暮らしている家は見てみたい。自分が捜査をするわけではないが、夏海の家の様子を見る事で、支援活動の手がかりが摑めるかもしれない。「家の中は見るだけにして、下着ぐらい、私たちで買おうか」

「そうしましょう。コンビニ下着で十分だと思います」

「紙の下着はNGで、コンビニの下着はいいわけ？」ちらりと横を見ると、香奈江は真顔だった。

「馬鹿にできませんよ。最近のコンビニ製品は、下着だけじゃなくて何でも本格的です」

「じゃあ、それで。でも、着替えを取りに行くことにして、所轄から鍵を借りよう」

「私たちが部屋を見る必要、ありますかね」

「少しでも感じを摑んでおきたいから」晶はうなずいた。

「ちょっとやり過ぎじゃないですか？　また文句言われますよ」

「秦が黙っていてくれれば、バレないんだけどね」

「――ですね」

「それにしても、清水さんも結構気が利くんだね」

「そんなに低評価にしなくてもいいんじゃないですか。前も言いましたが、清水さん、仕事に関してはちゃんとやってると思いますよ。私生活には問題がありそうですけど……そこは分けて考えないと」

「気をつけておく」晶は一人うなずいた。香奈江にそう言われても、簡単には信用できないのだが。

現場――夏海の家の捜索は一応終わっていた。

それにしても、と晶は思わず溜息をついてしまった。汚部屋というほどではないが、物がまったく片づいておらず、普段の雑な暮らしぶりが窺える。もちろん二歳児を抱えていたら、常に部屋を綺麗に保っておくのは難しいだろうが、それにしても……狭い玄関には靴が五──六足。二足がキャラクターイラスト入りの子ども用、一足が女性もののサンダル、残りは男性もののスニーカーが二足に編み上げのブーツが一足。玄関の隅には、綿埃《わたぼこり》が転がっていた。

洗濯物は折り畳まれないまま、部屋の片隅で団子状態になっている。あちこちにおもちゃが散らばり、足の踏み場もなかった。そもそも部屋が狭い1DKのせいもあって、収納スペースも少ないのだろうが。ここで三人が暮らすのはかなり難しいだろう。どんなに仲が良くても、息が詰まるような日々だったはずだ。一人になりたいなら、トイレか風呂に籠るしかない。

小さなキッチンの流しには、食器が積み重ねられている。子ども用の小さな茶碗《ちゃわん》を見て、晶は無意識のうちに立ち止まっていた。蓮は米粒一つ残さず、綺麗に食べたようだ。いつの食事かは分からないが……。

テレビ台には、小さなデジタルフォトフレームも載っていて、蓮と頰をくっつけ合った夏海の写真が映し出されていた。それが消えて、次には公園の砂場で遊ぶ蓮の写真……次々に映し出される蓮の写真は、どれもいい笑顔だった。母親にスマートフォンを向けられ、安心しきって笑みを浮かべたのだろう。

「晶さん」

香奈江に声をかけられ、はっと視線を外す。つい見入ってしまった……視界が少しぼけている。

「泣いてました？」

「危なかったかな」晶は目尻を指先で拭った。わずかに濡れた指先が、涙の証《あかし》だ。

「私、支援課に来て変わったと思う。捜査一課にいた頃も、子どもが犠牲になる事件を担当したことがあったけど、こんな感じの事件は……」

「捜査の現場にいたら、感傷的になってる暇はないですよね。今は被害者や被害者家族のことを考えるのが仕事だから、どうしても感情移入してしまうんです——私も同じですよ」

「でも、秦は泣いてなかったでしょう」

「そこはハードルが高い人なんです、私。記憶にある限り、人前で泣いたのって、一回か二回ですね」

「まさか」

「二回とも、振られた時ですけど」香奈江が一瞬微笑み、すぐ真顔に戻った。「冗談ですよ？」

「ありがとう」晶は素直に礼を言った。「秦は、バランサーとして最高だね。秦みたいな人がいないと、組織はすぐギスギスしちゃう」

「お褒めいただいて、どうも……それにしても、ひどいですね」

「鑑識は大変だったと思うよ」気を取り直して、晶は部屋の中をぐるりと見回した。

容疑者の岡江弘人は、今でも黙秘を貫いているという。故に、蓮がどんな風に殺されたかははっきりしていない。解剖結果で分かったことは窒息死――ただし首を絞められた形跡はないし、目立った外傷もないので、口と鼻にタオルなどを押しつけられ、息ができなくなったと見られている。岡江がタオルを持って立っていたという夏海の証言もそれを裏づけるし、蓮の首筋からは岡江の指紋も検出された。二歳の子どもだし、岡江弘人のような大人の男性なら、さほど力もいらずに幼子の命を奪えただろう。

しかし、殺害場所は特定できていないはずだ。夏海が、息をしていない蓮を見つけたのは、リビングの片隅。洗濯物が固まっている辺りだという。事件の形跡は、こうやって見ているだけではまったく分からない。

「色々なことに手が回らなかったみたいですね」

「小さい子どもがいたら、そうなると思う。それより、岡江弘人はここに転がりこんで、我が物顔で暮らしてたんじゃないかな」

晶は、クローゼットを開けてみた。それほど大きくないクローゼットの中に、夏海のものらしい服は非常に少ない。ほとんどが男性用で、子どもの服はまったくなかった。洗濯した後、床の上に積み重ねられたままになっているのが蓮の服だろう。

冷蔵庫を開ける。中身は牛乳や水、ビールなど水物ばかりだった。一方冷凍庫には、大量の冷凍食品……夏海は普段の食事を、冷凍食品に頼っていたようだ。しかし、子どもに食べさせる分はどうしていたのだろう。二歳の子に、大人が食べるような冷凍食品はあまりよくないと思うが。

一応、小さな化粧箪笥《だんす》の中も確認してみる。こちらには下着などが入っているが、やはりこれを持っていくわけにはいかないだろう。

「何か、感じました？」香奈江が訊ねる。

「いい感じじゃない、かな」晶は首を横に振った。「とにかく、下着を買って病院へ届けよう。もしかしたら夏海さん、話ができるかもしれないし」

「ですね」香奈江がうなずく。

近くのコンビニエンスストアで下着やTシャツを買いこみ、病院へ向かう。夏海は個室に入っていて、外では清水が待機していた。二人を見て、スマートフォンから顔を上げる。晶は、コンビニの袋を掲げてみせた。

「何だい、買って来たのか？」

「いきなり人の家から下着を持ってくるのは失礼ですから——家族ならともかく」

「そんなものか？」

「清水さんだって、人に部屋を漁《あさ》られたら嫌じゃないですか？」

「俺は、そんな目に遭わないよ」

清水とは、どうしても上手く会話が成立しない。こうなると、性格の違いとしか言いようがない。

「ここで待っていてくれますか」

「男は邪魔か」清水が肩をすくめる。

「着替えるかもしれませんから」

「――だな」

清水が廊下のベンチに腰かける。考えてみれば、損な仕事を割り振られたものだ。ここでひたすら待つ――時折夏海に声をかけて、話せるかどうか確認するだけの仕事なのだ。もちろん、彼女が話せるようになったら、やることは山積みなのだが、基本的には「待ち」だけである。しかし清水は、特に不満そうな様子も見せない。

晶はスライドドアをノックして、反応を待った。返事なし――寝ているかと思ってドアをそっと開けたが、夏海はベッドに横たわって目を開けていた。しかしテレビがついているわけではなく、ただぼうっとしているだけ。まだ鎮静剤の影響下にある感じだった。半袖の病院着を着ていて、見えている肘から先はほっそりとしている――ほっそりならいいが、不健康に細い。

「ちょっといいですか」

一応、声をかける。夏海がゆっくりと首を動かしてこちらを見たが、返事するでもなくうなずくでもなく……ただ見ている。少し不気味な感じもしたが、晶は平静を装った。

「下着を買ってきました。必要なら、着替えて」

「ああ……」かすれて今にも消え入りそうな声で夏海が返事する。

「他に何か、必要なもの、ない？」

「ちょっと、喉が……」

「喉が渇いた？」

「はい」

晶は、サイドテーブルにコンビニの袋を置いた。香奈江が自分のバッグからミネラルウォーターのペットボトルを取り出して晶に渡す。晶はキャップを捻り取ってから、夏海にボトルを差し出した。

「ストローとか、欲しい？」

「大丈夫です」

夏海はしばらく、ペットボトルを両手で握ったままだった。やがて恐る恐る口をつけ、ほんの一口飲む。口の中にしばらく水を留《とど》めて温め、ようやく飲み下すと、顔に少し赤みが戻った。それから一気にボトルを傾け、半分近くを空にしてしまう。しかしすぐにむせて、激しい咳《せき》をし出した。

晶はすぐに彼女に近寄り、背中を撫でた。ほどなく咳は治まったが、晶は彼女の異様な痩せ方に仰天した。見ただけでも痩せているのは分かるのだが、実際に触れてみると筋肉と脂肪の存在が感じられない。板を撫でているようなものだった。

「お腹は減ってない？」痩せているから食事を、というのも安直な話題かもしれないが、夏海は一昨日からほとんど何も食べていないはずだ。一昨日の昼に出した卵サンドも吐いてしまったし。

「お腹は……はい」

「お昼も食べてない？」

「食べてないです」

「じゃあ、何か用意するわ。何なら食べられそう？」

「それは……」

何が食べたいのかも分からないのか。それは晶にも記憶がある。兄が事件を起こして逮捕されてからしばらくの間、何を食べていたか、まったく記憶がない。ショックを受けていても、母親は家族のために料理は作っていたはずだが……一週間ほどして、突如として焼きそばが食べたくなり、フライパンから溢《あふ》れそうなほどの量を作って、一人で全部平らげた。

精神状態と食欲の関係は、分からないことが多い。

晶は香奈江に目配せした。「病院で……」と小声でつけ加える。時間がずれても、何か食事を用意できるかもしれない。いや、もう、夕食の準備が始まっているのではないか？　香奈江がうなずき返して、病室を出て行く。

狭い個室に、夏海と二人きり。晶はこれまであまり感じたことのない緊張感を抱いていた。強く息を吹きかけたら、目の前の夏海は崩れ去ってしまうかもしれない。こんなにダメージの大きな被害者家族を見るのは初めてだった。

「今、何か食べられるものを用意するから」

「……すみません」

「全然食べてないんでしょう？　お腹減ったよね」

「いつもそんなに食べないですけど」

子育て中なのに、と言いかけて慌てて言葉を呑みこんだ。蓮が生きていれば、ちょっとした会話のきっかけになるかもしれないが、今は残酷な一撃になりかねない。もっとも夏海は、何を言っても傷ついてしまいそうだが。

晶は椅子を引いて座った。あまり近くなり過ぎないように気をつける。距離の取り方が難しい状況なのだ。しかし、聞かねばならないことは山ほどある——気楽な話題から入った。

「下着、サイズが分からなかったから適当に買ってきたけど……合わなかったらごめんなさい」

「大丈夫です」

「体調は？　でも、病気じゃないもんね」晶は努めて明るく軽い声で言った。

「頭がくらくらするぐらいで……力が入らないんです」

「ショックを受けてるから。誰だってそうなるよ」

「そうなんですかね……」

「平気でいられる人がいたら、むしろおかしい」

「でも、何だか……情けないです」

「そんなことないよ。ゆっくりすればいいんだから。ここにいる限りは、誰もあなたを傷つけない」

夏海の顔に影が射した。「傷」という言葉に反応したのかもしれない。気軽に会話が転がっているつもりだったが、これはよほど気をつけないと。

「肋骨の怪我のこと、聞いていい？」

「治ってます」

「でも、骨折したんだよ」

「今は何ともないですから」

「よくないよね。女性に暴力を振るうのは、やってはいけないことだと思う」本当は、岡江弘人のことを「クソ野郎」と罵ってやりたかった。しかし夏海が、彼のことをどう考えているかが分からない。息子を殺した人間と考えれば憎しみしか感じないはずだが、あの男に依存していた可能性がある。

「でも、謝るので」

「暴力を振るった後に？」

「何だか可哀想になって」

晶はうなずいたが、本当に可哀想なのは彼女の方だ、と思った。家庭内暴力ではよくあるパターンである。男が暴力を振るい、しかし直後に泣いて謝って、女は結局許してしまう。こんなことが繰り返されるうちに、二人の関係は異様に捻《ねじ》れたものになってしまうのだ。そこに子どもが絡んでいたりすると、事態はさらに複雑になる。

「蓮君は？」

「蓮は……」夏海が言い淀《よど》む。

「蓮君も、普段から殴られていたのよね？」

「しつけだって」

「そうか……そういう感じだったのね。最初から？」

「最初は優しかったです。でも、そのうち……」

次第に暴力を振るうようになったわけか。晶は、水を飲むように勧めた。取り敢えず何か胃に入れておかないと、これからきつくなる。夏海がペットボトルを口元まで持っていったが、結局水は飲まなかった。両手できつく握りしめて、腹のところに立てる。

「別れようとは思わなかった？　別に結婚してるわけじゃないし」

「そう言ったこともあります。出ていってって……でも、時々お金を入れてくれたし」

「部屋に転がりこんできたんだから、お金を入れるのは普通だと思うよ。あなたは、バイトとかも満足にできなかったんでしょう？」

「蓮がいたから……生活保護を受けたりして」夏海が唇を噛み締める。まるで許されない大罪を犯してしまったとでも言うように。

「生活保護を受ける権利は誰にでもあるんだから、気にする必要はないんだよ」

「でも、恥ずかしいです」

「全然、恥ずかしがる必要はないから……でも、岡江が入れるお金は大きかったんだね」

「急にバイトをやる気になる時があって。そういう時は、きつい建設現場なんかで何日も働いて、結構お金を入れてくれるんです」

結局夏海にとって、岡江弘人は金蔓だったわけだ。しかしそれを非難はできない。小さな子どもを抱えたシングルマザーが、フルタイムで働くのはかなり難しいのだ。特に東京は、シングルマザーには優しくない街である。保育園の不足は未だに深刻で、独り身でなくても、働く母親には厳しい状況である。子ども二人を別の保育園に預けざるをえず、朝と夕方には戦争のような騒ぎになることも珍しくはないようだ。

「きつかったね。今は、ゆっくり休んで」

「はい……」

本当は、ゆっくりしている暇もない。亡くなった蓮の解剖は済み、この後は葬儀が待っているのだ。それを考えると、晶も頭が痛い。唯一の肉親である母親は手を貸してくれそうにない。手助けしてくれそうなのは朋恵だけだが、彼女も身内というわけではないから、全面的に甘えるわけにはいかない。

「蓮のお葬式」晶の心を読んだように、夏海がぽつりと言った。

「そのことは、今は考えなくていいから」

「でも、蓮が可哀想だから」

「誰か、お葬式のことを頼める人、いる？　お葬式の用意はかなり大変だから」

夏海が黙って首を横に振った。晶は思い切って、朋恵の名前を出してみた。

「琥珀亭の飯塚さん。あの人なら助けてくれるんじゃないかな」

「朋恵さんに迷惑はかけられないです」夏海がまた首を横に振った。

「こういう時は、誰かを頼っていいんだよ」

「朋恵さんには迷惑はかけられません」夏海が繰り返した。「今までも散々迷惑をかけてきたから」

「でも、こういう時なんだから」

夏海がさらに首を横に振った。意外に頑固……こちらから朋恵に話してみようかとも思ったが、夏海は嫌がるかもしれない。昨日も朋恵に会おうとはしなかったし。葬儀の件も、夏海が拒否したら朋恵に嫌な思いをさせることになる。

とにかく慎重にいかないと。

「答えにくいかもしれないけど、一つ聞いていい？」

「何ですか」物理的な攻撃に備えるように、夏海がみじろぎした。

「蓮君の父親は誰？」

夏海がぎゅっと唇を引き結んだ。両手で握りしめたペットボトルがたわむ。

「蓮君の父親なら、お葬式にも責任があると思う。連絡、取れない？」無言。晶は
「海外にいるとか？」と畳みかけた。

夏海がびくりと身を震わせたが、言葉は発さない。水谷の名前を出していいかどう

か、晶は判断に迷った。しかしここは、思い切って攻めるべきではないだろうか。一応、会話はきちんと転がっているのだし。

「水谷晃太さんじゃない？」

「警察はそんなことまで調べるんですか」夏海が睨みつけてきたが、目に力はない。

「必要なことは全部調べるの。水谷さんと交際してたよね？」

「それは……」

「父親は水谷さんじゃないの？」

「それを知ってどうするんですか」

「連絡を取って、相談します」

「やめて下さい」低い声で夏海が拒絶した。「関係ないです」

「水谷さんが父親じゃないの？」晶は食い下がった。

「言いたくないです」

否定ではない……それならまだチャンスがあるはずだが、聴き出せるかどうか。

「水谷さんの連絡先、知らない？」

「知りません」

「彼がアメリカへ行っていたことは知ってるわよね？」

無言。ペットボトルを握る手にまた力が入り、中で水が小刻みに揺れる。

「帰ってきたの、知ってますか？　連絡先、分からないかな」

「知りません」

「彼の、板橋のマンションに行ったことは？」

「言うことはありません」

一気に行き過ぎて失敗したか……攻め手を失った晶は、黙りこんだ。しかしそこに援軍——香奈江が戻って来た。

「出来たてですよ」自分が食べるわけでもないのに嬉《うれ》しそうに言って、トレイを目の高さに掲げて見せる。

「食べられそう？」晶は夏海に声をかけた。

「……何とか」

「じゃあ、準備するから」

晶はベッドに備えつけのサイドテーブルを引き出し、香奈江がそこにトレイを置いた。

「夕食の用意をしているのを、無理して出してもらったんです。カレイの煮つけ、高野豆腐とサラダ。足りないかもしれないけど、取り敢えず食べて下さい」

少し迷った末、夏海が箸を取り上げる。危なっかしい手つきで味噌汁椀を持って、ゆっくりと啜《すす》った。細い喉仏が上下する。目を瞑《つぶ》ってゆっくりと息を吐き、味噌汁椀をトレイに置くと、今度はカレイに取りかかった。米粒ほどの身を取って口に運び、ゆっくりと咀嚼《そしやく》した。続いて米。こちらも、自分の顎の動きを確認するように慎重に嚙み、呑み下した。すぐには箸を動かさず、胃の辺りを抑える。

「大丈夫？」一昨日吐いたのを思い出して、晶は思わず訊ねた。

「――大丈夫です」

「ゆっくり食べてね」

「病院食が温かいのは珍しいですよ」香奈江が気楽な調子で言った。

しかし、二人に見られながら食べるのは嫌な気分だろう。晶は「ちょっとお願い」と香奈江に声をかけて病室から出た。反省することばかりだ――今日も、夏海から上手く話を聞き出せなかった。

廊下では、清水と西ケ原署の刑事・隅田が立ち話していた。

「どうだい、森野さんの具合は？」隅田が訊ねる。

「軽く話はできました。今、ご飯を食べています」

「そうみたいだね……問題ない？」

「今のところは普通に食べています」

「それなら安心だ」隅田がうなずく。「腹が減ってたら何もできないからな。うちで事情聴取を再開できそうか？」

「慎重にやっていただければ。うちの人間が立ち会いますけど、いいですか」

「まあ、そういう決まりだからね」隅田が渋い表情を浮かべる。これを嫌う刑事は多い。デリケートな事件で、犯罪被害者に事情聴取を行う場合、支援課が立ち会うことも多いのだが、相手がショックを受けてパニックになりそうだと判断したら、事情聴取をストップさせることもある。それを「邪魔だ」と感じている刑事もいるのだ。事件解決のために、被害者からのいち早い事情聴取は必須なのだが、焦るあまりデリカシーのない言葉をぶつけてしまうこともよくある。

「まさか、警察に連れていくつもりですか？」

「あなたはどう思う？」隅田が逆に聞いてきた。

「無理はさせたくありません。できればここで……病院は、どう言ってるんですか？」

「怪我は治ってるし、病気というわけではないから、本人が問題ないと思っているなら、いつでも退院していいと」

「分かりました。でも、蓮君の葬儀の問題もあるので、精神的にはまったく安定していません。できるだけ慎重にお願いします」

「それは最大限、考慮するよ。あなたが立ち会う？」

「――いえ」一瞬考えて、晶は答えた。「中にいる秦が立ち会うと思います」

「俺はいいのか？」清水が不満そうな表情を浮かべて、自分の鼻を指差した。

「女性ですから、秦の方がいいと思います」

「じゃあ、俺は用無しだな。取り敢えず、係長に報告するよ」

「ま、あとはうちに任せて」

隅田はどこかほっとした表情だった。自分がいるとそんなに迷惑なのかと、晶はさすがにむっとした。しかしここで隅田と喧嘩しても何も始まらない。事務的に徹することにして、情報を伝えた。

「父親が分かったのか？」隅田が目を見開く。

「いえ、確定はできていません。交際していたのは間違いないと思いますけど、夏海さんが何も認めないんですよ」

「不倫か何かじゃないのか」

「相手も独身です」事情を説明した。

「なるほど……エリートサラリーマンなわけだ」隅田がうなずく。「その人とは、まだ連絡が取れていないんだね？」

「今後も接触を試みます。十一日には会社に出てくるはずですから、その時には確実に摑まると思いますけど」

「分かった。それは、支援課に任せていいのかな」

「引き続き調べます」

「厄介なことになりそうだな。その人、自分の子どもが殺された――いや、自分に子どもがいることを知ってるのかな」

「知らない……可能性が高いようです」夏海の妊娠が分かったのは水谷が渡米してからだというが、本当にそうだったか……夏海は分かっていて、敢えて言わなかった可能性もある。その後も連絡ぐらいは取れたはずなのに、完全に無視していたのは、やはり教えたくなかったからだろう。

遠慮していたのだろうか？　しかし、何に対して？

「水谷さんのことを聴くと頑なになります。彼の名は出さない方がいいと思います」

「分かった。うちとしては、岡江弘人との関係を調べるのが先決だから」

「よろしくお願いします」晶は深々と頭を下げた。顔を上げると、隅田が心配そうな顔で晶を見ている。「何か問題でもありますか？」

「いや、あなたに丁寧に言われると、どうも不安になるんだ。何でだろう？」

そんなこと、自分で分かるはずもない。

3

夏海の世話を香奈江に任せ、晶は本来の仕事に戻った。夏海のバイト仲間からの事情聴取。当初の目的地だった新宿からはだいぶ遠ざかってしまったので、取り敢えず近い方の池袋に向かう。ここにある不動産屋に、かつてのバイト仲間が勤めているのだ。

男性――喫茶店のバイトというと女性が多いイメージもあるのだが、今回会う予定の相手は男性だった。金野《こんの》英太《えいた》、二十四歳。夏海とは半年ほど、バイト期間が被っていたという。

不動産会社に勤務しているというので、店に電話をかけて呼び出してもらう。大手不動産会社の池袋支店――今は営業の現場で修業中ということだろうか。

「ああ……連絡は入ってます」金野が暗い声で言った。

「グループＬＩＮＥですか」

「ええ。服部さんからも電話がありましたけど」

「でしたら、事情はお分かりですね？　話を聴かせていただきたいんですけど、少しお時間、もらえますか。今、お店のすぐ近くにいるんですけど」

「店は勘弁して下さい」金野がさらに声を低くする。本人が疑われているわけではないにしても、勤務先に警察官が訪ねて来るのはまずい、と思っているのだろう。

「外ではどうですか？」

「そうですね……三十分ぐらいなら、何とか」

「近くで話ができそうなところ、ありますか？」晶としては、覆面パトカーの中で話してもよかったのだが。

「ええと、店が入っているビルの一階がカフェです」

「場所は分かります」実は既に、覆面パトカーをビルの正面にあるコインパーキングに停めているのだ。

「では、そこで。すぐ行きますけど、いいですか」

「お待ちしています」

晶は店に入らず、ビルのエレベーターホールで待った。エレベーターは……動かない。しかしすぐに、階段の方から足音が聞こえてきた。二階から降りてくるだけだから、エレベーターより階段の方が早い、ということだろう。

「あ」晶を見ると、間の抜けた声を上げる。上着を着ていないせいで、ひょろりとした体型がさらに際立つ。ワイシャツ一枚で外に出られるような陽気ではないのに。

「金野さんですか？」晶は先に声をかけた。

「金野です」

「上着、いらないですか？」寒くて話ができなかったら元も子もない。

「大丈夫です。すぐそこなので」

本人がそう言うなら、無理に上着を取りに戻らせることもないだろう。二人は一度ビルの外に出て、一階のカフェに入った。チェーンではないが、チェーン店っぽい感じのするカフェ。店内には、大きな窓ガラスから秋の陽光が降り注ぎ、内密の話をするにはあまり適した環境ではない。

一番奥、トイレの近くの席に陣取り、メニューを素早く確認する。エスプレッソがある――ありがたい。晶はエスプレッソを、金野はカフェラテを頼んだ。注文を終えて、正面からまじまじと金野の顔を見る。今風の、顎が細く弱々しい顔立ちだ。目が大きく、唇は薄い。

「夏海さんとは、バイトはどれぐらいの期間、被っていたんですか」分かっているが、念のために確認した。

「半年ぐらいですね」

「よく話しました？」

「まあ……普通には」

あまりはっきりしない。これは当てにならないかもしれない。大きな期待を抱かないようにと、晶は自分に言い聞かせた。

「彼女が妊娠しているのは知っていましたか？」

「お腹が大きかったですからね」

「相手は？」

「水谷さん――社長じゃないんですか？」

「やっぱり社長って呼んでたんですね」

途端に金野の顔が赤くなる。こちらとしては、別に批判のつもりはないのだが。やはり最近の若者っぽいというか、ちょっときついと感じると引いてしまうのかもしれない。晶はすぐに話題を変えた。

「二人がつき合っていたことは知ってましたよね？」

「ええ、それは」

「飯塚さんの紹介だった、と」

「そう聞いてます」

「夏海さん、どうして水谷さんと一緒にアメリカへ行かなかったんでしょうか」

「遠慮してたんじゃないですか」金野があっさり言った。「釣り合わないって、本人がよく言ってましたよ」

「育ちが違い過ぎて？」

「相手はやっぱり社長——社長じゃないけど、いい家を出たエリートサラリーマンでしょう？　引いちゃうのも分からないじゃないですよ」

「夏海さんの家の事情は、ご存じですか？」

「本人から聞いたわけじゃないけど……」

「他のバイト仲間は知ってた？」

「ですね」金野が認めた。

「夏海さん、出産を機にお店を辞めましたよね？　その時、バイト仲間とは何かありましたか？」

「送別会とかですか？　いや、ないですよ。コロナが始まった年で、宴会なんかやってたら叩かれたじゃないですか。それにバイト同士は、店を出れば一緒に遊ぶような関係でもなかったから。女子は分かりませんけどね」

「辞める時、挨拶とかは？」

「気づいた時には、店に来なくなってました。飯塚さんに確かめたら、辞めたって」

「挨拶もなしで辞めて、むっとしたとか？」

「そんなことないですよ」金野が慌てて顔の前で手を振った。「バイトなんて、そんなもんじゃないですか。就職したわけじゃないんだから」

「あなたから見て、夏海さんはどんな人でした？」

「すごく遠慮してる感じ。彼女、引っこみ思案というか……分かるでしょう？」

「そんな印象ですけど、具体的にそう感じたようなこと、ありましたか？」

「お客さんがいない時とか、バイト同士で喋ったりするじゃないですか。でも、彼女が最初に口を開くことは絶対なかったな。誰かが話し始めて、振られたら話す、みたいな。それと、食事も……」

「一緒にご飯を食べに行く時とかですか？」

「いや、賄いです」金野が訂正した。「バイトには賄いが出るんですけど、彼女、いつもトーストだったんです」

「トーストって、もしかしたら一番安いメニュー？」

「ええ……四百円ですね」

琥珀亭のメニューを思い出してみた。フードメニューも全体に安く、一番高いカツカレーでも千円ではなかっただろうか。バイトの賄いとしては、それぐらいのものを頼んでもオーナーは文句を言わない感じがする。

「そこも遠慮してたんですね」

飲み物が運ばれてきて、二人はしばし無言になった。この店のエスプレッソは酸味がきつく、晶の好みではなかった……しかし、エスプレッソを飲めるだけでも、文句を言うべきではない。

周囲の情報、そして夏海と話した感触で、彼女が普段どういう気持ちでいて、どう暮らしていたかが分かってきた。自己評価が低く、世間から隠れるように生きる……そういう人がいるのは分かるが、実際に自分が担当している人間だと思うと、気持ちが沈んでいく。

「彼女、大丈夫なんですか」

「あまりいい状況ではないですね」

「だけど、ひどいな……変な男に摑まっちゃったんですね」

「残念ながら」

「何か手助けした方がいいですかね」

「そういうことは可能ですか？」晶は食いついた。一人でも、夏海に寄り添う人が増えてくれれば……。

「実際には、何もできないですけどね……金もないし、コネもないし。会いに行っても話もできないでしょうね。だいたい、そんなに話したこともないし」

「機会があったら、バイト仲間の人と相談して、夏海さんと話をしてくれると、警察的にもありがたいです。でも、しばらくは無理だと思います」

「……夏海の話を聞くなら、女子のバイトの方がいいと思いますけどね」

「これから会いに行きます」

それで面会は終了。あまり手がかりにはならなかったが……警察の仕事とはこんなものだ。無駄を積み重ねていく中で、何とか使えそうな情報を拾い上げていく。

晶は新宿に転進して、もう一人の会うべき相手、田原瞳《たはらひとみ》に連絡を入れた。東京メトロ新宿御苑《ぎょえん》駅近くのマンション……新宿とはいっても、この辺は比較的静かだ。菜々によると「ちょっと癖がある」人物だそうだが、どんな感じだろう。職業、デザイナー。今まで、そういう職業の人に話を聴いたことはなかった。やはり職人気質、あるいは芸術家タイプで、話しにくい感じなのだろうか。電話でやり取りした限りでは、そんなにハードルが高い感じはしなかったのだが。

このマンションが、彼女の自宅兼仕事場らしい。ロビーでインタフォンを鳴らすと、低い声で「はい」と返事があった。

「田原さんですか？　警視庁総合支援課の柿谷と申します」

「どうぞ」

特に警戒することもなく、すぐにオートロックを解除してくれた。今のところはやはり、そんなに癖が強いようには感じられない。

四階まで上がり、またインタフォンを鳴らす。ドアが開いた瞬間、晶は絶句してしまった。髪が二色……肩まで伸ばした髪の左側が緑、右側が赤になっている。右耳は上から下までピアスで埋まっていた。そして着ているブラウスは、白地に黒の水玉——しかし、水玉が大きい。一つ一つが直径十センチほどあるので、水玉模様というより、マダラ模様のようにも見える。あるいは牛柄。

晶はさっとバッジを見せた。

「警視庁総合支援課の柿谷です」

「はい、どうぞ」瞳がドアを大きく押し開ける。

「いいですか？　お仕事中ですよね」

「大丈夫です」迷惑そうな表情も見せず、淡々としている。

「失礼します……」

こぢんまりとした部屋だった。玄関を入るとすぐに、リビングダイニングルーム。キッチンの脇には小さなダイニングテーブルが置いてあり、その奥のスペースが作業用のようだった。幅が二メートルほどある大きなデスクには、巨大なパソコンのモニターが載っている。壁には、額装された作品——その一つに、見覚えがあった。

「あれ、『まりん君』じゃないですか」セーラー服姿のキャラだが、何をモデルにしているかが謎だった。

「ああ……知ってるんですか」

「実家が横浜なので。デザインされたんですか？」

「ええ」

「まりん君」は、確か去年制定された、県の新しい観光マスコットだ。観光王国・神奈川県のマスコットデザインを任されているとしたら、彼女の評価はかなり高い。

「不思議に思ってたんですけど、あれ、何かの擬人化ですか？」

「ああ、妖精です」

「妖精？」

「神奈川県って、象徴的なものがたくさんあって、イメージを一つに絞りきれないでしょう？　だから抽象的な妖精ってことにして、海のイメージでセーラー服を着せました。山北町《やまきたまち》の人は怒ってるかもしれないけど」

確かに……神奈川県というと海のイメージがあるし、海岸線も長いのだが、実際には山――緑深い場所も少なくない。横浜で生まれ育った晶にすれば、やはり「海」だが。

「凄《すご》いですね。県の観光キャラクターをデザインするなんて」

「あれはコンペです。コンペというか、公募に応募したら入っただけですから。名指しで発注が来たわけじゃないんです。指名されるようになれば一人前ですけどね」

「そうなんですね……でも、他の作品もたくさんありますね」

「だから何とかご飯は食べられてるんですけど、箔《はく》も欲しいじゃないですか。自治体やナショナルカンパニーの仕事を取れると、もっと大きな仕事が回ってくるんです」

「デザイナーの仕事も、色々難しいんですね」

「どんな仕事も大変じゃないですか……どうぞ」

晶は勧められるままに、ダイニングテーブルについた。

「お茶はどうですか？」瞳が冷蔵庫を開ける。

「公務中ですので」

「別に手間じゃないですけど」

「お気遣いなく」

「じゃあ、私はちょっと失礼して」

瞳が冷蔵庫からポットを取り出した。冷たい麦茶か紅茶だろうか。グラスに注ぐと、ポットを冷蔵庫に戻して、晶の向かいに座る。テーブルに置いたグラスは――中には紫色の液体が入っている。ブドウの紫色という感じではなく、少し緑色も混じっている……食欲をそそる色ではない。

「それ、何ですか？」つい訊ねてしまう。

「自家製の野菜ジュースです」

「何が入っているんですか？」

「紫キャベツとケールとヨーグルト、それに蜂蜜ですね」

「凄そうな味ですね」甘みが蜂蜜だけでは、野菜の青臭さはまったく消えないのではないだろうか。

「凄いですよ」一口飲んで、瞳が思い切り顔をしかめる。飲み慣れている彼女でこれなのだから、飲まなくて正解だった。

渋い表情を浮かべている瞳を見て、年齢は夏海たちより少し上だと判断した。もしかしたら、自分と同年代。デザイナーとして芽が出ない頃に、喫茶店のバイトで食いつないでいたのかもしれない。

「琥珀亭でバイトしていた当時は、学生ですか？」

「いえ。作品がなかなか売れなくて、仕方なくバイトしてました」

勘は当たった。ひそかに満足しながら、晶は本題に入った。

「お忙しいところ、本当にすみません。森野夏海さんのことなんです」

「聞いてます。ひどい話ですよね」瞳が、極めて当たり前の反応を見せた。「夏海に電話しようかと思ったけど、私なんかが電話してもねえ」

「電話には出られない状況でした」

「そんなにひどい？」瞳が目を細める。

「ええ」

晶は、何度も繰り返した質問をここでも持ち出した。蓮の父親は？

「水谷さん、知ってます？　店の常連だったんですけど、近くの新日トレーディングに勤めていた」

「ええ──あの人だと思います」

「確信はありますか？」

「証拠があるかって言われると厳しいけど……子どもが生まれた時、一度夏海に会いに行ったんですよ。その時に『父親は水谷さん？』って聴いたら、否定しませんでした」

「でも、認めたわけでもない……」

「違うなら否定すると思いますけどね」

「確かにそうですね。お見舞いに行ったわけですよね？」

「ええ」

「その後は会っていない？」

「いえ、その後もう一度だけ。その時ちょっと、喧嘩別れみたいになっちゃいましたけど……」メモ代わりというわけではないだろうが、自分の手の甲をじっと見詰める。「最後に会ったのは、今年の一月です」

「喧嘩というのは？」

「最後に会った時に……男の人と一緒で。逮捕された──」

「岡江弘人」

「その人です」うなずくと、緑と赤の髪がふわりと揺れる。「ちょっとやばいな、という感じがしたんですよね。金髪で、ヘラヘラしてて」

言ってしまって気づいたのか、瞳が自分の髪に触れる。「私の髪型は、仕事のためですからね。好きでやってるわけじゃないです」と早口で言い訳した。

「イラストの仕事をしている人は、尖《とが》っているのかと思いました」ようやく、気になっていた髪のことが話題になった。

「これは、単なるイメージですよ。イラストレーターやデザイナーって、世間的には尖っているイメージがありますよね。尖っているほどいい作品ができる、みたいな。クライアントのそういうイメージは裏切りたくないし、目立つから、一度会ったら絶対に覚えてもらえるでしょう？『あの赤緑女』って」

「確かに」晶も、ことあるごとに彼女のことは思い出しそうだ。「岡江弘人は？」

「チャラい奴《やつ》ですよ。だから私、彼がトイレに行っている間に『やめておいた方がいいよ』って夏海に何度も忠告したんです。定職にもついていないという話だったし」

「友だちとしては心配になりますよね」

「でも、夏海、それで怒っちゃって。普段は怒ったりしない子だから、まずいことを言ったなと思って……それ以来、会ってないんですけどね」

「あなたは、本能的にまずい相手だと思ったんですね」

「結果的に、当たっちゃいましたね」瞳が力なく首を横に振る。「でも、どういうことなんですか？　ＤＶ？　交際相手の子どもが邪魔になって、みたいな話ですか？」

「今のところまだ、はっきりしたことが分からないんです」

「何か、ぶん殴ってやりたいですね」

「それは法律に任せてください」

険しい表情で、瞳が特製の野菜ジュースを飲み干す。これ以上ないほどきつい表情だと思っていたのに、眉間の皺《しわ》がさらに深くなった。

「……それ、体にいいんですか？」心配になって思わず訊ねてしまった。

「野菜を大量に摂るにはジュースが一番いいんですけど——精神的なダメージが大きくて、逆にストレスが溜まりそうですね」かすかな笑みを浮かべると、瞳の怒りがわずかながら引いていくようだった。

「夏海さん、どんな印象でした？」

「弱気？」瞳が首を捻る。「妹タイプっていうか、私よりも十歳近く年下だから、守ってあげたくなる感じです。でも、私にはあまり懐かなかったですね」

「壁を築いていた？」

「遠慮しちゃってるというか……人に頼るのは駄目だって思ってたんじゃないですか

ね」

「家庭環境が影響していたかもしれないですね」

「ああ、母子家庭ですよね」瞳がうなずく。「母親と上手くいってなかったっていう話は、聞いたことがあります。そういうことを言うのは珍しかったから、覚えてるんですけど」

懐かなかったと言いながら、どうやら瞳は、バイト仲間の中で一番夏海との距離が近かったようだ。夏海は、他の仲間には実家のことをほとんど話していなかった。

「あの子が辞める直前かな？　すごく不安だって急に泣き出したことがあって。バイトが終わって一緒に駅へ行く途中でした……びっくりしちゃって、このままだとまずいなと思って、近くの公園で話を聞いたんですよ」

琥珀亭の近くに公園などあっただろうか？　頭の中で地図をひっくり返したが、記憶にない。こういうことで嘘をつく意味もないだろうと思い、晶はそのまま話を続けさせた。

「その時初めて、母子家庭で育ったことを知って……自分もシングルマザーになるのが怖いって。何で母親と同じことをしてるんだろうって言ってました」

「ちょっと状況が違うと思います。夏海さんの両親は離婚して、お母さんはシングルマザーになりました」

「夏海の場合は、最初から父親がいない——ある意味、もっと状況が悪いですよね」

「確かに……」それは認めざるを得ない。

「蓮君が産まれた時は幸せそうだったけど、結局こういうことになる……夏海の予感が当たっちゃった形です」

「夏海さん、実家にはまったく頼らないで出産したんですね」

「ええ。実家とはもう関わりたくないって、はっきり言ってました。支配されてるみたいで嫌だって。子どもの頃から、自分は母親の操り人形だって感じてたみたいです。干渉が激しいお母さん——それは珍しくないかもしれないけど、子どもの方の感じ方は様々ですからね」

「不安になるでしょう」

負の連鎖、ということは警察の中でもよく言われる。身内に犯罪者がいると、その悪い性向に引っ張られて、他にも犯罪に走る人間が出てくる——犯罪者の子どもが必ず犯罪者になるわけではないし、親の悪行を見て反面教師にし、逆に社会的にきちんと認められる仕事に就く人もいるのだが……それは自分のことかと考え、晶は首を振った。犯罪者とその家族は関係ないという前提で動くのが、自分たち支援課ではないか。

「そういう不安があって、経済的な問題も心配だから、変な男に引っかかったんじゃないかな」

「父親は水谷さん――」

「そうだと思うけど、確証はないですね」

瞳が、空になったコップを凝視した。野菜ジュースの名残《なごり》で汚れている。目の前に置いてあるのが嫌になったのか、立ち上がって流しに向かい、勢いよく水を出して洗い始めた。洗い終えると、流しに尻を引っかけて晶の方を向く。

「夏海、馬鹿なんですよ。水谷さんがアメリカに行く時に、ついて行けばよかったんです。それを遠慮しちゃって……釣り合わないからってよく言ってたけど、水谷さんは夏海にベタ惚《ぼ》れだったんだから。今時家柄の違いなんか、関係ないでしょう」

「でも夏海さんは、生まれ育ちの違いを気にしていたんですね」

「そんな、似たような立場の人とだけ結婚するわけじゃないのにね。生まれ育ちが全然違う人と結婚するから面白いと思うんだけどなあ。外国人とか、結婚したら大変だけど楽しいと思いますよ。独身の私が言うのも何だけど」

「右に同じくです」

瞳が小さく笑った。晶も笑おうとしたが、顔が強張ってしまう。人は、何かのきっかけで上手く笑えなくなる。晶の場合、大学生の時――兄が罪を犯してからだ。

「会いに行こうかな」瞳がぽつりと言った。

「今は、その気持ちだけで十分ですよ。すぐには会えないと思います。落ち着いてからの方が」

「私も同じようなものなんですよ。東京で独り暮らしてる、地方出身の女性ということで。もうちょっと、親身になって相談に乗ってあげればよかった……残念です。蓮君、可愛い子だったし。夏海、ベタベタに愛してたんですよ」

瞳の言葉が、晶の胸にぐさぐさと突き刺さった。

4

瞳のマンションを出ると、スマートフォンが鳴った。若本。

「今どこだ?」

「新宿です」

「夕方、西ケ原署に顔を出してくれ。夏海さんの事情聴取が上手くいったそうで、一度捜査会議で状況をまとめるそうだ。念のために、うちでも現状を把握しておきたい」

「夏海さんはどうしてますか?」

「夕方に退院するそうだ」

「自宅へ戻るんですか？」あの乱雑な――しかも狭い犯行現場に？

「それはまだ決めていない。うちのセーフハウスに泊まってもらった方がいいかもしれないな。秦と清水がつき添っているから、何とかするだろう」

「じゃあ、任せます」被害者家族を保護するためのセーフハウスが、都内に何軒かある。しかしいつまでも一人でそこにいるわけにはいかないだろう。朋恵が面倒を見てくれればいいのだが、さすがにそれは無理だと思う。となると、やはり実家――これをきっかけに、親子の仲を修復できないだろうか。

その橋渡しをするのは、さすがに支援課の仕事ではないか……。

晶の師匠でもある村野は「支援課の仕事はゴム紐《ひも》みたいなものだ」と言う。一応ルールは決まっているのだが、状況に応じて自在に形を変え、範囲も広がる。それを「やり過ぎだ」と指摘する人もいるが、やらないよりはやって後悔する方がいい、と。

よし、何か手を打とう。正解かどうかは分からなくても、手を出してみる方がいい。

ゴム紐が切れない範囲で。

西ケ原署は静かだった。殺人事件の捜査を抱える署といっても、既に犯人の身柄は確保しているのだから、後は周辺捜査が中心だ。岡江弘人は依然として黙秘を貫いているようだが、時間の問題だろう。岡江にはこれまで、逮捕歴はない。警察に対する「耐性」もさほど強くないはずで、厳しい取り調べにいつまでも無言で耐えられるとは思えない。

会議が始まる前に、晶は刑事課長の今泉と隅田に挨拶をした。今泉は相変わらず渋い表情だったが、隅田の機嫌は悪くない。

「事情聴取、上手くいったんですか？」

「ああ、あなたが地均《じなら》ししてくれたおかげじゃないかな。取り敢えず、こちらが必要な情報は手に入った。これで岡江を追いこむことができると思うよ」

「隅田さん、その辺で」今泉が釘を刺した。支援課に情報を渡すのが嫌で仕方がない様子だった。

「課長、席を外しましょうか？」

「ああ？」

「捜査の様子を把握しておくようにという指示を受けて来ましたけど、支援課に知られたくないというなら――」

「ああ、いいから」いかにも面倒臭そうに、今泉がひらひらと手を振った。「でも、黙って聞いてるだけにしてくれよ。あんたには捜査権はないんだからね」

「もちろんです」

晶はわざとらしく、会議室に並べられた椅子の一番後ろの隅に座った。周囲に人がいないので、かえって目立ってしまうと気づいたが、席は立たなかった。

会議には、捜査一課の管理官が臨席していた。今回、本部は捜査に入っていないのだが、念のためということだろう。

会議は淡々と始まった。まず、隅田が夏海からの事情聴取の結果を詳細に報告する。

「被害者の母親、森野夏海さんですが、去年の暮に渋谷でマル被にナンパされたことから交際が始まったことを、認めています。マル被が森野さんの部屋に転がりこんだのが、今年の八月。以来、森野さんの家に居候して、たまにアルバイトで入った金を入れていたそうですが、全般的に生活は苦しかったようです。被害者の蓮君に対する暴力は同居後しばらくしてから始まり、森野さん自身も度々暴力を受けていました。肋骨に骨折痕がありましたが、これは九月頃に受けた暴行が元で、その後自然治癒したと病院の方では見ています」

分かっていた話なのに、他人の報告を聞いているうちにまた腹が立ってくる。晶はボールペンを握りしめる手にさらに力を入れた。

「事件前日からの流れですが、蓮君は午後八時過ぎに、母親の森野さんも九時頃に寝ています。マル被はその時には家にいなかった——呑みに行っていたようです。ふらりと出かけることはよくあったようで、森野さんは気にせずに寝てしまったそうです。午前四時に一度目が覚めた時には家にいたのですが、またどこかへ出かけて行ったのは分かっています。午前七時に目が覚めた時には、マル被は帰宅していて、蓮君はぐったりしていたということです。その後はこちらが把握している通りです。森野さんは、マル被がやったと供述していますが、現場は直接は見ていません」

「筋書きとしては、常態的な暴力がエスカレートして、殺してしまったということだな」管理官が口を挟む。

「そのような流れかと思いますが……」

隅田が、会議室の前方に座る今泉に視線を送った。今泉が即座に、別の刑事を指名する。

「高月《たかつき》さん、マル被の方の状況を説明して下さい」

高月と呼ばれた年配の刑事が立ち上がる。背筋をピンと伸ばして、低いがよく通る声で説明を始めた。

「先ほどの森野さんからの供述を元に、マル被の取り調べを行いました。ずっと黙秘していたのですが、森野さんの供述をぶつけると、『やっていない』と否定し始めました。しかし明確な供述は避けており、ただ『やっていない』の一点張りです」

高月が座ると、今度は管理官がノートパソコンに視線を落として話し始める。ぼそぼそとした声で、最後部に座る晶には、辛うじて聞き取れるぐらいだった。この管理官は、晶が支援課に異動した後で捜査一課に来たようで、面識のない人物だった。

「自宅はアパートだったな。防犯カメラは？」

「このアパートにはありません」

「付近の防犯カメラをチェックしてくれ。マル被の前夜からの行動を確認したい」

「既に進めています」今泉が如才なく答える。

「了解……近所の聞き込みは？　普段からＤＶが行われていたというような証言はあるか？」

「アパートの住人が、言い争うような声や悲鳴を頻繁に聞いています」

「通報は？」

「それはありません。児相への相談もなかったですね」

聞いているだけで腹立たしくなってくる。アパートの住人は、以前から異変に気づいていた。それなら警察なり児童相談所なりに相談する機会はあったはずだ。とはいえ、十部屋ほどしかない小さなアパートである。仮に住人が相談して警察や児相が乗り出していたら、岡江は犯人探しを始めていたかもしれない。岡江は見た目がかなり悪そうな人間だから、そんなことをされたら、と怯えて住人も躊躇《ちゅうちょ》しただろう。まず、危ないことには近づかない——それも東京で暮らす人間の生活の知恵である。

「森野さんからは、引き続き証言が取れそうか？」

管理官の質問に、隅田が再び立ち上がる。

「今日のところは、ある程度落ち着いて話ができました。しかし精神的に不安定なのは間違いないので、継続的に話ができるかどうかは何とも言えません。当面は、被害者の葬儀が問題になるかと思います」

「その件は、支援課でフォローしてくれるんだろう？」

今泉が突然晶に話を振る。嫌がらせかと疑いながら、晶は立ち上がった。

「葬儀についても話しています。これからどうするか、詰めていく予定です」

「だったら任せた」

それだけ？　わざわざこの場で言わせることでもないのに……やはり嫌がらせかと思ってしまう自分に嫌気がさす。ゆっくり腰を下ろし、報告に集中した。

一時間ほどで捜査会議は終わった。隅田がすっと近づいて来る。

「実際のところ、森野さんの面倒、どうするんだ？　明日以降も事情聴取ができるかどうかは、今後の捜査のポイントなんだ」

「確認します」実は捜査会議の最中、香奈江から連絡が入っていた。スマートフォンを取り出し、彼女に電話をかける。

「ごめん、会議中で」

「夏海さん、家に帰りました」

「本当に？　大丈夫なの？」眉をひそめてしまう。

「本人は大丈夫と言っています。うちのセーフハウスを勧めたんですけど、断られました」

「何か心配してるのかな」

「単に遠慮してるだけみたいですけど」

「分かった。今夜、どうする？」

「しばらくつき合います」

「私、これから係長に報告しないといけないんだけど……飯塚さんに連絡してくれない？　夏海さん、家に帰れるぐらいだから、精神的にはかなり立ち直ってるんじゃないかな。飯塚さんと話す気になるかもしれない」

「そうですね。飯塚さんがフォローしてくれれば、何とかなりそうですね」

「なるべく下手に出てね」今朝の会話を思い出す。

「何かあったんですか？」

「今朝、話をしたんだけど、こっちに対してあまり好意的じゃなかったから」

「晶さん、何か刺激したんじゃないですか？」香奈江の声が曇る。

「私たち――警察の存在そのものが悪い刺激になってるのかもしれない」

「分かりました。下手に出るのは得意です」

その辺、香奈江は上手くできると思う。晶の場合、どんなに丁寧に相手に接しているつもりでも、向こうは圧を感じるようなのだ。やはり、少しは表情作りの研究をした方がいいかもしれない。捜査一課の先輩刑事、大友鉄《おおともてつ》に弟子入りしようか……警視庁でイケメンコンテストをやったらぶっちぎりで優勝、と言われるルックスの大友だが、それだけでなく、彼の前に座るとどんなに頑なな相手でも自然に喋り出してしまうという伝説がある。それには、彼のルックスや表情の作り方、態度も影響しているはずだ。

香奈江との会話を隅田に報告する。隅田は厳しい表情を崩さなかった。

「今夜、一人か……つき添ってくれる人、誰もいないのかね」

「今のところ、そういう人は見つかっていません。いれば、本人が連絡すると思いますけど」

「明日の朝、アパートを訪ねてみるよ。事前に予告しておいてくれないか？　いきなり俺たちが行くと、またショックを受けるかもしれない」

「分かりました」

「しかし、よく家に戻る気になったもんだな」隅田が首を傾げる。「俺だったら絶対に無理だね。広い家ならともかく、あの狭いアパートにいたら、どこを見ても子どものことを思い出す」

「他に行く場所がないようなんです」言ってから侘しくなった。東京で独り暮らし、頼れる人もいない生活の意味を考える。

「東京は、そういう寂しい人が集まった街だけど、こういう事件が起きると、それをつくづく実感するね。しかし、親は全然気にしないのかな」

「関係修復は難しいみたいです」

「本当は心配してると思うけどな……俺も毎日心配だよ」

「子どもさんのことですか？」

「喧嘩したわけじゃないけど、一人娘が関西《かんさい》の大学へ行っちまってさ。今年の四月から、一度も話してない。かといって、俺から電話するのも何だか悔しくてね。嫁とは連絡を取り合ってるみたいだけど」

　それは単に、ハイティーンの女性が父親を敬遠するという、よくあるパターンではないかと思ったが、口には出さなかった。父親というのは、何かと傷つきやすいのだ。

　頭を振り、嫌な記憶を追い出そうとする。無理だった。嫌な記憶ほど、しっかりと脳裏に染みつき、薄れることもない。

5

若本に捜査の状況を報告し、香奈江ともう一度話して、今日一日の晶の仕事は終わりになった。午後六時。警視庁本部に覆面パトカーを返して、あとは帰るだけだ。

西ケ原署の駐車場に入って車に乗りこむと同時にスマートフォンが鳴る。香奈江が細かい用件で電話してきたのだろうか——彼女は基本的にひどく几帳面《きちようめん》だ——と思ったら、弁護士の神岡だった。別に用事はないはずだが、無視するわけにもいかない。

「柿谷です」

「飯でもどうですか」神岡がいきなり切り出してきた。

「何ですか、急に」

「いや、一人飯も侘しいので誘ってるだけです」

「こちらの都合は関係なしですか」さすがにこの言い方にはむっとしてしまう。絶対モテないタイプだ……気遣いができない人は、いくらイケメンでも敬遠される。

「美味いカレーの店を見つけたんですよ。スープカレー、好きですか?」

「……嫌いじゃないですけど」

「じゃあ、ご一緒しましょう」

「ちょっと待って下さい。場所はどこですか」

「渋谷です」

「今、ちょっと都心から離れた場所にいるんです。これから本部に車を返して、それから渋谷となると、早くて七時半、八時になるかもしれません」道路の混み具合にもよるのだが。

「構いませんよ。十一時までやっている店なので」神岡はまったく平然としていた。

「……じゃあ」

「店の情報、メールしておきますよ。近くまで来たら連絡してください。店で待ち合わせましょう」

「先生、意外と行動範囲が狭いんじゃないですか？」

「どういう意味ですか？」

「今日も事務所の近くの店じゃないですか」歩いて行けるほど近くはないのだが……渋谷中央弁護士事務所は、代々木《よよぎ》駅と北参道《きたさんどう》駅の中間地点付近にあるのだ。とはいえ、同じ渋谷区内ではある。

「遠くの美味い店も知ってますけど、国分寺《こくぶんじ》とか言われても困るでしょう」

「先生、すぐに反論するのは弁護士の悪い癖じゃないですか？　これは裁判じゃないんですから」

「人生全体が裁判みたいなものですよ。それじゃ、後ほど」

何なんだ、このやり取りは。呆れたまま、晶は覆面パトカーのエンジンを始動した。この弁護士と上手くやっていける女性など、いるのだろうか。


結局、八時を回ってしまった。渋谷駅についてから、晶が道に迷ったせいもあるが……千代田《ちよだ》線と銀座《ぎんざ》線を乗り継いで渋谷に出て、巨大迷宮のような駅の中を通り抜けてスクランブル交差点に出たはいいものの、そこから先で道を間違えた。文化村《ぶんかむら》通りへ行かなければならなかったのに、間違って道玄坂《どうげんざか》に入ってしまい、自分の居場所が分からなくなる——結局、一度道玄坂下の交差点まで引き返し、店にたどり着いた時には、約束の時間を五分過ぎていた。五分遅れるぐらいは許容範囲だと思う人もいるかもしれないが、晶の感覚では五分遅刻は打首ものである。ただし、あまり何度も謝らないようにした。神岡に馬鹿丁寧に頭を下げるのも、何だか悔しい。

センター街へ向かう途中にある飲食店ビルの七階。スープカレーの店の他に、牛タン店が入っている。牛タンでもよかったな、と思いながら店に入った。十一月だというのに、早足で歩いて来たので額に汗が滲んでいる。こういう状況でスープカレーは、大汗を誘発する……辛さは控えめでいこう。

店内はガラスとクロムを多用した、洒落た感じのインテリアだった。席は半分ほど埋まっている。窓際の四人席に陣取っていた神岡が、晶に気づいてひらひらと手を振った。

「腹減ったなあ」神岡が呑気な声で言った。

「だったら、さっさと食べておけばよかったじゃないですか」

「事務所の近く、あまり食べる店がないんですよ」

何だか話がずれている。別に事務所の近くで食べろ、と言っているわけではないのに。特に問題になるレベルではないものの、神岡と話していると、時々話があらぬ方向へ流れていって苛つく。こんな感じで、法廷ではきちんとやれているのだろうか。弁護士の仕事は、理路整然とした論理展開が何より大事なはずなのに。

「何がお勧めですか?」

「決まったメニューはないんですよ。全部自分でカスタマイズするお店で」

「珍しいですね」

「でも、スープカレーはパーツの組み合わせが簡単ですからね」

メニューを見ると、ベースになるカレーの辛さとトッピングを指定し、ご飯の量を選ぶ手順だと分かる。晶はスープカレーはあまり食べないので、決めるのに少し時間がかかった。

「いいですか?」

「……はい」まだメニューと睨めっこを続けていたが、晶は言った。

神岡が店員を呼び、自分の注文をすらすらと伝える。野菜五種盛りに豚角煮、辛さは五段階の真ん中の「三」でライスは普通盛り。晶は辛さを「二」に抑えて、野菜七種盛りとチキンの胸肉の組み合わせにした。

「普通、スープカレーって骨つきの鶏もも肉じゃないですか」神岡が指摘する。「ここも一推しだし」

「あれ、食べにくいじゃないですか。それに胸肉の方が、栄養的にはいいはずですよね」

「そうでしたっけ?」

「……確か」

相変わらず微妙に会話が嚙み合わない。仕方なく晶は、当たり障りのない話題に終始した。本当は食事が目的ではない――今回の事件の状況を非公式に探ろうとしたのではないかと思ったが、普通の人の目がある場所ではそういう話題を出すわけにもいかない。話題探しに苦労して、結局は互いの車の話になってしまう。晶は、もう四半世紀以上も前に製造されたMG‐RV8――亡くなった父の愛車だった――を大事に乗り続けている。一方神岡の愛車は、アバルト595コンペティツィオーネ。「毒さそり」の愛称を持つ刺激的なマシンで、サイズ感とパワーのバランスから、東京の街中では最速の一台と言っていい。

カレーは比較的早く出てきた。鶏胸肉のボリュームがすごい。カリカリに焼かれたものが、五等分されてどんと載っているのだが、これだけで一皿の料理として成立しそうな量だった。七種の野菜も量たっぷりで、ライスは「小」でよかったかもしれないと晶は後悔し始めた。しかし食べると、その後悔もあっさり吹っ飛んでしまう。カレー自体に深みがあって美味い。そしてメーンの鶏胸肉は柔らかく仕上げられており、外側のカリカリした食感との違いも楽しめる。

しばらく自分の食事に専念していたが、ふと顔を上げると、向かいに座る神岡の顔が汗だくになっている。

「先生、辛いの苦手だったんじゃないですか？　お子様舌で」

「分かってるけど、チャレンジしたくなる味なんですよ」

「もしかしたら、馬鹿ですか？」

神岡が一瞬きょとんとした表情を浮かべ、次の瞬間には笑いを爆発させた。近くの客が一斉にこちらを向くほどの大きな笑い声。晶は注意するよりも呆れてしまった。

「何がそんなにおかしいんですか？」

「生まれて初めて馬鹿と呼ばれました」何だか嬉しそうだった。

「ああ、そうですか……」白けた気分になる。神岡は子どもの頃から「頭がいい」と褒められることしかなかったタイプなのだろう。実際、いい大学へ行って司法試験に合格し、弁護士になっている。そういう人間がいるのは理解できるが、「馬鹿」と言われて喜ぶ感覚は分からない。

神岡は汗だくになってカレーを食べ終えた。晶も同じタイミングで皿を空にする。「女性にしては食べるのが早い」とよく言われるのだが、警察官はとにかく早く食事を終えるように訓練されているものだ。今はさほど急ぐことはないのだが、それでも駆け出しの頃に身についた習慣はなかなか消えない。

神岡は、ほっとした表情でラッシーを啜った。さすがにスープカレーの店にはエスプレッソがないので、晶はアイスコーヒーを頼んでいた。

「美味しい店でしたね」そこは正直に言った。

「でしょう?」神岡がにこりと笑う。結構破壊的な笑顔なのだが、額が汗でてかてかしているので、どうにも締まらない。

「それで——食事の誘いだけじゃないでしょう?」

「もちろん。あの件、どうなってるんですか?」

「それだったら、昼間、支援課のスタッフに聞けばいいじゃないですか」

「あなたから聞きたかったんですよ」

どういうことだ? 神岡は時々、妙に引っかかることを言う。晶が返事に困っていると、神岡が涼しい表情で言った。

「他のスタッフの人、ちょっと苦手なんですよ。特に課長とか」

「三浦課長は、そんなに怖い人じゃないですよ」少し腹黒いところがあるし厳しいのは間違いないのだが……加害者家族という立場である晶が警視庁に入れた裏には、三浦たちの暗躍があったようなのだ。新しい支援課を作るために——という狙いで、そういう裏の手を使える人だと思うと少し怖い。ただし、仕事に関しては極めてオーソドックスなタイプで、指示も的確である。

「読めないところがあるんですよ。何か企《たくら》んでいるというか」

「ああ……それはありますけどね。でも、私ならいいんですか」

「あなたが一番話しやすい」

「そうですか？　よく、怖いって言われますけど」

「それぐらいじゃ、怖い部類には入らないでしょう」神岡が平然と言った。

「それはどうも……お礼を言うところかどうか、分かりませんけど」

「別にいいですよ。それで、今回の件なんですけど」

「ちょっと出ませんか？」晶は周囲を見回した。食べている間に席が埋まり、内密の話はしにくい状況になっている。

「ああ、そうですね」神岡も、ここで話すとまずいと気づいたようだ。「今日は、これからどうするんですか」

「帰りますよ」

「だったら送ります。車の中で話をしましょう」

「車なんですか？」

「昼間にちょっと遠出する用事がありましてね。車なら他の人に聞かれる心配はないし、三十分ぐらい、話す時間が取れるでしょう」

下北沢に住んでいることは話していたが、詳しい住所は教えていない。他人には立ち入って欲しくない部分がある――まあ、近くで降ろしてもらえばいいだろう。

神岡は、近くのコインパーキングにアバルトを停めていた。この車には何度か乗ったことがあるが、コンパクトな車内の居心地は悪くはない。今時五速マニュアルというのが、いかにもマニア向けという感じだ。ただし、インパネに丸みを帯びたインフォテインメントシステムのモニターが埋めこまれているのは、今風である。晶の車は、そろそろクラシックカーの仲間入りをしてもおかしくない年式なので、メーターはアナログ、カーナビも後づけだ。

エンジンをかけると、野太い排気音が室内にまで入ってくる。排気量は一四〇〇ccにも満たないのだが、インタークーラーつきターボで過給されたエンジンは、百八十馬力を絞り出す。車重は一トンを少し超えるぐらいと軽量なので、低速域ではロケットのような加速を見せる。

しかし神岡は丁寧に運転した。そもそも都内では、夜九時を過ぎても一般道路は交通量が多く、思うようにアクセルを踏みこめないのだが。神泉《しんせん》から淡島《あわしま》通りに入るよう指示しておいてから、晶は捜査と支援活動の現況について説明した。

「なるほど……まだ予断を許しませんね。葬式が一つのポイントになると思います」

神岡はさすがに呑みこみが早い。

「ですね」

「葬式、どうするんですか？　支援課で面倒を見るんですか？」

「葬式までうちで仕切るということは、やっていないようです」

「さすがにそれは、業務からはみ出す感じですかね」

「そうなんですよ……」

「弁護士は？」支援活動に関しては、然《しか》るべきタイミングで弁護士を紹介するようになっている。警察には言い辛いことでも、弁護士には言えることがあるし、その後民事の裁判などで世話になる可能性もあるからだ。

「まだです。もう少し落ち着かないと、話もできないかなって」

「分かりました。でも、弁護士でも葬式は仕切れないかなあ」

「……ですね」

「親子関係は難しいですね。一度こじれると、どうしても簡単には修復できない——孫が絡んでいても無理ですか」

「そもそも夏海さんの母親は、蓮君に一度も会っていません」

「子どもと上手くいっていなくても、孫は別って言いますけどね」

「夏海さんの方が、会わせたくなかったんだと思います」

「東京でたった一人ですか……」

「何とかしますよ」晶はわざと明るい声で言った。「これまでも、何とかしてきましたし」

「しかし、きつい事件ですね。SNSも荒れてるでしょう」

「ええ」指摘され、晶はまた暗い気分になった。「今のところ、具体的な被害は出ていませんけど……夏海さんには、SNSは見ないように警告してます」

「その方がいいでしょうね」神岡がうなずいた。「いずれにしても、動きがあったら教えて下さい。支援課さんは、私のことは忘れがちみたいですから」

「忘れてませんけど、そもそも、うちの神岡先生の窓口は課長ですよ」

「だから、課長は苦手なんです」

「好き嫌い言ってる場合じゃないでしょう。仕事なんですから」

「何だろうな……」信号待ちで停まったタイミングで、神岡がハンドルに両手を載せて体を前に倒す。「あなたには結構滅茶苦茶《めちゃくちゃ》言われてるんだけど、嫌な気持ちにならない。どうしてですかね」

「先生の気持ちが、私に分かるわけないでしょう」神岡は、こっちの心へ微妙に入りこもうとする。しかしぐいぐいくるわけではないので、こういうきっかけの一言が宙に浮いてしまうのが普通だった。その気があるなら、はっきり言えばいいのに——自分がどう反応するかは自分でも分からないが、神岡はこういうのを「ゲーム」として楽しんでいるのだろうか。

晶は、淡島通りから茶沢《ちゃざわ》通りに入るよう、頼んだ。代沢《だいざわ》三差路の交差点を右方向へ入ってもらい、交差点を過ぎたところで車を停めさせる。晶の家は、ここから歩いて三分ほどのところだ。

「家まで送りますよ」神岡が言った。

「結構です。車で入りこむと抜け出せない、狭い道路なので」

「この車なら、狭い道も平気ですよ。だいたいあなた、自分のＭＧはどうしてるんですか？」

「家の場所を知られたくないんです」晶ははっきり言った。

「別に、どうしてもあなたの家を知りたいわけじゃないんですけどね……だけど、雨も降ってるでしょう」

確かに、先ほどからアバルトのワイパーは忙しく動いている。それでも、神岡に家を知られるのは避けたかった。そこまで心を許しているわけではない。むしろ今でも、用心すべき相手だと思っている。

「これぐらいの雨なら大丈夫です」

「風邪ひきますよ？」

「カレーを食べたから、体は熱いです」

「強情な人だなあ」呆れたように神岡が言った。

「先生も強引じゃないですか」

「別に、下心があるわけじゃないけど。玄関に入るのを見届けるまでがデートだと思うので」

「今日はデートだったんですか？」また曖昧なことを言って、と腹が立つ。

「一緒に食事をしたんだから、デートでしょう」

「私は打ち合わせだと思ってました――ちょっと失礼します」スマートフォンが鳴っている。

若本だった。これが救世主になるだろうか。

こんな時間になんだろう？　彼は、夕方自分の報告を受けてから、というに引き上げているはずだ。

「柿谷です」

「トラブルだ」若本の声は暗い。「すぐに荻窪《おぎくぼ》に行ってくれ」

「荻窪？」

「岡江弘人の母親の店が、騒ぎになっている」

「どういうことですか？」

「店にペンキをぶっかけた奴がいた。客が警察を呼んだんだ」

「SNSがきっかけですか？」

「詳しいことは分からない。今、所轄が現場に行ってるが、君も行ってくれないか？」

「了解です」

「今どこにいる？」

それを最初に聞いて欲しかった。苦笑しながら「駅から家に向かう途中です」と少しだけ嘘を交えて言った。

「悪いけど、頼む。加害者の家族支援もうちの仕事だから」

「それは了解してます。すぐ向かいます」荻窪へ行くのは少し面倒臭いのだが……新宿まで出て中央線《ちゅうおう》だから、どうしても「遠回り感」が出てしまう。

電話を切った時、神岡は既にアバルトを発進させていた。

「先生、どこへ行くつもりですか？　私、これから仕事なんですけど」

「荻窪」神岡が平然と言った。「今回の事件絡みでしょう？　この時間なら、車の方が早いですよ」

「だけど、先生は関係ありませんよ」

「まあ、そう言わないで」神岡の口調はどこか呑気だった。「乗りかかった船ということもありますから」

「余計な口出しはしないで下さいよ」

「弁護士が必要な状況なら、口出しはしますけど」

まったく、この人は……晶は呆れて、文句をぶつける気力もなくしていた。

岡江弘人の母親、佳代子は、荻窪の繁華街で小さな居酒屋を経営している。車で入っていけない細い路地にある店なので、二人はアパルトを降りて、全力疾走で現場へ向かった。店――小さな一戸建ての一階だった――の壁に、赤いペンキがぶちまけられているのがすぐに分かった。これは掃除が大変そうだと顔をしかめながら、晶は開いたままの引き戸から店内に入った。途端に、嗄《か》れた女性の声で怒声が聞こえてくる。

「だから、何でもないから！　さっさと出て行ってくれないと商売の邪魔だから」

「今日は商売どころじゃないでしょう」応対しているのは若い制服警官だった。「と

「何であたしが警察に行かなくちゃいけないわけ？」不機嫌さが加速する声。

「警察でゆっくり話を聞かせて下さい。お店がこれじゃ、落ち着かないでしょう」警官も譲らない。

「冗談じゃないわよ。警察へなんか行かないから。それとも、あたしが人殺しの母親だから、何かやらかすと思ってるわけ？」

「いや、そういうわけでは……」さすがに警官も腰が引けた。

「すみません」晶はつい手を挙げてしまった。

「今度はなに！」佳代子が苛ついた声を上げる。細い眉が吊り上がり、目は細くなって、怒りを隠そうともしない。逆三角形の顔、茶髪、両耳には大きなピアス。化粧も派手だが、えんじ色のエプロン姿が落ち着いていて、辛うじて全体のバランスが取れている感じがした。

「警視庁総合支援課の柿谷です」

「そっちのイケメンさんは？　あんたの旦那？」

「弁護士の神岡です」神岡がさっと頭を下げる。

「弁護士？」佳代子がさらに眉を吊り上げる。「弁護士になんか、用事はないよ」

「私はただのオブザーバーです」神岡がさらりと言った。

「カタカナ言葉で言えばいいってもんじゃないの」佳代子がぴしりと言った。

「署に行く必要はないんじゃないですか」晶は制服警官を宥めにかかった。自分とさほど年齢は変わらないように見える。

「しかしね、上から言われてるんだ」

「今夜はここでいいんじゃないですか？　正式な調書を取るためだったら、明日でも大丈夫でしょう。こんな状態で店を留守にするのは心配ですよね？」晶は佳代子に視線を向けた。

「別に心配じゃないけど、あたしは警察には行かないよ」佳代子がなおも言い張った。

とうとう警官が折れた。明日の朝一番で署に来てもらうことを約束すると同時に、事情聴取を始める。警官はカウンターについて手帳を広げ、佳代子はカウンターの中で立ったまま。警官の方が見下ろされて説教を受けている感じだった。

「——つまり、やった人間には見覚えはないんですね」

「ないね。外で騒ぎになってるのが聞こえたから見にいったら、もう真っ赤になってたから。あたしは、逃げて行った男の後頭部しか見てないよ。頭の悪そうな後頭部だったね」

「二人ですね？」警官が確認する。

「二人で一人前の知能指数しかないんじゃないの？」佳代子が皮肉を飛ばす。

「その時、店にお客さんは？」

「三人。三人揃って追いかけてくれたけど、逃げられた」

「駅の方へ逃げたんですね？」

「方角的にはね――これでいい？　これ以上のことは分からないよ」

「今まで、脅迫するような電話なんかはなかったんですか？」

「あったけど、『関係ない』って言って叩き切ってやったから。そんなこと、一々気にしてたら、水商売なんかやってられないんだよ」

何とも威勢のいいことで……しかも虚勢とも思えない。本当に、何のダメージも受けていない感じだった。

「そういう電話は何回ぐらい――」

「忘れたね」

警官が溜息をついた。佳代子はそれを見逃さない。

「ほら、溜息なんかついてるぐらいなら、さっさと帰ってくれないかね」

「明日の朝、九時に署の方へお願いしますよ」警官が念押しした。

「忘れてなければね。さあ、さっさと帰った、帰った」

佳代子が警官を追い払うように手を振った。露骨にむっとした表情を浮かべた警官が、それでも一礼して店を出ていく。引き戸は閉めようとしなかった。

「それで——」佳代子が晶に目を向ける。「あんたは何の用？」

「何か相談でもあればと思って来ました」

「相談？　相談って、何？　警察に相談することなんかないよ」

佳代子がグラスをカウンターに置いた。一升瓶からなみなみと注いで、日本酒を一気に呑み干す。

「今日はもう、店じまい」

「外の掃除をするなら、手伝います」

「警察にそんなことしてもらうために、あたしは税金を払ってるわけじゃないよ」

佳代子がグラスに二杯目を注いだ。今度はほんの一口、舐めるように呑む。延々と呑み続けるつもりはないようだ、と晶はほっとした。佳代子はいかにも酒が強そうだが、あんなペースで呑んでいたら、あっという間に酔い潰れて話ができなくなってしまうだろう。

「ネットでも、だいぶ書かれていました」

「あ、そう」佳代子は気にする様子もない。

「気になりませんか？」

「全然。見ないから」

「ネットの騒ぎに乗じて、嫌がらせの電話をかけたり、ペンキをぶちまけたりする人がいるんですよ」

「電話なんか叩き切ればいいし、ペンキは、壁を塗り替えようと思ってたところだから、ちょうどいいわ。万が一犯人が捕まったら、その費用を払わせてやるけどね」

「それは、所轄の方できちんと捜査すると思います。それより、嫌がらせには十分気をつけて下さい。こういうことがあった後ですから、所轄もきちんと相談に乗ります」

「どうだかね」佳代子が鼻を鳴らす。「別に、どうでもいいんだよ。あたしはネットなんか見ないから、何を書かれても気にならない」

本人が「気にならない」と言うなら、どうしようもない。密《ひそ》かにネットの監視を続けて、本当にまずい状況になりそうだったら忠告するぐらいしかできないだろう。もっとも、ただ書かれているだけで名誉毀損になる可能性はあるし、そこからはみ出してこういう実害が出ることもあるのだが。

「まったく、ろくでもない息子がいるとこういうことになるんだ」舌打ちして、佳代子がぐっと酒を呑んだ。煙草に火を点《つ》けると、深々と煙を吸いこむ――くわえた煙草がかすかに震えているのを晶は見逃さなかった。強気な態度を崩そうとしないが、やはり動揺している。

「会ってないんですか」

「十年以上だね。向こうが勝手に家を出ていったんだから、しょうがない」

「離婚されて……」

「だから警察は嫌いなんだよ」佳代子が晶を睨みつけた。「勝手に人の家の事情を調べて」

「捜査に必要なことです」

「離婚なんて、今時珍しくもない。クソッタレな男を追い出しただけの話だよ」

「息子さん、一時お父さんのところに身を寄せていたそうですね」

「そう——警察にはそういう風に話した」

「何か事情があったんですか？」離婚した夫婦の間で子どもの取り合いになり、それが「誘拐」と判断される場合もあるのだ。

「この店」佳代子が狭い店内をぐるりと見回した。「あたしだって、生きていかなくちゃならなかった。クソ男からは、慰謝料も養育費も取れなかったからね。それでこの店を始めた」

「それは……大変だったと思います」晶は相槌を打った。

「あんたが想像する十倍は大変だったね。その頃、しょうがないから弘人は父親のところへ預けた。あの男は、浮気した相手と一緒に住んでたからね。だけどこれがまたひどい女で、小学生の弘人にろくに飯も食べさせなかった。あれは虐待だよ。だから結局、こっちへ戻したんだ」

　別れた父母の間を行ったり来たりの生活は、幼い岡江の精神を不自然に捻じ曲げたのではないだろうか。高校へも行かず、家を飛び出して、自活するつもりが結局はいい加減な人生を歩いてしまう。

「どういう子どもだったんですか」

「クソ親父《おやじ》によく似た子どもだったね。嘘ばかりついて、楽に楽に生きようとしてた。あんなの、ろくな大人になるはずがない。案の定、こんなことになって」

「本当に、中学卒業以来、会ってないんですか？」

「いい厄介払いだったよ。中学生の頃も、悪い仲間とつき合って、万引きなんかで何度も警察のお世話になってたからね。自分で責任を取って暮らしていくって言うなら、こっちは止めるはずがないだろう。邪魔者がいなくなってせいせいしたよ」

「きちんと自活してたんでしょうか」

「してないから、こういうことになるんだろう？　だけど、どうでもいい話だよ。あたしには関係ない」

「実の息子さんですよ？」晶はつい非難めいた口調で言ってしまった。「本当にそれでいいんですか」

「あんなのと関わってたら、ろくなことにならない。もう縁は切った、それだけの話だから」

そう簡単に親子の縁は切れない。今後、夏海が岡江に対して損害賠償を請求する可能性もあるのだ。職のない岡江は、裁判に負けても当然賠償金を払えるわけもなく、ツケは佳代子に回るかもしれない。

「息子さんと切れたままじゃ、寂しい人生じゃないですか」晶は情に訴えた。

「別に」佳代子が平然と言った。いつの間にか興奮と怒りは収まったようで、右手の人差し指と中指に挟んだ煙草はまったく震えていない。「この店と、近所の常連さんがいるから、あたしは生きていける。他には何もいらない。ここで続けられるだけ店を続けて、あとは心臓発作か何かでぱったり死にたいね」

「まだそんなことを言われるようなお歳ではないと思いますけど」

「あんた、私が何歳か知ってる？」

「五十三歳ですよね」

「そう。五十年生きてきて、その半分がクソみたいな人生だったんだから、もう十分だよ。どうせこの後、いいことなんか起きるわけがないんだから」

店を出た途端、げっそりと疲れを感じた。結局何の役にも立たず、明日の朝の所轄への出頭を念押ししただけで終わってしまった。

真っ赤になった店の外壁を見る。まるで巨大な生物がここで殺され、血がまき散らされたような感じだった。

「ひどいデートでしたね」店の中ではほとんど口を開かなかった神岡がぽつりと言った。

「私、デートじゃないって否定しましたよね」この男の呑気な考え方には、時々本当に苛々させられる。

「はいはい――でも、この人のことは心配しないでいいでしょう」

「加害者家族で、明確な被害に遭ってるんですよ。放っておけないでしょう」

「本人が助けを求めていないのに、首を突っこむわけにはいかない――三浦さんがそう言ってましたよ」

「課長が？」弁護士に説教しようとしたのだろうか。法律助言員に指定された時、亮子が神岡と長時間話していたのは覚えているが。

「支援課の仕事のノウハウと理念について、叩きこまれましたよ。三浦さんには強い思いがあるんですね……それでこの件は、取り敢えず所轄に任せておけばいいんじゃないですか？　さて」神岡がズボンのポケットから車のキーを取り出した。次いで腕時計を見る。「もう十時半ですか……家に送るのをやり直しですね」

「もういいですよ。電車で帰っても、時間は同じですし」

「遅い時間に、女性を一人で歩かせるわけにはいかない」

「遅い時間に帰ることはよくありますよ」晶はいい加減呆れていた。「でも、危ないことなんか、何もないです。下北沢は、歌舞伎町《かぶきちょう》とは違いますから。それに私は警察官で、合気道三段です」

「しかし、ここでお別れは紳士的じゃないな」

「先生も遅くなりますよ」

「何だったら、泊めてもらってもいいですよ。コンビニで歯ブラシだけ買って」

「先生……」晶は盛大に溜息をついた。「殺しますよ」

神岡はニコニコしている。本当に痛い目に遭わせてやろうか、と晶は腹の底で思った。

6

課題だった蓮の葬儀は、結局朋恵が力を貸してくれて何とか無事に行われたのだが、それで夏海は一気にエネルギーを使い果たしてしまったようだった。家に籠りきりになり、捜査本部の事情聴取もまた滞るようになった。香奈江が一日二回、朝と夕方に連絡を入れているが、そこでも会話はほとんど成立しないという。

「よくないですね」月曜日……香奈江が溜息をつきながら電話を切った。

「話にならない？」

「何を聞いても『はい』だけなんです」

「もう一回、母親に頼んでみようか」晶は提案した。

「でも、けんもほろろだったんでしょう？」

「時間が経って、考えが変わったかもしれない」

「うーん……どうですかね」香奈江は懐疑的だった。

「明日、一緒に行く？ ちょっと気分転換にもなるよ」

「私には気分転換する権利もないと思いますけど」

「そんなに自虐的にならなくても」

晶は、若本に出張の許可を取りにいった。若本はすぐに判子を押してはくれたが、

「無駄足になるんじゃないか」と疑わしげだった。

「でも、一回だけで諦めない方がいいと思います」

「粘るな」

「この件、長引きそうですから」ふと、朋恵に言われた言葉を思い出す。「警察がそんなに親身になってくれるとは思えないけど」「すぐに引くんでしょう？」……朋恵の信頼が得られていないのはきつい。

香奈江と出張の打ち合わせをしていると、晶だけが亮子に呼ばれた。課長室に入ると「座って」と言われた。亮子のデスクの前に置いてある二脚の椅子のうち、一脚を引いて座る。少し距離を開けるように意識した。

「今回、かなり難しい状況ね」

「そうですね。ほぼ孤立している人のケアは大変です」

「加害者の母親の方は？　先週のペンキ事件はどうなってるの？」

「所轄で捜査は進めていますけど、今のところは犯人は割れていません。その後は、特に問題ある嫌がらせの電話などはないようですが」

「リアルの世界にはみ出してくると、きついわね」

「でも、本人はまったく気にしていないんです」実は気になって、週末、密かに佳代子の店を見て来たのだが、本当に壁の塗り直しをやっていたので驚いた。自棄《やけ》になっているのか、とんでもないバイタリティがある人なのか……。「少なくとも、ネットは見ていないと」

「ネットは遮断した方が、精神衛生上はいいわね」亮子がうなずく。「ところで、神岡先生はどう？」

「どう、とはどういうことですか」予想もしていなかった質問に、晶は一瞬たじろいだ。

「今回の件に上手く噛んでる？」

「情報は流していますけど、弁護士が出るような状況ではないです。そもそも、法律助言員なんて、本当に必要なんでしょうか？　弁護士なら、支援センターにもいますよね」

「警察として、法的なアドバイスが必要な時もあるでしょう」

「我々も、普段法律に関わる立場ですよ」

「でも、弁護士は法律のプロだから。プロの力は、存分に使うべきでしょう」

「今のところは、力を借りるような状況ではないです……課長、神岡先生に説教したそうですね」

「説教？　ああ……」亮子が声を上げて笑った。「支援課の仕事の内容を詳細に説明して差し上げただけよ。あなたも機会があったら、やってみるといいわ。彼にはしっかり理解してもらわないと」

「私は、話が噛み合わないことが多いんですが」

「そう？　気が合いそうな感じがするけど。二人とも、実家の問題を抱えているし」

そういうことを平然と言うのはあまりにも無神経だが……亮子は遠慮して遠回しな言い方をするタイプではない。女性が警視庁の課長にまでなるのは、まだ大変だ。自分の意思を常にはっきり表明し、考えを押し通すことを続けていかないと、生き残れなかったのだろう。

「神岡先生の実家のことはよく分かりません。父親と上手くいっていないのは知ってますけど」離婚後、母親が自殺した――同じ弁護士でもある父親に対する恨みは、簡単に消えるものではあるまい。どこかピントがずれたマイペースなタイプなのだが、その人生には拭い難い影がある。「合法的に殺すチャンスがあったら、ぜひそうしたい」と打ち明けた時の彼の表情は、今でも忘れられない。

「とにかく、神岡先生とは上手くやっておいて。多くの人が支援活動にかかわるようになってこそ、私たちの仕事も上手くいくんだから」

「気をつけておきます」

「別に、私生活で仲良くしてもらってもいいけど」

「それはないですから」即座に否定して、晶は立ち上がった。課長はいったい、何が言いたいのだろう？

　翌朝、朝一番で晶と香奈江は三島に向かった。事前に貴恵に通告はしていない。身構えさせたくはなかった。

「行くの、結構大変ですね」新幹線の中で経路を検索しながら、香奈江が言った。

「でも、電車の本数は多いから、そんなに不便じゃないわよ。三島は田舎じゃないし」

「ですかね」香奈江がスマートフォンをバッグに落としこんだ。「何か気をつけておくことはありますか？」

「ゼロベース。この前会ったことは、なしにしたいぐらい」

「つまり前回は、こっちの言うことをまったく聞かなかった？」

「前回は、会話が成立した感じじゃなかった」

「夏海さんと一緒じゃないですか」

「うん……岡江弘人の母親とも似ている感じ。あそこまで激しくはないけど」

「そうか、岡江弘人も夏海さんも、自分から家を飛び出したんですよね」

「そして、両親は離婚して、母親に育てられている」岡江は一時、父親のところで暮らしていたのだが、似通った部分は間違いなくある。

「そういう共通点があって、一緒に暮らすようになったんですかね」

「うーん……似たような環境で育った同士だったら、一緒にいて楽かもしれないけど」晶は首を傾げた。「辛い過去を持った同士が、寄り添って傷を舐め合うとは限らないでしょう。むしろ自分の方が不幸だと思って、相手を攻撃したりするかも」

「――ですね。子どもの頃に辛い目に遭うと、大人になってもなかなか厳しいのかもしれませんね」

すらすらと話を続けていた香奈江が急に口籠る。うつむいて「ごめんなさい」と低い声で謝った。晶の事情は、支援課の人間なら誰でも知っている――いや、警視庁の中で、多くの人が知ることなのだ。

「私はもう大人だったから」晶はその一言で香奈江の気持ちを落ち着かせようとしたが、失敗した。

「駄目ですね、私」小さく溜息をつく。「もっと気を遣えるようにならないと」

「秦は、私なんかよりずっと上手くやってるよ。ちゃんと被害者家族に寄り添えてる。私の方が見習わないと」

「いえいえ」

「そういう時は『はい』って言っておいたら？　警察では、図々しい方が勝つんだから」

ようやく香奈江が笑ったが、晶はかえって心配になった。香奈江は少しデリケートなところがある。普段は淡々と仕事をこなすのだが、きつい状況を目の当たりにすると考えこんだり、落ちこんだりすることがあるのだ。村野が以前「支援課のスタッフのメンタルケアも大事だ」と真顔で言っていたのを思い出す。実際、被害者支援課から総合支援課に改組される直前、村野は心がすり減って限界に近づいていた、と自分でも認めている。

　新幹線の中では、事件の話はしないように心がけた。誰かに聞かれたらまずい……年齢が近い故に、仕事以外でも話題はいくらでもあるのだが、香奈江が神岡のことで突っこんでくるのには参った。

「つき合ってるんですよね？」

「違うよ」

「またまた」こういう話になると、香奈江は急に図々しく、しかもしつこくなる。「岡江の実家のペンキ騒動の時、神岡先生と一緒に現場に来たそうじゃないですか？一緒にいたんでしょう？」

「あれは、たまたま」

「たまたま一緒にはいないでしょう。デートの最中だったんじゃないですか」

「分かった、分かった。一緒にご飯を食べてたわよ。渋谷でスープカレー。でも、それだけだから」

「スープカレー？　色気ゼロじゃないですか」香奈江が首を捻る。

「食べたら何でも同じでしょう」

「でも、お店の雰囲気とか」

「ああ、もう、いいから」晶は顔の前で手を振った。「別に何か言われたわけじゃないし」

「晶さんの方から言ってもいいんじゃないですか」

「私は別に……」

適当に誤魔化しながら話をしているうちに、三島に着いてしまった。新幹線でよかった——延々と突っこまれずに済んだ。

駿豆線に乗り換え、三島二日町駅へ向かう。平日の午前中……駅からそのまま、貴恵が働く特別養護老人ホームを目指す。貴恵は今日も受付に入っていて、晶を見ると一瞬怪訝そうな表情を浮かべた。しかしすぐに、晶が誰なのか思い出したようで、嫌そうな目つきに変わる。きつい視線を無視して、晶は受付に向かった。屈みこみながら「何度もすみません」と謝る。今日は香奈江を見習って、ソフト路線でいこう。

「何ですか、また」

「いくつかご報告したいことがあります。ちょっとお時間いただけますか」

貴恵が盛大に溜息をつく。首を横に振って立ち上がり、他のスタッフに声をかけてロビーに出て来た。この前座ったテーブルに移動し、「早く済ませてもらえますか」とせかせかした口調で告げる。

晶は彼女の向かいに、香奈江と並んで腰かけた。いつものように、香奈江が先陣を切る。

「柿谷の同僚の秦です。ご報告がいくつかあります」

「それはさっき聞きました」嫌そうに貴恵が言った。

「では……まず、お孫さんの蓮君のお葬式が滞りなく終わったことをご報告します。今、お骨は夏海さんのご自宅にあります」

「うちの墓に、なんて言われても困ります」きつい口調で貴恵が言った。「私は九州の生まれで、こっちには墓はないんですから」

「その件は、後で夏海さんが考えると思います」

「そうよ。あの子が自分でちゃんと考えて責任を取らないと。私には関係ない」

「関係ないとは言えないと思います」さすがにかちんときて、晶は反論した。「お孫さんの話なんですよ？　夏海さんは、ずっと苦しんでいます」

「晶さん」香奈江が低い声で釘を刺した。

駄目だ、駄目だ……晶は首を横に振って口をつぐんだ。気をつけようと思っていたのに、感情に流されて勝手なことを喋っていては。香奈江が話を引き取る。

「お葬式が終わった後、夏海さんの精神状態はまた悪化しています。警察の事情聴取にも応じられないほどで、今後が心配なんです。一度、顔を見に行ってあげてくれませんか？　今、東京で一人で耐えているんです」

「そういう生活を望んだのはあの子なんだから。どうなっても、自分で責任を取るべきじゃないんですか」

「取り切れないから、こうやってお願いしています」香奈江が頭を下げた。

「そんなことを言われても困ります。私はもう、あの子とは関係ないんですから」

「そこを何とか、お願いできませんか」香奈江はあくまで下手に出る。

「家を出て行ったのはあの子です。その時点で、もう私とは関係なくなりました。親子関係を壊したのはあの子なんですから、私が行っても会わないでしょう」

「それは、行ってみないと分からないのではないでしょうか。私たちが責任持って立ち会いますから」

「警察のお世話になんかなりたくありません」

香奈江が助けを求めるように晶を見た。ここまで頑なになった相手に対しては、いくら下手に出てもどうしようもないだろう。

「森野さん、娘さんとの間に何があったんですか？　何も言わないで家を出て行くほどのトラブルだったんですか？」晶は突っこんだ。

「それは、人に言うことじゃないです。というより、言うほどはっきりしたトラブルがあったわけじゃないです」

「トラブルがなくても家を出るものですか？」夏海の友人たちから聞いた話——夏海は母親のコントロールを嫌がっていた、ということを思い出す。母親からすれば、娘を厳しくしつけるのは当たり前で、それを娘が嫌がっても気づかない——気づかない振りをしていたのかもしれない。ましてや夏海は遠慮がちで、自己評価の低い女性だ。家を出るのは、人生最大の反抗だったかもしれない。

「あの子は私を嫌ってたんです！」貴恵が叫ぶように言った。ロビーの静けさを一気に切り裂くような激しさだった。その直後、沈黙が重く降りてくる。

「そうであっても、考え直してくれませんか？」晶は諦めなかった。

「あなたは親を捨てたことがありますか」貴恵が静かに訊ねた。

「――いえ」親に捨てられた経験はある。父親は自死を選び、晶を置いて逝った。その後、母親との関係もずっとぎくしゃくしている。しかし親を捨てた事実も感覚もなかった。

「だったら、捨てられた親の気持ちも分からないでしょうね」

「分かりません」晶は素直に認めるしかなかった。「分かりませんけど、今、夏海さんが困っているのは分かっています。夏海さんのために何ができるかを考えた時に、やはりあなたに頼るしかないんです」

「お断りします」貴恵が毅然《きぜん》とした様子で顔を上げた。「絶対にあの子には関わりません。私の人生に、もうあの子はいないんです」

「夏海さんに裏切られたと思っているんですか」

「裏切られた、捨てられた――言葉は何でもいいです。とにかくあの子が私を必要としていないことは分かります」

「それでも、会うだけ会ってもらえませんか？　夏海さんも、あなたに会えば変わると思います。蓮君のお葬式、本当に少ししか人が来なかったんです」

「今は、葬式なんてそんなものでしょう。私はこういう仕事をしているから、お葬式に出ることも多いですけど、昔のように親戚一同が集まって、なんていうのは、こういう田舎でもあまりないんですよ……とにかく、お帰り下さい。あなたたちも、時間を無駄にすることはないと思います」

完全なる拒絶。晶は、またも自分の無力さを思い知ることになった。

「駄目でしたね」振り返って特別養護老人ホームの建物を見ながら、香奈江が言った。

「情けない」晶はつい溜息をついてしまった。「説得できないなんて、支援課——そもそも警察官失格ね」

「でも、仮にお母さんを東京へ連れていって会わせても、今よりひどい結果になるかもしれませんよ」

「……確かに」話しているうちに、駅までの十分ほどの道のりが、はるか遠くに感じられてきた。

「結局、助けてくれる人は誰もいないんですね」香奈江も溜息をついた。「お葬式、朋恵さんが仕切ってくれたんですけど、何かよそよそしいというかぎこちないというか」

「そうなんだ」晶は葬儀には参列しなかった。ただし支援課から誰も行かないのはどうかという話になり、結局は香奈江一人が参列したのだった。

「朋恵さんのキャラを考えると、大泣きするか、あるいは夏海さんを叱り飛ばすか、そんな感じしません？」

「白黒はっきりした人だもんね。でも、こういう微妙な事件でのお葬式だと、頭の処理が追いつかないのかもしれない」

「脳がバグってるっていうやつですか」

「そうかも」

「お昼、どうしますか？」香奈江が急に話題を変える。「三島だったら、海鮮がいいのかな」

「秦って、タフだよね」

「そうですか？」

「美味しいものなんか食べる気にならないんだけど」

「私は、タフじゃなくて呑気なだけです」

それが香奈江なりの、この仕事への対処法かもしれない。そう言えば、一段落すると、仕事とは関係ない友人たちとよく食事に行くと言っていた。仕事の人間関係を、あるタイミングでスパッと打ち切ることで、ストレスに対処しているのだろう。美味い食事は、やはり人をリラックスさせる——そう考えたら「罰」などと言わず、この街で少し楽しんで行った方がいいかもしれない。

スマートフォンが鳴る。見慣れぬ携帯の番号——晶は立ち止まって電話に出た。歩道は狭く、車の流れは止まらないので、危なくて仕方がない。結局、マンションの駐車場に身を寄せた。

「柿谷さんですか？」

「柿谷です」聞き覚えがある声だが……名前が出てこない。

「水谷です。京都の……」

「はい」水谷の母親だとすぐに分かった。水谷とはまだ連絡が取れていない。先週末はバタバタだったから、確認している暇もなかったのだが……三島での仕事が終わったら、次は水谷に接触、と考えてはいた。

「息子が、出社していないんです」

「十一日——先週の金曜から出社の予定ですよね？」

「ええ。さっき会社から電話がかかってきて、連絡がつかないと……私の方も、あれから何度も連絡したんですけど、電話に出ないんです。心配なので、板橋の家に行ってみようかと思っているんですが」

「どこか、国内で旅行に行っているとか……」アメリカ帰りで、久しぶりに日本の旅を満喫しようとしているのかもしれない。しかし、今まで聞いた話では、水谷は真面目なサラリーマンである。個人的な旅行を長引かせて、何の連絡もなしに出社しないことなどあるのだろうか。もしかしたら旅先でトラブルに巻きこまれているのかもしれないが、それだったら現地の警察から実家に確実に連絡が入るはずだ。晶は次第に鼓動が早くなるのを感じた。

「水谷さん、一人で山歩きするような趣味とかありますか？」人里離れた山で転落して動けなくなっていたら、連絡がつかないということもあり得る。

「いいえ」

「居場所に心当たりはないですか？」

「ありません。昔から真面目で、約束を違えたり予定を勝手に変えるようなことはないですから。だから会社も心配して電話してきたんだと思います」

「部屋の鍵は開けられますか？」賃貸なら、管理会社の方で何とかなるかもしれないが……あの家は水谷家の持ち物だ、と母親が言っていたのを思い出す。

「合鍵は私たちが持っていますけど、東京では開けられる人はいません。息子が誰かに合鍵を渡していれば別ですけど」

夏海、という考えが浮かんだが、すぐに否定する。あの二人は別れているのだから、夏海が合鍵を持っているはずがない。

「相談できる人がいないので、電話したんですが……」母親が申し訳なさそうに言った。

「分かりました。この件、ちょっと引き取らせていただけますか？　内部で相談して、またご連絡します」

電話を切り、支援課に電話を入れる。こういう時は、支援課でできることは限られているが、警視庁にはあらゆる事件に関するエキスパートがいる。

今回は、失踪人捜査課だ。

第三部　失踪者

1

結局、昼食はJR三島駅で仕入れた駅弁になった。新幹線の中で、そそくさと食事を済ませ、昼過ぎに東京駅着。晶は、丸《まる》の内《うち》北口の改札を出たところで、スマートフォンを取り出した。ここは常に人が多く、ざわついていて、スマートフォンで話しているとつい大声になってしまう。しかし今は、静かに話せる場所を探している暇もない。

清水が電話に出たが、すぐに課長の三浦亮子に電話を回された。係長の若本ではなく課長——となると、事態は大きく広がっている可能性がある。

「今、若本係長が失踪課に相談に行ってるわ」

「失踪課が本格的に乗り出すことになるんでしょうか」

「それは向こうの判断だから分からないけど、ちょっと匂うわね」

「そうなんですけど、夏海さんに関係あると判断するのは早いと思います」実際は、晶も亮子と同じように考えていた。蓮——水谷の息子の死と、この行方不明事案は、何か関係があるのではないか？　しかし他の人から言われると、一歩引いてしまう。

「今、東京駅？」

「はい」

「じゃあ、すぐにこっちへ戻って。水谷さんの情報を全員で共有して、これからの方針を決めましょう」

「分かりました」

丸ノ内線で霞《かすみ》ケ関《せき》まで出て、急ぎ足で警視庁本部へ向かう。霞ケ関駅は警視庁の最寄駅の一つだが、庁舎からは少し離れているので、急いでいる時はどうしても焦って早足になってしまう——そして今日は、ひどく焦っていた。

支援課に飛びこむと、失踪人捜査課の課長、高城賢吾《たかしろけんご》もいた。険しい表情はいつも通り。ずっとこういう表情を浮かべていて、いつの間にか本来の顔になってしまったのだと聞いたことがある。それも仕方がない——彼も、自分の一人娘が行方不明になって、長く苦しんだのだ。結果は最悪——遺体で発見されたのだが、その後も失踪課で仕事を続けている。ことあるごとに自分の不幸を思い出しそうなものだが、仕事が彼の精神を安定させているのかもしれない。

高城が、晶に視線を送ってきた。晶は一礼し、自分の椅子を転がして、部屋の片隅にある打ち合わせスペースに向かった。既に四人が席についていて、テーブル一杯に書類を広げているので、少し離れた場所に陣取る。

「会社――新日トレーディングにも確認した」

高城が淡々とした口調で状況の説明を始める。既に他のメンバーは聞いているはずで、新たに加わった晶と香奈江に向けて説明してくれているのだと分かる。酒呑みで――自分のデスクにウィスキーを隠しているらしい――私生活は非常にだらしない男なのだが、仕事に関しては猛烈な馬力で突き進む。決して緻密とは言えない「感覚派」だが、取りこぼしはほぼないそうだ。不思議なタイプである。

「水谷さんは基本的に無遅刻無欠勤、何かあれば必ず会社に連絡を入れてくるタイプらしい。アメリカ赴任から戻って、本社に復帰する予定だったのが、先週の金曜日、十一日だ。それが出社せず、週末から今日にかけても連絡が取れないということで、会社もかなり心配している。実家の家族とも話をしたが、やはりこれまで長期間連絡が取れないようなことはなかったそうで、こちらもひどく心配されている」

母親は、水谷に何度か電話したがつながらなかったと言っていた。その時点でかなり不安になっていたはずだ。こちらに相談してくれればよかったのに――そう考えるのは、警察的な思考方法かもしれない。どうすればいいか、簡単には決められないものだろう。

「ちなみに、GPSで追跡しても居場所は分からない。スマートフォンの電源は入っていないようだ」高城が続ける。

「それで――失踪課としてはどうするんですか」亮子が訊ねる。

「家族に行方不明者届を出してもらうように頼むつもりだが、うちとしてはもう、非公式に動いている。この件は一方面分室が担当する」

失踪課は、都内の三ヶ所に分室を置いている。新日トレーディングは千代田区にあるから、千代田署に間借りしている一方面分室が担当することになるわけだ。

「高城課長」晶は思い切って話しかけた。「ずいぶん動きが早いですけど、何かあるんですか？」

「ピンときただけだ」高城がうなずく。「殺された子どもの父親である可能性が高い男性が、行方不明になっている。何かあると考えるのが自然だろう。責任を感じて自殺している可能性もある。それならそれで、はっきりさせないとな」

亮子、そして自分と同じ考えか。それが少し誇らしい感じもする。高城は元々捜査一課の優秀な刑事だったが――晶にとっては先輩でもあり、一緒に仕事をしたことはないものの様々な伝説は聞いている――それを支えてきたのが独特の勘だ。「高名な高城の勘」とまで言われているそうで、こういう能力は簡単には数値化できない。前に話した時、本人は「ビッグデータみたいなものだ」と言ってニヤリと笑っていたが。数多くの捜査でインプットしたデータに新たな情報が加わった時、自分でも説明できない化学反応が起きて、突然道が開けるという――そういうのをビッグデータと言っていいかどうかは分からないが、何となくイメージはできる。高城のような勘が発動するまで、自分はあとどれぐらい経験を積まねばならないのだろう。

「新日トレーディングには、もう捜査は入っているんですか」晶は訊ねた。

「ああ、うちの刑事が向かってる」

「私もちょっと電話で話を聴いてみていいでしょうか。水谷さんのことを調べた時、つながった相手がいます」人事課長の宮代。当然、失踪課の刑事たちも真っ先に接触するはずだが、まだ会っていなければ、こちらで探りを入れてみてもいい。「失踪課の捜査と被るかもしれませんが」

「構わない。うちに遠慮することはないよ。嫌われ者同士、仲良くやらないとな」

高城がニヤリと笑ったので、晶も釣られて苦笑してしまった。失踪課、支援課、特殊事件対策班《SCU》は、警視庁の三大嫌われ部署と言われている。他の課が担当する事件に首を突っこむことが多いし、それで本来の捜査の動きが止まってしまうこともあるので、そんな風に陰口を叩かれているのだ。捜査一課の追跡捜査係も、以前は嫌われ部署と呼ばれていた。未解決事件の捜査を担当しているが故に、当初の捜査ミスを明るみに出してしまうことがしばしばあるからだ。もっとも追跡捜査係の場合、あくまで捜査一課の一部署なので、一課の同僚以外を敵に回すことはまずない。「敵」は少ないわけで、最近は「三大嫌われ部署」のリストからは外れている——警察官は、こういう馬鹿馬鹿しい分類が大好きだ。

高城や亮子の打ち合わせが続くのを横目に見ながら、晶は自席に戻って、新日トレーディングに電話をかけた。今、宮代は失踪課の刑事の事情聴取を受けているのではないかと想像していたのだが、あっさりと電話に出た。

「失踪課が、そちらで事情聴取していると思いますが……」

「今、所属部署の人間が話しています」

さすが失踪課と言うべきか、一段深く突っこんでいる。当然、人事よりも所属部署の上司や同僚の方が詳しく状況を把握しているはずだ。ただし水谷はアメリカ帰りで、新しい部署では一日も仕事をしていないので、何か分かるとは思えなかったが。

「水谷さんと連絡が取れないのは異例なんですね？」

「常に連絡を絶やさないタイプのようです」

「ご家族とは話したんですよね？」

「ええ。所属部署が連絡を取り合っています」

「実家に電話を入れて相談するには早い気もしますが……」

出社予定日から五日間も、連絡が取れていないことになる。ただし、病気で起き上がれない、電話もかけられないのかもしれない。それを指摘すると、宮代が渋い声で言った。

「それも考えられないんですね。水谷は、帰国する直前にアメリカでメディカルチェックを受けています。異常なし、ということでした」

「コロナの可能性もありますよ」

「今のコロナは、以前ほど重症化しないはずです。それに水谷は、帰国前に向こうできちんとワクチン接種を受けている」

ワクチンを接種していても、海外の方が感染の危険性は高いのではないだろうか。何しろ海外では、ノーマスクが普通になってしまっている。マスクをしている人がほとんどいない海外の映像を見ると、晶は羨ましく思うよりは恐怖を感じてしまうのだった。元々海外では、マスクをするような習慣があまりないというが、それでも平気なのだろうか、と心配にもなってしまう。晶自身は、コロナ禍が始まる前から、冬場はインフルエンザ予防のためにマスクを欠かさなかったのだ。

「帰国してから、国内で感染した可能性もありますよ」晶は指摘した。

「疑い出したらキリがありません」

「家に入ってみないと、どうなっているか分からないですね」コロナでなくても、病気で電話にも出られないとなると、相当の重症——一人で部屋で亡くなっている可能性もある。

「ええ。ご家族がこちらに向かっていますから、今日中にはマンションを調べられると思いますが」

「会社として、何か心当たりはないんですか？」

「今、聞き取り調査を始めてますけど、今のところは何もないですね」

「仕事上のトラブルは――ないですよね」

水谷は帰国して、ゼロから仕事を始めることになるのだろう。アメリカから持ち越しの案件もあるかもしれないが、仮にそれでトラブルになっていても、身に危険が迫るほど深刻とは考えられない。アメリカのマフィアと揉めて……と想像したが、それはあまりにも突飛だ。

「今のところは何もないですね。それで……」宮代が遠慮がちに訊ねる。「先日こちらへ来られた用件と、何か関係があるんですか」

「それはまだ分かりません」打ち明けるべきか、と迷う。水谷自身も、事件の当事者になってしまったのかもしれないのだから。しかし蓮の件と関係があると決まった訳ではないから、まだ事情は話せない。

「そうですか……」

「捜索は失踪課が担当しますが、何かあったらいつでも私に電話して下さい」

電話を切って打ち合わせスペースに向かうと、高城たちの視線が突き刺さってきた。思わず頭を下げてしまう。

「申し訳ありません。報告できるような情報はないです」

高城がほっと息を吐いた。何も気にしていない様子で、晶に声をかける。

「午後遅くになると思うが、京都から、部屋の鍵を持って家族が上京してくる」

「会社の方でも、そう言っていました」

「家族立ち会いで部屋を調べるが、君も手伝ってくれ」高城があっさり言った。

「私がですか？」晶は自分の鼻を指差した。確かに最初に水谷に接触を試みたのは自分だが、捜索自体は失踪課が担当するのではないか？

「ついでだよ、ついで。うちも人手が足りないもんでね」

「三浦課長、いいんですか？」晶は亮子に許可を求めた。

「高城さんに言われたら、断れないでしょう」亮子が苦笑した。

「何だよ、俺が強引みたいな言い方だな」高城が文句を言った。

「否定するんですか？　自分が分かってないんですね」亮子も反論する。

「何の話だよ……」高城が小声でぶつぶつと文句を言って、また晶に視線を向ける。

「これをきっかけに、うちに来てもらってもいいんだぜ？　失踪課も、常に優秀な人材を必要としているから」

「高城さん……引き抜きは勘弁して下さい」亮子が抗議する。「柿谷は高いですよ」

「うちの予算じゃ間に合わないか」

ベテラン捜査官二人の呑気なやり取りを聞きながら、晶はつい苦笑してしまった。

自分が永遠に支援課にいるかどうかは分からない——どこかのタイミングで他の部署へ異動するのが警察では普通だ。しかし、支援課から失踪課へ……では、嫌われ部署を渡り歩くことになってしまう。

自分のキャリアにプラスになるとは、まったく思えなかった。


午後四時、板橋のマンションへ向かう。ロビーのところで、大柄な中年の刑事が、若い刑事と立ち話をしていた。晶に気づくと、軽く手を上げて見せる。

「支援課の柿谷です」さっと頭を下げた。

「どうも。失踪課の醍醐《だいご》です」

この人が醍醐類《るい》か、と晶は納得した。身長は百八十センチを軽く超え、百八十五センチぐらいありそうだ。女性としては背が高い晶でも、軽く見上げる感じになる。

醍醐も、警視庁の中では有名人である。元プロ野球選手。しかし重大な故障で若くして引退を余儀なくされ、その後心機一転して警視庁に奉職した。同時に、子沢山としても知られている。子どもは四人だったか五人だったか……「少子化に一人で抗《あらが》う男」などと揶揄《やゆ》されてもいる。

「こちらが三木《みき》ね」醍醐が若い刑事を紹介した。

「お二人とも、一方面分室ですか」

「そうなんだけど、考えてみれば板橋区は、三方面分室の担当なんだよね」醍醐が呆れたように言った。「会社は一方面分室の管内にあるんだけど、自宅を管轄に持つ分室が担当するのが普通なんだ。高城さん、結構指示がいい加減なんだよな」

そのラフな言い方に、むしろ醍醐と高城の長い関係を感じて、晶はつい聞いてしまった。

「醍醐さん、失踪課は長いんですか？」

「そうだね」

「高城さんとも？」

「ああ。かれこれ十五年近いんじゃないかな」

「じゃあ、もう無言で分かり合える感じですよね」

「高城さんとそういう関係だと思われるのも嫌だけどなあ」醍醐が苦笑した。その時、醍醐のスマートフォンが鳴る。背広のポケットから引っ張り出すと「その高城さんだ」と言って電話に出る。しばらく無言で高城の言葉に耳を傾けていたが、やがて渋い表情で「オス」と言って電話を切った。

「何かまずいことでもありました？」

「いや……高城さんが、状況に応じて所轄にも応援を頼めって言い出したんだ。ちょっと先走りし過ぎだよ。もちろん、事件になれば別だけど」最後は声をひそめて言った。マンションの住人がちょうど出て行くところだったのだ。

「何か、勘が働いたんじゃないですか？　高名な高城の勘って言うんですよね？」

「ああ。でも、全部当たるわけじゃないよ。打率は三割ぐらいじゃないかな。通算三割打てば、野球では殿堂入りだけど、刑事としてはどうかな」

醍醐が気さくな人間なのでほっとした。同じ警視庁の仲間とはいえ、初対面の人と一緒に仕事をする時には、やはり気を遣う。醍醐なら、緊張せずに済みそうだ。

その時、ロビーに六十歳ぐらいの女性が入ってきた。晶と目が合うと、さっと一礼する。これが水谷の母親だと見当をつけ、晶はすぐに近づいた。

「水谷さんですか？　先ほどお電話いただきました、支援課の柿谷です」

「水谷雅子《まさこ》です。晃太の母親です」丁寧に頭を下げる。「ご迷惑をおかけして」

「とんでもないです。捜査は失踪課が担当しますが、今日は私も立ち会います」

「失踪課の醍醐です」

醍醐がぬっと近づいて、雅子が一歩下がる。これだけ体が大きいと、存在だけで相手をビビらせてしまうこともあるのだ、と晶は心配になった。ここはやはり、自分が雅子の相手をしよう。

「早速ですが、部屋の方、よろしいですか」晶は雅子に声をかけた。

「はい。では……」

雅子がバッグから鍵を取り出し、オートロックのパネルにある小さな黒いセンサーにタッチした。すぐにドアが開く。エレベーターは三基並んでいる……タワーマンションだとすぐにはエレベーターが来ないというが、人が少ない時間帯なのか、先ほどロビーを横切って行った人が使ったらしいエレベーターのドアがすぐに開いた。四人で乗りこむと、今度はエレベーターのボタンが並んだ下にあるセンサーに鍵を当てる。慣れた動作で、何度もこのマンションに来ていることが分かった。

「合鍵は……これだと作れないですよね」晶は訊ねた。

「そうですね。センサー部分はコピーできないので、入居する時に、必要な数の鍵をもらうことになっています」

「鍵は何本あるんですか？」

「三本です。この一本と、晃太が予備も含めて二本持っています」

ということは、誰かに合鍵を渡せるわけだ。誰かは想像もつかないが。

エレベーターを降りる。内廊下なので静かなものだ。エアコンの音がかすかに聞こえる。当たり前かもしれないが、共用部分にもエアコンが効いているわけだ。さすが、高級なタワーマンションは違う。

雅子が部屋の鍵を解錠した。ドアハンドルに手をかけようとした時、醍醐が「私が開けます」と止めた。最悪のケースを想定しているのだ、と晶にはすぐに分かった。ドアを開けた瞬間、玄関に倒れている息子を発見したら——。

「ちょっと下がっていて下さい」醍醐が静かな声で指示する。

「何かあるんですか？」雅子が怪訝そうな表情を浮かべた。

「念の為です」

晶は雅子の腕に手を添えて、後ろへ——玄関が直接見えない角度まで下がらせた。

「大丈夫なんですか？」雅子が心配そうに訊ねる。

「大丈夫です。任せておいて下さい」

醍醐が三木に合図して、ドアの脇の壁に寄らせる。醍醐はドアに身を隠すような形でゆっくりとハンドルを引いた。四十五度の角度まではゆっくり——そこから急にスピードを上げてドアを全開にする。三木がそっと首を伸ばして玄関を覗きこんだ。

「玄関、クリア」低い声で報告する。

「よし」

醍醐が先に玄関に入る。しばらく立ち止まって様子を観察していたが、ほどなく振り返って晶にうなずきかける。問題なし——少なくとも目に入る範囲に死体はないということだ。

「先に中を確認しますね」醍醐がわざとらしく呑気な声で告げ、ショルダーバッグからオーバーシューズを取り出した。もしも中が事件現場になっていたら、という配慮である。鑑識が入る前に、現場を汚染するわけにはいかない。

「ここ、間取りはどうなってるんですか」晶は雅子に訊ねた。雅子は自分が部屋に入れないのが気に食わないようで、渋い表情を浮かべている──関心を一時的にそこから引き離したかった。

「2LDKです」

「一人暮らしには広いですよね」

「部屋を遊ばせておくのも勿体《もったい》ないですから。それに、2LDKと言っても、広さは六十平方メートルぐらいです」

「ご実家の、京都の町家とは違いますか」

「──うちもマンションですが」

「失礼しました」余計なことを言ってしまった。まだまだ修業が足りない。

ほどなく醍醐が玄関に戻って来た。「オールクリア」と晶に告げると、雅子が怪訝そうな表情を浮かべる。

「クリアってどういうことですか」

「綺麗だ、という意味ですよ」

本当は「異常なし」「怪しい人間はいない」だ。本来は立てこもり事件などに対処する捜査一課の特殊班やデモ警備などを担当する機動隊員らが使っていた専門用語だというが、いつの間にか警察全体に広まっている。

「どうぞ、中へお入り下さい」

「当たり前です。うちの部屋ですよ」

憤然と言って、雅子が玄関に入る。途端に「あら」と声を上げた。

「何かありましたか？」晶は後ろから雅子に訊ねた。

「ありましたというか、ないですね」

「そこにあるべきものが、ですか」

「ええ、アタッシエケースが」

「アタッシエケースですか……」

「普通のアタッシエケースではないんです」雅子が説明した。「義理の祖父が終戦後すぐに手に入れたイギリス製で、代々使われてきたものなんです。幅三十センチぐらいの薄い鞄です」

「七十年もの、ですか」どんなに高級なアタッシエケースでも、そんなに長い間持つものだろうか。

「ええ。晃太は大事にしていて、出張なんかでもよく使っていたようです」

「アメリカへも持って行ったんですか?」

「もちろん、持っていきました。空港へ見送りに行った時に、手荷物で持ちこんでいましたから。それに、戻って来た時にも持っていました」

「帰国した時、会われたんですよね」最初に話した時の内容を思い出しながら訊ねる。

「ええ、こちらで」

「帰国した日に、ですか?」

「そうです。今月一日です。空港に迎えに行って、その晩はここに泊まりました」

息子がアメリカ赴任するから空港へ見送りに行き、戻って来たら出迎える……そんなものだろうか? 海外渡航が人生の一大事だった頃ならともかく、令和の時代に?

「ということは、やはりどこかへ出かけているんでしょうか? 旅行とか」

「確かに小旅行にもちょうどいいバッグですけど……」雅子の顔に困惑の表情が広がる。

「すみません、中を見ていただけますか? なくなっているものがないかどうか、確認して下さい」醍醐が促した。

何も分からなかった。

雅子は水谷と同居していたわけではない。年に数回、このマンションに来ることがあるぐらいで、普段どんな生活をしていたかはほとんど知らないのだ。どんな服があったか、それが持ち出されているかどうか——それも分からない。

雅子が寝室のクローゼットを再確認している間、晶はリビングルームで醍醐と小声で話した。

「分かりにくい状況ですね」晶はぼそりと言った。「二年以上海外赴任で家を空けていて、帰って来たばかりですよ。普段の暮らしぶりが分かりません」

「ここへは帰って来ただろうけどな」

「一日の夜は、ここで母親と一緒だったそうです」

「その後に出て行って——」醍醐が肩をすくめて黙りこむ。彼が言わんとしたことは想像できた。出て行って、帰らない。現在も行方が分からない。

「今のところは何とも言えないな」醍醐が結論を口にした。プロでなくても分かる結論だったが。

「家よりも、関係者への事情聴取の方がポイントになりそうですね」

「今、会社の関係者からは話を聴いている。他にも調査が必要だな。プライベートな友だちとか」

「それと……」

「森野夏海さん」醍醐もさらに声を潜める。「彼女との関係が気になる」

「高城さんもそう言っていました」晶自身もだが。「お母さんに話をするかどうか、迷うところです」

「話しちゃったらどうだ？」

「でも、確証はないんですよ」

「向こうは知ってるかもしれないじゃないか」醍醐は平然としている。「本格的に調べるなら、水谷さんのＤＮＡ型が――」

「あ」

晶はすぐに洗面所に駆けこんだ。ブラシは……あった。ラテックス製の手袋をはめ、取り上げて確認する。ブラシというのはなかなか掃除しないもので、大抵、絡まった毛髪が見つかる――このブラシにも、何本もの毛髪が絡んでいた。

「ほら」醍醐が、捜査一課などで遣う証拠品保管袋を差し出した。

「何でこれ、持ってるんですか」

「念の為。うちは結構、現場を調べることもあるからさ」

「お借りします」

「本人の毛かな」

「たぶん」晶はブラシから慎重に一本毛を抜き、照明に晒《さら》してみた。長さ的に、女性のものとは思えない。ベリーショートならともかく……それに女性の場合、仮に泊まりに来ても、人のブラシは借りないものだ。晶だって、ブラシはいつも持ち歩いている。

「殺された蓮君のDNA型と照合すれば、父親かどうか分かるかもしれません。でも、うちが頼んでも、DNA型鑑定、急いでやってはくれないでしょうね」

「どんなに早くても来週頭だろうな。事件と決まったわけでもないから」

「何か手はないですか？　高城さん、何か手を持ってそうだし」

「いや、強くお願いするぐらいだな。この件は……どうする？　支援課とうちと、どっちが担当するのがいいんだろう？　支援課の三浦課長も、結構あちこちに顔が利きそうだけど」

「そうですね……」夏海の支援につながることなら支援課、水谷の捜索を主体と考えれば失踪課である。

「ま、どっちでもいいか。持ち帰って、トップ同士に相談させればいいんだよ。現場の俺たちがあれこれ話して約束しても、上の一言でひっくり返される可能性があるし」

「ですね——お母さんに話します」

醍醐がくっと眉を上げた。大丈夫か、と言いたげ——大丈夫かどうかは晶にも分からない。

「ここから、証拠になりそうなものを持ち出すんだから、無断でというわけにはいきません。許可が必要でしょう。それなら、事情を話さないと」

「そうだな……そっちで話すべきだ」

「そのつもりです」

醍醐は面倒な仕事を嫌がっているわけではなく、筋を通しているだけだと分かっている。超体育会系の人だから、論理的に仕事はしないだろうと勝手に思っていたのだが、そうでもないようだ。高城と十数年もつき合って鍛えられたのか……いや、高城も理路整然と仕事をするタイプではないだろう。やはり感覚派という感じがする。

リビングルームに戻ると、雅子が疲れた様子でソファに腰を下ろしていた。晶は「ちょっとすみません」と声をかけ、斜め向いにある一人がけのソファに浅く腰かけた。

「どうですか？　何か変わったことはありましたか？」

「特にない、というか、分かりません」雅子が首を横に振る。「ここへはたまにしか来ないので、何が変わったかもはっきりしないんです」

「そうですよね。一人暮らしですから、他の人は様子を知らないのが普通ですし……それで、これなんですけど」晶は証拠品保管袋に入った毛髪を示した。この袋は、一瞥しただけでは、食べ物の保存袋のようにも見える。違いは、発見場所、日時、事件名などを書きこめるラベルがついていることだ。

「これは？」証拠品保管袋をさっと見た雅子が、困惑の表情を向けてきた。

「ブラシから採取したものです。息子さんの頭髪と思われます。証拠品として押収したいのですが、よろしいでしょうか」

「それは……息子が見つかる役にたつなら、もちろんいいですけど、どうして毛髪が必要なんですか」

「息子さんと、ある人物の関係を明らかにするためです」

「関係……」

「森野蓮君という、二歳の男の子がいました。その子は先日殺されました」

「殺された？」雅子の顔からさっと血の気が引く。「それが息子と何の関係が——まさか、晃太が殺したとでも言うんですか？」

「違います」晶は即座に否定した。「犯人はもう捕まっています」

「だったら、いったい……」

「その蓮君の父親が、息子さんである可能性があるんです」

「はい？」

「晃太さんには子どもがいた可能性があるということです」

雅子がソファからずり落ちた。慌てて手を差し伸べようとしたが、間に合わない。

雅子は床の低い位置から、恨めしそうに晶を睨むだけだった。どうしてそんなことをわざわざ教えるのか、とでも言いたげに。

2

全ての動きが止まってしまったようだった。

逮捕された岡江は、依然として黙秘を貫いている。夏海とは相変わらず何も話せないままだし、水谷の行方も分からない。DNA型の鑑定も渋滞していた。走り回っても何の動きもないまま時が行き過ぎ、週末を迎える——取り敢えず、仕事では動けない週末。

土曜の朝、晶は首都高から中央道を走って、相模湖《さがみこ》東インターチェンジを降りた。愛車MGでの週末のドライブは、今のところ唯一の趣味、息抜きと言っていい。本当は、東京湾アクアラインを渡って千葉《ちば》へ行き、行きつけのカフェで美味いモーニングを食べたかったのだが、起き抜けにネットで道路情報を見たら、千葉方面が激しい渋滞だったので諦めた。代わりに選んだコースが中央道だった。

ここも定番のドライブコースの一つで、行き先はいつも相模湖公園だ。何があるわけではないのだが、相模湖の湖面をただぼうっと見ている時間は悪くない。

甲州《こうしゅう》街道へ出る信号で停まった時にバックミラーを覗きこんでみると、髪の毛がひどい様になっている。今年に入ってからずっと伸ばしており、それが裏目に出た形だ。爆発にでも遭ったように滅茶苦茶……髪を後ろでまとめてヘアゴムで縛り、一件落着ということにした。今日は最高気温が二十二度まで上がって晴天の天気予報だったので、家を出た時からトップを下ろしてきたのが失敗だった。この車に乗るなら髪はショート、それに加えてキャップが必須だ。設計が古い車なので、風の巻きこみを上手くコントロールするような仕組みは一切ない。ただし晶は、意地でも開けることが多かった。オープンカーはオープンにしてこそ意味がある、というのが父親の教えだから。雨が降ったら傘をさして乗れ——さすがにそれはジョークだったが。

急カーブ、急坂を降りていく感覚が何とも楽しい。このMGは、ボディサイズ的には一・六リットルの自然吸気エンジンぐらいで十分な感じなのだが、どういうわけかアメ車に載せてもおかしくない、四リットル近いV８エンジンを搭載している。それ故フロントがかなりヘビーに感じられるのだが、さすがはスポーツカーを得意とするイギリス製というべきか、旋回性は悪くない。

午前八時半過ぎ、湖岸に到着。ドライブは朝ごはんを食べるためでもあるので、何とかしなければならない。途中、湖をすぐ近くで見られるファミレスがあったが、駐車場にはオートバイが何台も停まっている。集団ツーリングか……窓際のいい席は、もうライダーたちに占領されているだろう。

ファミレスをスルーして、相模湖公園へ向かう。あそこには何軒か食堂があったはずだが、朝早いこんな時間には開いていないだろう。ボートハウスは営業しているかもしれないが、自動販売機ぐらいしかない。

しょうがない……一度相模湖公園から離れて、近くにあるコンビニエンスストアに入った。サンドウィッチを一つ、それに熱いコーヒーを仕入れて、公園の駐車場に車を停める。記憶通り、一時間三百三十円と格安だった。公園なのに、駐車場が屋内であることには毎回違和感を覚えるのだが……まるで、ショッピングセンターの駐車場のようなのだ。

駐車場から出ると、目の前に相模湖が広がっている。少し歩いて、湖畔のすぐ前にあるベンチに腰を下ろした。土曜の朝とあって、散歩している地元の人が何人かいるだけ。気温はさほど上がっていないものの、風はなく、過ごしやすい陽気だった。

ゆっくりサンドウィッチを食べ、コーヒーを飲む。食べ慣れた味とはいえ、景色がいいところだと格段に美味い。食べながら、スマートフォンでショッピングサイトを見る。最近、持ち運びができる小型のエスプレッソマシンが気になっているのだった。水筒ぐらいの大きさで、どこでもエスプレッソが楽しめる。それこそ、こういうドライブの途中でも……いい景色を眺めながら飲むエスプレッソは最高だろうと想像しながら、まだ買う決断ができない。そこまでして飲むものか、と自問自答を繰り返している。

それにしても、心も体も緩んでくる。食べ終え、ゴミをまとめて思い切り背伸びし、湖を眺めた。相模湖はさほど大きくないので、対岸の山がすぐ間近に迫っている。ボートハウスの前には、スワンボートが何台も係留されていた。そう言えば、あのボートハウスの一階部分はゲームセンターになっているはずだ。初めてここへ来たのは十数年前、父とドライブした時だが、ボートハウスを見た父が「昭和五十年代か」と苦笑したのを覚えている。父がどうして「五十年代」と限定したかは分からないが、晶の中では、こういうのが昭和五十年代だというイメージが定着した。安っぽいテレビゲームにクレーンゲーム。クレーンゲームの商品のぬいぐるみは、どれも色褪《あ》せている。

ここへ来ることは年に一度もないのだが、来るといつも父を思い出す。

残ったコーヒーをゆっくり飲みながら、湖を渡ってくる風に身を委ねる。何もなければリラックスできる時間だが、今日はそういうわけにはいかなかった。

マンションから持ち帰った水谷の毛髪は、科捜研に送られた。ただし、このところ検査が混んでいるので、「結果が分かるのは早くても二十一日の月曜日」と言われている。高城は本当に科捜研に電話を入れ、何やら脅しをかけていたというが、それが効くかどうかは分からない。

検査結果待ちでモヤモヤする……醍醐は「週末も関係者に事情聴取を続ける」と言っていたが、自分もそれに加わるべきではなかっただろうか。ただし、それがきっかけで本格的に失踪課に引っ張られたら困る。支援課に来て一年半、まだここでの仕事も完璧にこなしていないのに。

さて、帰るか。

晶の週末のドライブは、MGのご機嫌伺いのようなものである。かなり年季が入った車ではあるが、機械は定期的にきちんと動かしてこそ、いいコンディションを保てる。ただし、仕事のこともあってあまり遠出するわけにはいかないから、どんなに出かけても往復二百キロ圏内――そうなると、行く場所は限られてしまうし、せいぜい行った先の美味い店を調べておいて、週末の朝食を楽しむぐらいだ。今日はコンビニ飯になってしまったが。

駐車場に戻り、エンジンを始動する。いつも緊張する時間だ。三十歳近くになるこの車は、何かの拍子で突然エンジンが死んでしまってもおかしくない。元々はビュイック用のエンジンがベースで、タフだし、定期的にメインテナンスに出しているので大丈夫だとは思うが……古い車は、いきなり思いもよらぬ故障に見舞われることがある。

エンジンは一発でかかった。よし、帰りも快調──これはいい気分転換だと考えよう。後は家に帰って、週末の掃除と洗濯。晶は、できるだけ家を清潔に保つように気をつけていた。そうしないと、どんどん生活がだらしなくなってしまいそうなのだ。整理整頓は生活の基本──警察学校にいた時の寮生活が、今でもいい経験になって生きていると思う。

今日が句読点。週明けから新しい日々が始まる。

相模湖から一直線に下北沢の自宅へ戻って、十時半。走っている間にスマートフォンに着信があったことに気づいた。今の車なら、運転していてもハンズフリーで会話ができるのだが、このMGには、そんな現代的なテクノロジーは備わっていない。そもそも、スマートフォンが出現するはるか以前に生まれた車なのだ。

高城……週末に無理矢理科捜研を動かして、結果を入手したのだろうか。放っておくわけにもいかず、晶は家に入るとすぐにコールバックした。

「ああ、休みの日に悪いな」高城の口調は軽かった。

「大丈夫です。もしかしたら、DNA型鑑定が終わったんですか？」

「いや、科捜研の奴ら、動きやしねえ。あいつら、役所みたいだな」

「実際、役所じゃないですか」

たくないか？」

「ああ、そうか……あのな、重要な証人を見つけたかもしれない。君、話を聴いてみたくないか？」

「はい、それは――でも、いいんですか？　これ、本当に失踪課のスカウトじゃないですよね」

「そんなことしたら、三浦に殺される」高城が豪快に笑った。「実は人手が足りないんだ。さすがに土曜日にフル活動させるわけにはいかないから」

「ですよね……私は大丈夫です」

「だと思った」高城が軽く笑った。「君はクラシカルなタイプなんだよ」

「古臭いっていう意味ですか？」その言い方に少しむっとする。

「昔は、君みたいな刑事が普通だった。週末も自分の時間を潰して、被害者のために必死になる刑事が……今は、上がそんな命令をしたら、総スカンを食っちまうけどな」

「ですよね」

「でも、君みたいな人がいないと、警察は立ち行かなくなるんだ」

「そもそも失踪課だって、土日も動いているんですから、クラシカルな部署じゃないですか」

「いいから、いいから――今、どこにいる？」

「自宅です」

「そうか。現場は月島《つきしま》なんだ。昼までに行けるか？」

「ええ、大丈夫です」さすがに公務で自分の愛車を使うわけにはいかないが、月島だったら地下鉄を乗り継いで、そんなに遠いわけではない。

「詳しい住所をショートメールで送っておく」高城は、会うべき相手の基本情報を教えてくれた。「現場は普通のマンションだ。そこでうちの刑事と落ち合ってくれ」

「どなたですか」

「明神愛美《みようじんめぐみ》」

「ああ、明神さん」

「知ってるのか？」

「警視庁の女性職員のネットワークは、高城さんが知っているよりもずっと緻密ですよ」話したことはないが、失踪課で高城の「お目付け役」だと聞いたことがある。どういう経緯でそんなことになっているかは分からないが、もしも普通に話ができるような人だったら、聴いてみてもいい。人間関係の情報収集は、この組織で生き延びるために必須だ。

聴ける雰囲気ではなかった。

愛美は眼光鋭く、「余計なことは一切話さない」というオーラを発していた。かなりハードに仕事をしてきた人だと分かる。

「すみません、遅れました」晶は頭を下げた。待ち合わせ場所のタワーマンションの出入り口。愛美は背中で手を組んで、体を左右に軽く揺らしている。何かの準備運動という感じがしないでもなかった。

「お疲れ。休みの日に悪いわね」

「もう、休みは十分堪能《たんのう》しました」

愛美が怪訝そうな表情を浮かべたので、晶はさらりと言った。

「朝活です」ドライブを朝活と言っていいかどうか分からないが。

「あなたも、今時の意識高い系なの？」

「そういうわけじゃないです。むしろクラシカルなタイプです」先ほどの高城の言葉を思い出した。

「まあ、いいけど……」愛美が疑わしげな視線を向けてくる。

「事情聴取する人が、このマンションに住んでいるんですか？」

「そう。昨日のうちに連絡は取れていたんだけど、今日にしてくれって言われて、私が引っ張り出されたわけ」

「これから会う相手、株のトレーダーですよね」

「ええ」

「そういう仕事をしている人は、普通の人とは生活のリズムがずれているのかもしれませんね」

「ちゃんと起きてくれてるといいけど……とにかく行こう」

インタフォンで、二十五階の部屋を呼び出す。「はい」と、いかにも面倒臭そうな声で返事があった。二十五階か……高所恐怖症気味の晶には想像もできない高さだ。

「警視庁失踪課の明神です。木田《きだ》さんですか」

「ああ、はい……どうぞ」すぐにロックが解除された。

エレベーターで上がっていく間は無言。愛美は腕組みしたまま、エレベーターのドアをずっと凝視している。晶はまだ、愛美の本性をつかみかねていた。

エレベーターから出て部屋のドアの前に立つと、「あなたが話を聴いてくれる？」と急に言い出した。

「いいんですか？　失踪課の案件ですよ」

「水谷さんのことについては、あなたの方がよく知ってるでしょう？」

「必要な情報は、全部失踪課に伝えてますよ」

「お願い」

有無を言わさぬ言い方だった。これはテストなのか、と晶は身構えた。こちらがどの程度の腕を持っているか、見極めるつもりかもしれない。

しかしそれを確かめる理由を思いつかず、晶はドアのインタフォンを鳴らした。少ししして、いきなりドアが開く。向こうはモニターでこちらの様子を見ていたはず――女性二人が相手と分かって、少しは緊張が解けたかもしれない。

「木田さんですね」

「はい」

「少しお時間いただきます。警視庁総合支援課の柿谷です」

「何か――色々な人が来てるみたいですけど、どういうことですか」木田が呆れたように言った。

「複雑な事情があります」

「そうですか……どうぞ」

ドアが大きく開き、晶は先に立って部屋に入った。通されたリビングルームは、広さ十二畳ぐらい。上質そうな白い革のソファが目立つものの、家具はそれほど多いわけではない。あまり物を置かないタイプなのだろうか。デイトレーダーというと、指先だけで巨額の金を動かして儲《もう》けるようなイメージがあるが、彼の場合はどうだろう。タワーマンションといってもそれほど広くはない部屋で、豪華な家具もない。もっとも、何に金をかけるかは人それぞれだ。木田の場合、家ではなく高級車や腕時計、あるいはビンテージワインに金を使っている可能性もある。

「どうぞ」

促されるまま、二人がけのソファに腰を下ろす。新品らしく、あまりにも真っ白なので居心地が悪い。ちょっとでも汚したらパニックになってしまいそうだ。

一人がけのソファに座った木田が、カップを口元に運んだ。かすかに漂ってくる香りから、コーヒーだと分かる。次いで、ペットボトルのキャップを捻り取って水をごくごくと飲んだ。髪には妙な寝癖がつき、シャツのボタンが一個ずつずれている。いかにも寝起きという感じで、今にも目が閉じてしまいそうだった。

「お仕事の関係で遅くなるんですか？」

「あ、いや……仕事は昼間だけですよ。金曜と土曜の夜だけは、夜更かししてもいいルールにしてるんです」

「何か趣味でも？」

「オンラインゲーム」

それ系の話になると、晶はまったくついていけない。子どもの頃から、ゲームにはまったく惹《ひ》かれなかったのだ。この話題が変に盛り上がらないよう、すぐに本題に入る。

「水谷晃太さんを捜しています」

「ええ、聞きました」
「一番最近、連絡を取られたのはいつですか」
「十一月二日ですね」
「帰国した直後、ということですね」
「そうなりますね」
木田が、スマートフォンをあっさり見せてくれた。メッセージのやり取り……内容に不審な点はない。

帰ってきたぜ。

おぉ、お帰り。帰国報告会、いつにする？

十一日から出社だから、その後では？

調整任せろ。

短いやり取り。友人同士――高城が教えてくれたデータでは大学の同級生だ――ならではの、素気ないが親しみを感じさせる文面だった。ざっと過去のやり取りを見ると、水谷がアメリカにいる間も、たまに連絡を取り合っているのが分かった。

「ありがとうございます。この後のやり取りはありましたか？」

「一度電話をかけたんですけど、忙しそうだったんで、すぐに切りました。それが……」スマートフォンの画面をスクロールする。「今月三日ですね。飲み会をどうするか、予定を確認しようと思ったんです。向こうからかけ直すって言ってたけど、結局連絡はこなかったですね。せっかく、派手に宴会をやってやろうと思ってたのに」

「そういう時、何人か集まるんですか？　大学時代の友だちとか？」

「ええ」

後で名前と連絡先を教えてもらおう。さらに調査を進める手がかりになるはずだ。

「電話で話した時、何かおかしな感じはありましたか？」

「滅茶苦茶急いでる感じだったけど、あいつ、昔からそういうところがありますから。せっかちなんですよ。まあ、アメリカから帰ってきたばかりだから、家のこととかで色々あるでしょう……それであいつ、どうかしたんですか？」

「連絡が取れないんです。会社にも出てきていません」

「ええ？　そうなんですか？」怪訝そうな表情を浮かべて、木田がスマートフォンを耳に押し当てた。しばらくそうしていたが、「本当だ」と短く言って首を捻る。

「ちょっとメッセージを送ってみます」

「お願いします」

返事はこない気がするが……晶は、木田がメッセージを送り終えるのを待って言った。

「一つ、確認させて下さい」

「何ですか」木田が身構えた。

「水谷さん、子どもはいませんか？」

「え？」

「子どもです」

「そんなはずないでしょう」木田が声を上げて笑った。「あいつ、独身ですよ」

「独身でも、子どもがいることはあるでしょう」

「そんなはずない……」真顔になって木田が繰り返す。本当に驚いているようで、口がぽかんと開いてしまった。「本当なんですか」

「その可能性が高い、ということです」

「まさか、渡米前につき合ってた子じゃないでしょうね」

「その人を知ってるんですか？」晶は身を乗り出した。

「名前は……名前は忘れたな」木田が首を捻る。「写真は見せてもらったことがあります。ツーショット写真。小柄で可愛い子でしょう？」

「ええ」晶は、夏海の可愛い笑顔を一度も見たことがないのだが。

「かなり年下じゃないかな。もしかしたらあの頃、十代？」

「渡米直前には二十一歳ですね」

「参ったな。犯罪みたいじゃねえかよ」木田が呆れたように吐き捨てる。「いや、そういうわけじゃないか。あいつ、恋愛慣れしてないからなあ」

「そうなんですか？」

「奥手なんですよ。いいところのお坊ちゃんですけど、そういうのは関係ないのかな」

「恋愛に関しては、家庭環境は関係ないでしょうね」晶は合いの手を入れた。

「結婚するつもりだったんじゃないかな。アメリカへ連れて行きたいけど、イエスって言ってもらえないって悩んでましたよ……水谷とその子の子ども、ということですか？」

「そうではないかと見ています」

「分からないな――頭がついていかない」木田が首を横に振った。「それで、水谷の奴、行方不明なんですか？」

「連絡が取れない、ということです」晶は微妙に訂正した。「行方不明」というと、いかにも大袈裟になってしまう。

「子どもを置いて？　まさかあいつ、子どもがいることを知らないんですか？」

「その辺は、ご本人に確認しないと分かりません。そのお子さんは亡くなっています」

「亡くなった？」木田が眉を吊り上げ、右手を広げてこめかみを揉んだ。「ちょっと待って下さい。全然ついていけない」

「今月七日に、二歳の子どもが殺される事件が起きたんです。その子の父親が水谷さんではないかと見られています」

「七日って、水谷はもう日本に帰って来てましたよね？　まさか、あいつが殺したんじゃないでしょうね？」

「いえ、犯人はもう逮捕されています」

「何だ」急に緊張が解けたように、木田がソファに力なく背中を預けた。「じゃあ、問題ないじゃないですか」

「母親――水谷さんがつき合っていたと思われる相手が、今一人きりできつい状況に耐えているんです。水谷さんに事情を話して、フォローしてもらおうと思っているんですが、連絡が取れません」

木田が身を乗り出し、スマートフォンを取り上げた。「既読にならないな」と言って首を傾げ、スマートフォンをテーブルに戻す。

「さっきメッセージを送ったばかりじゃないですか」

「あいつの場合、すぐに既読になるんですよ。学生の頃からそうだったから……マメなんです。これ、マジでやばいかな」

「どこか、行き先に心当たりはないですか？　よく旅行に行くところとか」

「いやあ、基本的に出不精だし……ちょっと、仲間内で情報を回していいですか？」

「あまり大袈裟になると困るんですが」晶は釘を刺した。噂話が広がって、あることないこと言われても困る。

「大学時代の仲間は、今でもずっとつき合いがあるんです」

「サークルの仲間か何かですか？」

「同じクラスで仲が良かっただけです。今でも年に何回かは集まって呑みます」

「連絡を回していただければ、助かります。ただし、絶対に内密でお願いします。話が表に漏れるとまずいので」晶はもう一度忠告した。

「やってみます」木田が晶の名刺を取り上げた。「この携帯の番号に連絡すればいいですか？」

「ええ。いつでも構いません。必ず電話には出ますから」

「分かりました……しかし、参ったな」木田が溜息をつく。

「水谷さん、『いいところのお坊ちゃん』という話をしてましたけど、どういう人なんですか？」

「新日トレーディングの創業者の一族でしょう？　新日トレーディングだけじゃなくて、他の会社もたくさん持ってる、小さな財閥ですよね。関西では有名な家らしいです」

「本人が新日トレーディングに入ったのは、社長を目指して、なんですかね」

「そういうわけじゃないでしょう。あいつの実家は今でもあそこの大株主みたいだけど、経営には直接タッチしてないそうですからね。海外で仕事をしたかったから選んだだけだと思いますよ」

「木田さんは？　デイトレーダーというと、やはり金融関係で仕事をしていたりとか」

「証券です。でもちょっと体を壊して……仕事、きつかったんですよ。それで思い切って辞めて、家でできる仕事に変えました」

「トレーダーの仕事が合ってるんですね。こんないい家にお住まいで」

「運もありますけどね。今は贅沢《ぜいたく》しないで、必死にお金を貯めてますよ。いつどうなるか、分からないから」

「堅実なんですね」

「金さえあれば、何とかなりますから」

水谷の場合はどうだったのだろう。仕事は順風満帆。私生活では……夏海をアメリカに連れていこうとして失敗した以外は、順調だったと言っていいだろう。

ただし今は、順調と言えるかどうか分からない。勝手に姿を消すような人には思えないし、何か事件に巻きこまれた可能性もあるのではないか？

3

木田は仲間に連絡を回すと言ってくれたが、それをただ待っているわけにはいかない。晶と愛美は、次のターゲットに会うべくアポを取った。

木田のマンションを出て、歩道に立ったまま、愛美が電話をかけ始める。難渋している様子……しかしとにかく粘り続けて、何とか約束を取りつけた。

「三時ぐらいに来てくれって言われてるけど、どうする？」

「場所はどこなんですか？」

「武蔵境《むさしさかい》……あそこだったら、高城さんが自分で行ってくれればいいのに」

「何でですか？」

「高城さん、武蔵境に住んでるから——あ、今日は本部に出てるか」

「仕事ですか？　今日、土曜ですよ？」

「あの人、重大事件になると土日もなくなるから。要するに、昔のおじさんタイプよね」疲れたように愛美が首を横に振る。

「……ですね」クラシカルと称されたことを思い出す。自分こそ、そうではないか。

「今のうちにご飯でも食べておく？」愛美が腕時計をちらりと見た。

「いいんですか？」

「何で？　何を気にしてるの？」愛美が不思議そうな表情を浮かべる。

「先輩といきなり食事は、図々しいかなと思って」

「時間になればご飯を食べる。普通でしょう」

「じゃあ……お供します」

「お供か」愛美が初めて笑った。「私も、お供を連れてご飯を食べるほど偉くなったかな」

「私にすれば大先輩ですよ」

「大先輩って言わないの。年齢を意識しちゃうから」

「失礼しました」

月島といえばもんじゃ焼きなのだが、二人ともそれは避けようということで意見が一致した。愛美は「昼に小麦粉は食べない」と、よく分からない理屈を口にした。晶は別に気にならないが――昼にうどんやパンのこともある――そもそも、もんじゃ焼きはそれほど好きではない。それに、週末のもんじゃストリートは人が溢れていて、店を探して歩き回るのに少し抵抗感がある。コロナ禍は第八波に入りつつあると言われているものの、飲食店に対する休業要請などは出されていないし、これまでの反動からか、街は賑わっている。スーツケースを引いた、明らかに観光客と分かる人の姿も多い。

二人は結局、もんじゃストリートから少し外れた路地にある喫茶店に入った。午後一時、店内は賑わっていたが、何とか席を確保する。メニューは定番ばかり。洒落たカフェでエスプレッソを楽しむのも悪くないが、こういう喫茶店は落ち着くので、つい長居しがちだ。

愛美はメニューを一瞥しただけで「ナポリタン」と即断した。手を挙げて店員を呼び、さっさと注文を済ませる。晶も慌ててエビピラフに決めた。注文を終えると、水を一口飲んだ愛美が溜息をつく。

「お疲れですか？」

「休みの日にいきなり呼び出されたら、さすがに疲れるわよ。高城さん、滅茶苦茶だから……あの人が課長になって、失踪課は忙しくなったのよ。本当は、課長にすべきタイプじゃないのよね。自分の管理もできないんだから」

初対面の人間が相手なのに、ずいぶんズケズケと上司批判をするものだと晶は呆れた。実際、高城に関しては、よくない評判もよく聞くのだが。

「高城さん、そんなにひどいですか？」

「仕事以外にやることがない人だから。三方面分室にいた頃は、家に帰らないで泊まりこむこともあったし」

「それは……あまりよくないですね」晶は声を潜めた。

「まあ、家に帰っても誰もいないし、仕事が、精神状態をきちんと保っておく一番いい方法だったんでしょうけどね。趣味もない人だし。でも、それを他の人間にも強いるのはどうかと思うな。今回の件も、一方面本部が担当しているのに、いきなり本部の私まで動かした。厳密に言えばルール違反よね」

「それだけこの件を重視してくれているんだと思います」

「そうなんだけど、課長なんだから」愛美がまた溜息をつく。「これじゃスタッフを管理できているとは言えないわよね」

「高城さんには高城さんの思いもあるんじゃないですか？　娘さんのこととか」

「それは、何年も前に解決してるから」愛美が言った。口調はどことなく冷たい。

「でも、家族の問題は、ずっと引きずりますよ」

愛美が晶の顔を凝視した。あなたも？　とでも言いたげだったが、何も言わない。

晶の事情は知っているはずだが、それを平然と話題にしないぐらいの常識はあるようだった。

「高城さんも来年は定年なんだから、そろそろ仕事以外の生きがいも見つけないといけないのに。このままだと、寂しいおじいちゃんになるのは確実ね」

「ずいぶん……きついですね」思わず苦笑してしまった。

「本人にもそう忠告してるんだけど、全然聞かないのよ。定年になったら、人捜し専門の探偵になるなんて言ってるけど、無理でしょうね。金勘定ができない人だし」

「課長に対して、そこまではっきり言うんですか？」

「つき合いも長いから。もう十五年ぐらいになるかな？　腐れ縁ってやつよ」

「そんなにですか？　ずっと失踪課で？」

「そう」平然と言って、愛美がまた水を飲んだ。「私も好きでここに来たわけじゃないけど、今はもう、他の仕事は……あなたもでしょう？　捜査一課にいたんだよね？」

「ええ」

「私は、所轄から捜査一課に行く予定だった。でもちょっとした事故があって、玉突き人事で失踪課に来て、結局それからずっと」愛美が肩をすくめる。「十五年もいると、これから新しく仕事を覚える気にはなれなくなるわね。あなたは？　一課に戻りたい？」

「どうですかね……まだ支援課の仕事もよく分かってませんし」

「絶対に極められない仕事だと思うけどね」急に愛美が真顔になって、晶の顔を見詰めた。「失踪課の仕事には句読点がある——つまり、一段落するわけよ。どんな形であれ失踪した人が見つかれば、それで終わる」

どんな形であれ、という言葉が晶の胸に刺さった。生きていても、死んでいても。晶の兄も失踪者である。誰も行方不明者届を出していないだけで……。

「もちろん、簡単に見つからないで、継続捜査になることもあるけど、区切りがつくことは多いのよ。でも、支援課は違うでしょう」

「そうですね。何年もフォローしているケースもあります」朋恵はそうは考えていないようだが。どうせ最初だけ——彼女の白けた態度が、ずっと心に刺さっている。

「まあ、お互いに苦労は多いわね。他の部署からは煙たがられるし」

「そうなんですよね……」

「あなた、平気？」

「やってることは間違っていないと思ってますから」

「タフなんだ」

「どうでしょう……それで、さっきの私の事情聴取、何点ですか」

「私、別にあなたを査定してないわよ」愛美が呆れた顔で言った。

「本当ですか？」何だか値踏みされているような感じがしていたのだが。

「さっき、私は全然口出ししなかったでしょう？　私が聴きたいことは、あなたが全部聴いてくれた――そういうこと」

「どうも」先ほどからの引っかかりが少しだけ解消された。まだ心を許す気にはなれないものの、彼女も色々苦労してきたのは間違いない。あの高城と十五年も一緒に仕事をしてきたのだから、我慢強いのも間違いないだろうし。

料理が運ばれてきて、二人は早速昼食に取りかかった。愛美のナポリタンは量も多く、いかにも美味そうだった。晶のエビピラフも悪くない。味つけは塩なのだが、塩味がキツくない割に味はしっかりしていて、スプーンを動かす手が止まらない。この味わいは、何だか懐かしい感じだった。子どもの頃――きちんと家族があった頃、母親が作ってくれた料理を思い出す。

「この店、当たりだわ」愛美が驚いたように言った。

「ですね」

「月島って、観光客向けの高い店が多いんだけど、こういう昔ながらの喫茶店も結構あるのよね」

「長く続いて欲しいですね」

「たまに来て、お金を落としていったら？」

「警視庁からなら、そんなに遠くないですからね」有楽町線で一本だ。もっとも、ランチタイムにちょっと抜け出して……という近さではない。

まだ時間はある。二人は食後の飲み物を飲みながらくつろいだ。アイスコーヒーが少し薄いのは残念だったが、油っぽいピラフの後は、これぐらいさっぱりしたコーヒーの方が合う感じはする。

しかし、会話が続かない……女性の先輩は少数派なのだが、だからと言って初対面で話が合って、ペラペラ喋りまくるわけでもない。こういう店で仕事の話をすることもできないし。慎重に話題を探していると、スマートフォンが鳴った。見慣れぬ電話番号……もしかしたら木田かもしれない。

「ちょっと出ます」

愛美が無言でうなずき、ホットコーヒーを啜る。晶は外へ向かいながら電話に出た。予想通り木田だった。

「すみません、急に電話して」

「大丈夫です。どうかしましたか？」

「連絡を取った連中の中で、水谷と会った奴がいました」

「誰ですか？」

「北野《きたの》正成《まさしげ》って奴です」

戦国武将みたいな名前だ……高城のリストには入っているだろうか。

「いつ会ったんですか？」

「水谷が帰国して二日後か三日後……詳しいことは本人に直接聴いてもらえますか？　適当なことは言いたくないので」

「分かりました」木田が予想以上に礼儀正しい人間だったので、ほっとする。デイトレーダーというのは、指先の動きだけで大金を儲ける、世の中を舐め切った人間ではないかと想像していたのだが――それは勝手な先入観だった。

「警察から連絡がいくかもしれないと言っておきました」

「ありがとうございます。何をしている人なんですか？」

「普通に会社勤めです。今日は休みで家にいました」

「連絡先、ショートメールで送ってもらえますか」

「分かりました」

電話を切ると、すぐにメールが入った。電話番号が記載されている……住所まではないが、それは本人に確認すればいいだろう。

晶はすぐに、その電話番号にかけてみた。北野が緊張し切った声で出る。

「警視庁総合支援課の柿谷と申します。木田さんから紹介していただいたんですが」

「ああ、はい。木田から聞いてます」

「水谷さんのことでお話を伺いたいんです。これから時間を作っていただけますか？」

「大丈夫ですけど……どこへ行ったらいいですか？」

「家まで伺いますよ」

「家はちょっと……できれば外で会いたいんですけど」

「どちらにお住まいですか」

「亀戸《かめいど》です」

となると……会う場所を相談したが、最後は「駅前の交番で」と向こうから言い出した。普通の人は、警察署——交番で事情聴取となると、腰が引けてしまうものだが。

「三十分から四十分で行けます」晶は頭の中で路線図を広げながら言った。両国《りょうごく》乗り換えでJR。

喫茶店に戻り、愛美に「水谷さんに会った人が見つかりました」と報告する。

「会える？」

「これからすぐに。亀戸です」

「大江戸《おおえど》線で両国まで出て乗り換えね」愛美の頭にも、都内の鉄道路線図はしっかり叩きこまれているようだ。「両国でちょっと歩くけど、ここから三十分ぐらい？」

「そうですね。でも、急ぎましょう」

「了解」

代金を払ってすぐに店を出る。出た時に初めて、晶は店の名前に気づき、頭に叩きこんだ。こういう店は、絶対に長続きして欲しい。自分も応援していこう。

二人が亀戸駅前の交番に到着した時、北野は既に来ていて、落ち着きなく周囲を見回していた。制服警官がいるから、事情を話せば中で待っているように言われたと思うが――さすがにそれはできないか。

「北野さんですか？」晶は声をかけた。その間、愛美は交番に入って、事情を説明する。

「あ、はい」北野は小柄でほっそりした男だった。頭が大きく、何となくバランスが悪い。頼りない感じに見えるのは、不安そうな表情を浮かべているからかもしれない。

「総合支援課の柿谷です。お休みのところ、すみません」

「大丈夫です」

愛美が外に出て、人差し指と親指を丸めてＯＫサインを作った。

「では、中でどうぞ」

若い制服警官が軽く敬礼する。晶はさっと敬礼を返してから、受付の奥にある事務室兼休憩場所に入った。こういう場所も懐かしい——交番で仕事をしていたのは駆け出しの頃だけだが、当時の濃厚な経験は今でも頭に焼きついている。

「どうぞ、お座り下さい」

促されるままに、北野が恐る恐るパイプ椅子に座った。いつでも逃げ出せるようにとでもいうつもりか、ごく浅く腰かけている。晶は椅子を引いてきて、彼の斜め向かいのポジションに陣取った。デスクを四つ、くっつけて置いてあるので、挟んで向かい合って座ると少し距離が開き過ぎるのだ。愛美が向かいのポジションに落ち着くと、晶は早速切り出した。

「北野正成さんですね」

「はい」

「今日はお休みで……お仕事は何ですか？」

「会社員です」

勤務先も聴くべきだが、それは後回しでいい。今は一刻も早く水谷の情報を確認しないと。

「水谷さんが帰国後、お会いになったと聴いていますが、いつですか？」

「今月三日です」北野がスマートフォンをちらりと見て答えた。

「それは、待ち合わせてですか？」

「ええ。あいつから電話がかかってきて、会いたいからって」

木田は同じクラスのグループと言っていたし、全員で集まって定期的に呑み会もやっているらしいが、その中でも仲の良さには温度差があるのだろう。

「帰国報告ですか？　それとも、何か相談ですか」

「相談……ですかね。そうですね、相談です」

「内容は？」

「子どもがいることが分かったって」

爪をいじりながら北野が言った。晶は思わず、愛美と顔を見合わせた。

「相手は誰ですか？」

「名前は知らないんですけど、アメリカへ行く前につき合っていた娘だと……帰って来てからそれが分かって、もの凄く動揺してました」

「森野夏海さんという方ではないですか？」

「名前は知らないんです。写真を見せてもらったことはあるんですけど……会社の近くの喫茶店でバイトしてる子だと言ってました」

「まったく知らなかったんですか？」

「相手が妊娠していることも全然知らなくて、帰国してから初めて分かったんで、ものの凄く動転していました。それで、どうすればいいかって僕に相談してきて」

「あなたは何と答えたんですか」

「無視はできないだろうって……後から何か問題になったら大変だし。でも、何か事情がありそうだったんですよね。水谷、渡米する前に、一緒にアメリカへ来ないかってその娘にプロポーズしてたんですよ。でも断られた——要するに振られたんですよね。それでも、子どもがいるなら、一度は会っておいた方がいいって言いました」北野が言葉を切り、確かめるように晶に訊ねる。「別におかしくないですよね？　会うのが普通でしょう？　向こうは妊娠していたことを隠していたのかもしれないけど、後からあれこれ言われて面倒なことになるのはまずいし」

「何か考えて、妊娠を隠していたんだとは思いますが」自分は水谷に釣り合わない——そういう遠慮が心の奥底にあったのは間違いないだろう。「でも、あなたのアドバイスは極めて常識的だと思います。私があなたの立場でも、同じように言います」

「そうですよね」ほっとしたように、北野が息を吐いた。

「会いに行ったんでしょうか」

「そこまでは分かりません。考えてみる、とは言ってましたけど」

「どんな様子でしたか？」

「慌ててました。そんなに慌てるようなタイプじゃないんですけど……あんなの、初めて見ました」

「それが、今月三日ですね？　その後、連絡は取りましたか」

「いえ……気になってはいたんですけど、あいつがどうしたか分からなかったから、ちょっと時間をおいた方がいいかな、と思って」

その判断は間違っていない。水谷が相談してきたとはいえ、あまりにも短時間に、矢継ぎ早に「どうなった」と確認されたら、嫌な気持ちになるだろう。つき合いが長いと、そういうところが曖昧になってきたりするものだが、北野は人間としての基本的な礼儀をわきまえているタイプのようだ。

「他の人たちはどうですか？　この件を、他の友だちにも話していたんでしょうか」

「それは……ないかな」北野が首を傾げる。

「あなたは特別な友だちということなんでしょうか」

「それは、まあ……はい。そうだと思いますけど……」それまで遠慮がちながらきちんと話してきた北野が、急に口籠もった。

「何か事情でもあるんですか」

「あまり言いたくないんですけど、学生時代にあいつのトラブルに関わったことがあって」

「大変だったんですか？」

「その……まあまあ大変でした」

「女性絡みですか」

北野がぐっと背筋を伸ばし、「何で知ってるんですか」と目を見開いて訊ねる。

「ただの勘です。詳しいことは伺いませんけど、その件で、あなたと水谷さんの絆《きずな》は固くなった、と考えていいんですよね」

「はい。今回の件も、他の連中には喋っていないと思います。少なくとも大学の仲間には」

「そんなに触れ回るような話じゃないですよね」別れた——自分を振ったはずの相手が密かに子どもを産んで、しかもその事実を隠していた。疑心暗鬼になるのが当然だろう。狙いは金か、あるいはもっと悪質な恐喝かと怯えてもおかしくない。水谷には会社での立場もあるし、相当焦っていたことは容易に想像できる。

「本当に子どもがいるなら、絶対に責任は取るって言ってたんですよ」

「そうなんですか？」

「あいつ、真《ま》っ直《す》ぐというか、世間知らずなところがあるから。僕は、事情をはっきりさせてからの方がいいって言ったんですよ？　それこそＤＮＡ型鑑定とか……それで確定させてから、どうするかを考えた方がいいって。でもあいつ、完全にこんな風になってしまっていて」北野が顔の両側で掌を立てた――遮眼帯、か。「元々思いこみやすいし、真面目だから、責任を考えるのも分かるんですけどね」

「その相手を、今でも好きだったとか」

「――そういう風には言ってました」うなずいて、北野が認める。「アメリカへ連れて行きたかったけど拒否されて、でもどうしても諦めきれなかったって。帰国したら、もう一度プロポーズするつもりだって言ってました」

「ええ」

「だからこそ、子どもがいるなんて知って、大ショックだったでしょうね」

「その事実なんですけど、どうやって知ったんでしょうか」

「知り合いから聞いたと言ってました」

「知り合い？」二人の交際を知っている人間がそんなに多くいるとは思えない。「どなたか、ご存じですか」

「その女性と共通の知り合いで、喫茶店のマスターとか……」

飯塚朋恵？　晶は、怒りと情けなさが同時に湧き上がってくるのを感じた。朋恵は口を濁していたが、夏海から、父親は水谷だと聞いていたに違いない。それを晶に対して正直に打ち明けなかった……早く話してくれていたら、状況が変わっていたかもしれないのに。

「ありがとうございます。心当たりがあります」晶は事情聴取を打ち切りにかかった。一刻も早く、朋恵に会わなくては。

「一つ、いいですか」晶が腰を浮かしかけたところで、愛美が切り出した。

「はい」北野が背筋を伸ばす。

「嘘だ、ということはないですか？　水谷さんが適当なことを言っていた可能性は」

「いや、それはないです」北野が即座に否定した。「あいつはそういう冗談を言うタイプじゃないですし、知らない間に子どもがいたっていうのは、冗談だとしても面白くないですよね」

「そうですか……分かりました」

「もういいんですか？」北野が疑わしげに目を細める。

「緊急に確認すべきことができました」晶は一礼して立ち上がった。「今後も何かお願いすることがあると思います。連絡は取れるようにしておいていただけますか」

「それは……はい」

戸惑う北野を残して、晶と愛美は交番を飛び出した。

4

神保町へ向かう地下鉄の車中で、晶は水谷と夏海、それに朋恵との関係を愛美に説明した。愛美はすぐに呑みこんでくれた。

「その人――飯塚さんが、二人を結びつけたわけね」

「はい。でも、水谷さんが父親かどうかについては、確信が持てないと言っていました」

「ちょっと変じゃない？」愛美が首を捻る。「キューピッド役でしょう？　夏海さんが子どもを産んだ時も面倒を見ていたし、蓮君のお葬式にも手を貸してくれた。それだけ親身になってくれる人に、夏海さんが事情を打ち明けていないのは、むしろ不自然だと思うけど」

「そうなんですよね。それは私も感じていました」

「飯塚さんが嘘をついていたなら、何か理由があるはずよ」

「警察に対して不信感は感じているみたいですけどね。警察というか、私たちに」

「支援課？」愛美が目を細める。

「どうせ最初の頃だけ騒いで、ちょっと収まったら後は知らんぷりだろうって」

「それでもしょうがないと思うけどね。事件は次々に起きるんだから」

「そんなことない――ないように気をつけてますよ」

「そうか……了解」愛美がそれだけ言ってうなずいた。

琥珀亭に着くと、店の外観をざっと見た愛美が、「ここ、いい店でしょう」と言った。

「ええ。いい店ですけど……入らなくても分かるんですか？　来たことがあると
か？」

「古くても、外観を綺麗にしているのは絶対にいい店。経験で分かるわ」

「当たりです」先ほどの月島の店もそうだが、個人経営のいい喫茶店は本当に少なくなった。そして何故《なぜ》か、自分の行動範囲内にはそういう店がない。理想の店は、アクアラインを渡った先、木更津《きさらづ》にある古民家を利用したカフェだが、頻繁に行ける場所ではない。

「行かせてもらっていいですか」

「そうね」愛美がうなずく。「ここはあなたのシマだから」

晶は一度深呼吸して、ドアを押し開けた。カラン、とベルの音が鳴るのも嬉しい。カウンターの向こうでコーヒーを淹れている朋恵の姿は絵になる感じだが……大股でカウンターに向かおうとした瞬間、愛美に腕を掴まれる。バランスを崩したまま振り返り「何ですか」と厳しい表情で訊ねる。

「喧嘩を売りに来たわけじゃないからね」

「分かってます」

「分かってない」愛美も厳しい表情になる。「あなた、完全に喧嘩腰になってるわよ」

晶は愛美の顔を見たまま、二度、三度と深呼吸した。怒りのボルテージがじりじりと下がっていく。この人は、何だか鎮静剤みたいな感じだ。しかも極めて即効性が高い。

「そうやって高城さんのことも宥めているんですか」

「それは、しょっちゅう」愛美が肩をすくめる。「馬鹿みたいだけど、誰かがやらなくちゃいけない仕事だから」

損な役回り、ということだろうか。普段一緒に仕事をしない人に迷惑をかけてはいけない、と晶は自分を戒めた。

カウンターに近づくと、朋恵が晶に気づいた。

「あら」かすかに非難するような表情。「また来たの」

「必要があれば伺います」

「あなたの仕事はとっくに終わったのかと思ってたわ。蓮君のお葬式にも来なかったし」

「遠慮しました」晶は行くつもりだったが、課長の三浦亮子に強硬に止められたのだった。警察官が何人も顔を出すと、参列者に不快な思いをさせる可能性もある――その結果、「最も人を不快にさせる可能性が低い」香奈江だけが参列したのだった。

「それで今日は、なんの用事?」

サイフォンからカップにコーヒーを入れながら、朋恵がこちらを見もせずに言った。晶はカウンターのハイチェアには座らず、立ったまま話を続けることにする。このカウンター席は妙に居心地がよく、追及の手が緩んでしまいそうなのだ。

「どうして本当のことを教えてくれなかったんですか」いきなりきつい言葉をぶつける。

「どういう意味?」朋恵が目を細める。嘘をついた、と非難されたことに怒っているのは明らかだった。

「水谷さんと夏海さんの関係です。飯塚さんは、蓮君の父親が水谷さんだということを知っていましたよね?」

朋恵が黙りこむ。晶がぶつけた情報をどう解釈し、どう反論するか迷っている様子だった。

「あなたは、蓮君の父親について、夏海さんが何も言わなかったと仰いました。でも、本当は聞いていたんじゃないですか? そしてその情報を水谷さんに喋った」

「私は――」

「水谷さんが、あなたからその情報を聞いたのは分かっているんです」晶は朋恵の反論を遮った。「この件を水谷さんに話したのはいつですか? 水谷さんが日本に帰ってからですか？　彼は今月三日に、その件を人に話しています。つまり、それ以前にあなたから話を聞いていた──そういうことですよね」

「十一月二日」朋恵が低い声で認めた。「二日の夜。彼は閉店直前にここへ来て、ピラフを食べていった」

「帰国のご挨拶、ですか？」

「そう。その時に、水谷君から夏海のことを聞かれたのよ。アメリカにいる間もずっと気にしていた、今何をしているのかって。会いたがっていた」

「それで？　子どものことを話したんですか？」

「最初は話さなかった。水谷君は世間知らずなところがあったから、いきなり自分に子どもがいるって知ったら、大きなショックを受けると思ったのよ。会わない方がいいって警告したわ」

「それで水谷さんは納得したんですか？」

朋恵が無言で首を横に振った。手元のカップを取り上げ、乾いた布で磨き始める。

「水谷君は、ずっと夏海のことを忘れられなかった。アメリカにいる時も、連絡を取ろうとしていたけど、夏海は携帯を変えてしまったから」

「連絡を取りたくなかったからですね？」

「でしょうね。水谷君、アメリカから私にまで電話をかけてきたんだけど……」

「教えなかった」

「教えないわよ。夏海に頼まれてたから」

「夏海さんは、どうしてそんなに強く拒否したんですか？」

「自分は水谷君に釣り合わないし、迷惑はかけたくないからって」

「でも、父親ですよ？　それに夏海さんは経済的に苦しい状態にあった。誰かに頼るなら、父親である水谷さんしかいないでしょう」

「それをしたくなかったの、夏海は」朋恵がぴしりと言った。

「何でそこまで意地を張る必要があったんですか」

「それは夏海の考えだから、私にも分からない。でも、夏海がそうしたいって言うなら、無理強いはできない」

この辺の感覚が、どうしても理解できない。朋恵は大人だし、夏海の保護者的な立場である。きつく言って、水谷の援助を受けるように諭すこともできただろう。

「――それで、水谷さんは十一月二日の夜に訪ねて来たんですね？」

「そう」

「子どものことは、結局話したんですか？　話さなかったんですか」

「――話したわ」朋恵が認めた。「水谷君は、もしも本当に自分の子どもだったら、責任を取りたいって言ったのよ。そこまで覚悟があるなら……」

「それほど夏海さんを愛していたんでしょうか」

「それと、過去の問題もあったみたい」

「何かトラブルでも？」

「学生時代の彼女が妊娠して、勝手に堕《お》ろしちゃったのよ」

「そんなことが？」晶は目を見開いたが、すぐに北野の話を思い出した。「あいつのトラブル」、それも女性問題。北野は、この堕胎問題にも関係したのかもしれない。

「何の相談もなしにね。それがすごいショックだったみたいで、今でもその彼女を憎んでると言ってたわ」

「それは確かにきついですけど……だから、夏海さんの子どもに執着していたんですか？」

「たぶんね。子ども好きなのも間違いないし。先輩たちの子どもに会った話なんかを、嬉しそうにしてるんだから、本物だと思う。あんた、会社員なんかやめて保育士になった方がいいんじゃないって言ったら、定年後はそれもいいって本気でうなずいてたからね」

「そうですか……それで、自分に子どもがいることを知った水谷さんの反応は？」

「絶対に会いに行くって。もう、興奮して止められない感じだった。他のお客さんもいたし、騒がれても困るから――」

「連絡先を教えたんですか」

朋恵が渋い表情でうなずく。晶は自分の中で怒りの炎が燃え上がるのを感じたが、すぐに思い直した。今自分が感じている怒りは、朋恵が最初に本当のことを明かしてくれなかったことに対するもので、水谷に対する彼女の対応は間違っていないとは思う。夏海に対しても、だ。二人をよく知っていて、しかも水谷を夏海に紹介した立場としては、板挟みになった感じだろう。どうして最初に教えてくれなかったのか責めたかったが、その質問は呑みこんでおくことにした。朋恵なりに秘密を守った感覚かもしれないし、それを責める権利は自分にはない。

晶は深呼吸して、カウンターのハイチェアに座った。朋恵との距離が近くなる。

「飯塚さん、どちらの立場に立つか、困ったんじゃないですか」

「それはまあ――ねえ」朋恵が拭いていたカップをそっとカウンターに置いた。

「結局、夏海さんの居場所も教えたんですよね」

朋恵が渋い表情を浮かべる。ここから先、話はさらに際どい方向へ転がっていくことになる。

「教えたんですね？」晶は念押しした。

「絶対に教えないつもりだったんだけどね」朋恵が溜息をついた。「あの男が一緒にいるんだから、水谷君と顔を合わせたら大変なことになる」

「岡江ですね？」岡江のようにいい加減な人間と鉢合わせになってしまったら、最悪の事態にもなる――朋恵もそれは分かっていたはずで、やはり軽率な行動だったと思う。

「水谷君に押されちゃったのよね……あれは本当に失敗だったわ」

「水谷さん、その後連絡はしてこないですよね」

「こないわね」

「所在不明なんです」

「所在……」

「行方不明ということです」

朋恵の顔からさっと血の気が引いた。別のカップを取り上げようとして摑み損ね、カツンと硬い音が響く。

「まさか、水谷君の身に何かあったんじゃ……」

「それは分かりません。今、捜しています」

「私のせいだ」朋恵が両手で顔を覆った。「言わなければよかった」

指の隙間から後悔の声が漏れ出る。確かに言わなければよかった――ひどい結果になることは読めていなかったのだろうか。いや、ひどい結果かどうかはまだ分からない。

「水谷さんの捜索は続けます」愛美が話に割りこんだ。「もしも連絡があったら、すぐに我々に教えてもらえますか？　あるいは何か思い出したことがあったら、でも構いません」

「──分かりました」

愛美が名刺を差し出した。朋恵が受け取ったが、まるで名刺の重さに耐えきれないとでも言うように、すぐにカウンターに置いてしまう。

「水谷君に何かあったら、私の責任だ」

「仮定の話です。何かあったと決まったわけではありません──それでは」きびきびした口調で言って、愛美が踵《きびす》を返す。晶は慌てて跡を追った。ドアを出たところで追いつき、怒りをぶちまける。

「何で勝手に終わりにしたんですか？　まだ聴けることはありますよ」

「優先順位」愛美が冷たい口調で言った。「水谷さんが夏海さんに会いに行ったのは、間違いないでしょう。そこで何が起きたか、すぐに調べる必要がある。まず、夏海さんに話を聴かないと」

「まともに話ができる状態じゃないですよ。無理をするなら、私が止めます」

晶は一歩前に出て振り返り、両手を広げて愛美の前に立ちはだかった。愛美がスピードを落とし、衝突寸前で立ち止まる。

「だったら、あなたに任せる」愛美があっさり言った。

「私ですか？　私は失踪課の人間じゃないですよ」

「でも、夏海さんとは通じてる。私よりはあなたの方が、話はできるでしょう」

職掌を逸脱することになる――しかし愛美が事情聴取して、途中で自分がストップをかけるよりはましかもしれない。自分なら、夏海の限界がどこにあるか、見極めることができるはずだ。本当は香奈江の方がいいのだが、土曜日に彼女を呼び出すわけにもいかない。

「――分かりました。余計なことは言わないでもらえますか？」

「あなたがきちんと話せれば」

結局は「試験」なのだろうか。いいだろう。夏海を傷つけず、上手く情報を引き出してやる。

夏海は家にいた。葬儀が終わってもほとんど家から出ない……きちんと食事をしているかどうかが、まず心配になった。部屋は事件直後と変わらず雑然としていて、テーブルには空になったカップ麺の容器……そんな中、部屋の片隅に蓮の遺影と骨壺《こつつぼ》がある。ただし、線香の香りはなかった。たまに線香を上げる習慣もない――どうしていいか分からないのかもしれない。

「ちょっと話を聴かせてもらっていいかな」

狭い玄関から室内の混乱ぶりを見て不安になりながら、晶は頼みこんだ。

「はい……ええと……外へ行きませんか」夏海が意外なことを言い出した。

「構わないけど」外出することに抵抗感があるのでは、と思っていたのだが、予想外の反応だった。

「ご飯、食べてないので」

「じゃあ、どこかへ食べに行く？　この近くにファミレスか何かあったかな」

「コンビニでいいです」

「分かった」

晶は振り返って愛美の顔を見た。平然としている。この判断に対して、イエスもノーもないわけか。晶としては心配だったが……まともに話もできない状態だった夏海は、外へ出て大丈夫なのだろうか。

夏海が、サンダルを引っかけて外へ出ようとする。ボーダーのカットソーにジーンズ……何か羽織ってくるべきではと思ったが、今日はそこそこ暖かい。寒い思いをすることはないだろう。

夏海の歩みはノロノロしていた。サンダルを引きずるような歩き方——完全にエネルギー切れという感じだ。近くのコンビニエンスストアに入って、ふらふらと店内を回る。心配になって後からついていったが——愛美は外で待機していた——結局温かいペットボトルのお茶、それにレジ脇のホットフーズのコーナーでアメリカンドッグを買った。サンドウィッチか握り飯だと思っていたのだが……アメリカンドッグは、弱っている胃にはきついのでは、と心配になる。店を出た瞬間、思わず訊ねてしまった。

「大丈夫？　アメリカンドッグ、重くない？」

「蓮が好きだったんで」夏海が淡々とした口調で答える。「絶対に一本は食べられなかったけど」

二歳児がアメリカンドッグを食べるものだろうか。あまりよくない気もする。この話を聞いただけでも、夏海がきちんと子育てしていたとは思えなかった。周りにアドバイスしてくれる人もおらず、ネット頼りでは、間違った情報も入ってきてしまうだろう。

小さな公園に入った。雲梯《うんてい》やブランコなどの他に、公園の中央には蝶《ちょう》や花の絵が描かれたコンクリート製の小山がある。滑り台というわけではなさそう——手すりや突起がついているから、子どもたちが昇り降りして遊ぶものだろう。簡単なボルダリング、という感じかもしれない。土曜の午後、子どもたちが走り回っている。二歳ぐらいの幼い子どもを遊ばせている母親もいた。蓮と年齢が近い子どもを見て、夏海は何とも思わないのだろうか、と晶は少し心配になった。

しかし夏海は特に気にする様子もなく、ベンチに腰かけた。アメリカンドッグを袋から出し、ケチャップとマスタードをかけて——容器から勢いよくケチャップが飛び出し、夏海の指を汚す。

「ハンカチ、いる？」

晶は自分のハンカチを取り出したが、夏海は首を横に振るだけだった。ケチャップを舐めとると、猛烈な勢いでアメリカンドッグを食べ始める。ケチャップとマスタードで口が汚れるのも気にせず……晶は思わず「ゆっくり食べて」と忠告した。初めて会った時に、食べた卵サンドをすぐに吐いてしまったことを思い出したのだ。

夏海はうなずくだけで、勢いは衰えないままアメリカンドッグを食べ続ける。瞬く間に、棒だけが残った。それを袋に戻すと、ペットボトルのキャップをひねり取って、半分ほどを一気に飲み干す。まるで、部活帰りの男子高校生が空腹を満たすために食べるような勢いだった。

「お腹、大丈夫？」

口にお茶を含んだまま、夏海がうなずく。ゆっくりとお茶を飲み下すと、はあ、と息を吐いた。

「横に座っていい？」

夏海がまた無言でうなずく。晶は小さなベンチに腰を下ろして、ある程度距離を置くのに苦労した。愛美は少し離れた場所――ぎりぎり会話が聞けそうな場所に立ったまま。あまりにも近づくとプレッシャーになると思って、気を遣っているのだろう。この辺は、経験豊富な人ならではの心配りではないだろうか。

「ちょっと聴きたいことがあるんだ。話したくないかもしれないけど――水谷さんの件」

夏海がぴくりと身を震わせる。ペットボトルを握る手に力が入った。

「水谷さんと会ってない？　彼は、今月一日に帰国したんだけど」

「いえ」

「会ってない？」

「会ってません」

「電話もない？」

「携帯の番号は変えました」

「そう」頑なとまではいかないものの、はっきりした否定。これをどう判断したらいいのか。夏海は、平然と嘘がつけるようなタイプではない。「水谷さんは、蓮君が自分の子どもだと思っていた。本当にそうなら、責任を取りたいって言ってたのよ」

「そうですか」

「そうですかって……どうして水谷さんに頼らなかったの？　彼には十分な収入があったし、実質的にあなたにプロポーズもしていた。それを受ければよかったんじゃない？」

「私にはそんな資格はないです」

「どうしてそんなに卑下するの？　水谷さんは、あなたを選んだんだよ」

「全然育ちが違う人と、上手く話が合いますか」

「合うよ」晶はあっさり言った。父親が貿易商で、晶が子どもの頃は家は裕福だった。そのため小学校から横浜の私立に通ったのだが、あそこには色々な家の子どもがいた……晶の実家が裕福とすれば、「超裕福」な家の子も少なくなかった。着ている服や持ってくる弁当を見て「自分とは違う子もいるんだ」とは思ったものの、それで引け目を感じたことはない。晶には、人より秀でた能力があった——特に小学生の頃は、男子よりも足が速くスポーツ万能だったので、周りから一目置かれていたせいだろう。

しかし、夏海が言っているのはそういうことではあるまい。小学生の頃なら、家柄も関係なく仲良くなれることもある。しかしある程度年齢を重ねると、相手との違いを意識して壁を築いてしまうこともあるか……。

「話していても緊張するんです。だから、ずっと一緒にいられるわけがなかった」

「好きじゃなかったの？」

「それは……」

「思い切って、一緒にアメリカへ行けばよかったんじゃない？　水谷さんだって初めての海外勤務で緊張していたし、あなたの助けがあれば心強かったはず」

「私、英語も全然話せないです」

「そういうのは、暮らしているうちに慣れるんじゃないかな。買い物したり外食したりしないといけないんだから、必要に迫られるでしょう」

「私には無理です」夏海が首を横に振った。

「話を戻すね」晶は体を少し捻って、夏海の方を見た。「水谷さんは帰国後、あなたの連絡先と住所を知った。そしてあなたにとても会いたがった。あなたが自分の子どもを産んだことを知って、面倒を見たいと言っていたのよ。それを拒否したの？」

「会ってません」感情の感じられない、平板な声での否定。

「今、水谷さんのDNA型鑑定をしています。週明けには、水谷さんが蓮君の父親かどうか、はっきりするわ」

「何でそんな、余計なことを……」夏海が溜息をついた。

「水谷さんは、行方不明なの」晶はとうとう告げた。これはいわば切り札で、夏海に揺さぶりをかけて本音を引き出せると思っていたのだ。

「そうですか」

思わず力が抜けてしまうような、気のない返事。不発だった、と晶は唇を嚙み締めた。

「ちょっといいですか」愛美が割って入った。一歩前に出ると、夏海がベンチの背もたれに背中をくっつける。愛美は体はそれほど大きくないのに、妙な圧があるタイプだ。「私は失踪課の刑事で、水谷さんを捜しています。水谷さんが実際にあなたを訪ねて来たか、あるいは連絡を入れてきたかは、調べればすぐに分かります。特に携帯は……あなたが通話履歴やメールの記録を消去しても、調べることができる。必ず分かることなんです。それなら、最初から話してくれた方が手間が省けます」

「私は、会っていません」一瞬顔を上げ、夏海が愛美の顔を一瞥した。

「心配じゃないの？」愛美がさらに前に出た。「別れたにしても、つき合っていた人でしょう？ その人が行方不明なんですよ」

「関係ありませんから」

愛美が晶の顔を一瞬見て、素早く首を横に振った。無理――これ以上時間をかけられないことは、晶も意識している。先ほどから、公園の中にいる若い母親たちがちらちらとこちらを見ているのだ。たぶん、自分たち三人が奇妙な組み合わせに見えているのだろう。

「明神さん」

「分かってる」愛美が厳しい表情でうなずく。それから夏海に視線を向けた。「また来ます――あるいは、話す気になったら連絡して下さい」

「話すことはありません」

そう宣言する夏海の手は震え、ペットボトルの中のお茶が小刻みに揺れていた。愛海の視線は、その手にずっと注がれていた。

5

「嘘ついてる」と愛美が断言した。晶もそう思った。

「どこが嘘かは分からないけど」駅へ戻りながら、愛美がしきりに首を捻った。「もしかしたら、父親が誰か――そこからして嘘かもしれない。嘘というか、本当のことを言っていない」

「それはDNA型鑑定で間もなく分かります」

「時間、かかるわよ」

「高城さんが科捜研に発破をかけたそうです」

「また、余計なことを……」愛美が舌打ちする。「そういうことしてるから、嫌われるのよ。失踪課が嫌われてる理由の八割は高城さんだと思う。強引過ぎる」

「それは、私には何とも言えません」確かに強引だとは思うが……先日の打ち合わせでも、遠慮なしにぐいぐいくる感じに少し引いてしまった。

「今日はもう、いいと思う。いつまでもあなたをうちの仕事で引っ張るわけにはいかないでしょう」

「つき合いますよ」

「高城さんの言う通りにしてたら、体壊すわよ」

「全然大丈夫ですけど」

「だいたいあなた、上司に許可取った？」

「それは……」慌てて飛び出してきたので、支援課の人間には何も言っていない。高城が連絡してくれているとも思えなかった。

「ほら、まずいでしょう。今から連絡して事後承諾っていうのも変だし、今日はこれで黙って帰ったら？　高城さんが文句言ったら、私が押さえておくから」

「そんなこと、できるんですか？」

「腐れ縁だからね」愛美が溜息をついた。「それに一人ぐらい、高城さんを止められる人間がいないと、失踪課は崩壊しちゃうから」

「明神さんがストッパーですか」

「あなたはストッパーっていうタイプじゃないわよね」愛美がちらりと晶の顔を見て言った。「むしろ、あなたに対するストッパーが必要な感じかな」

「それは――」口を開いたが、反論の言葉は出てこない。

事実だから。

「とにかく今日は解散しよう。週末に何かあったら、必ずあなたの耳にも入るようにしておくから」

「――分かりました」ここまで言われたら仕方がない。それに、勝手に動いていることが若本や亮子にバレたら面倒だ。「仕事だ」と言い張ることはできるにしても、部下の勤務時間を管理する上司にすれば、許しがたいことかもしれない。今はとにかく、残業や休日出勤を減らすことが上司の仕事だから。

やりきっていない――中途半端な気持ちを抱えたまま、晶は自宅に戻った。

週明け、支援課に出勤するなり、水谷の母親・雅子から電話がかかってきた。

「連絡、ありましたか？」晶は期待をこめて訊ねた。

「いえ、まったく――失踪課というところが、行方不明者届を出して欲しいと言ってきてるんですけど、どうしたらいいですか」

「まだ出してなかったんですか？」晶は思わず声を張り上げた。失踪課の仕事は、家族などから行方不明者届を受けたところから始まる。全ての失踪事案を調査するわけではなく、事件性が高いと思われるものを精査して選んでいるのだが……親告罪で、被害届が出ていないのに勝手に警察が捜査を始めたようなものだ。これも高城の暴走ということか。

「ええ、何かまずいですか」

「手続き的な問題です。行方不明者届は、出して下さい」

「そうすると、どうなるんですか」

「正式に手配して、広範囲に捜索することができるようになります。今は、失踪課が単独で動いているだけですので」

「広範囲にって……」雅子の声に戸惑いが混じる。「世間に知られるということですか」

「世間一般に知られるわけではないですが、全国の警察組織が把握します」

「でも、情報が漏れる恐れもありますよね」

「その可能性は否定しませんが……」雅子は何を警戒しているのだろう。「何か心配なんですか？」

「そういう話が広まるのは……家の問題もありますし。主人も、穏便に進めたいと言っています」

要するに、家の評判を気にしているわけか。古いものが長く続く京都の中では、水谷家は新興財閥のようなものだろうが、それでも評判を落とすわけにはいかないと考えているのだろう。分からないでもないが、息子の安否よりも家の評判を気にする態度には少しむかついた。

「行方不明者届は、必ず出して下さい」晶は少しきつい口調で言った。「私の方から失踪課に言っておきます。水谷さんの写真も必要ですけど、最近の写真はありますか？」

「それはありますけど……」雅子がさらに戸惑う。

「お願いします。ところでまだ、板橋のマンションにいらっしゃるんですよね？」

「ええ」

「何か変わったことはありましたか？」

「残念ですけど、何がなくなっているかも分かりません。一年間、ずっと家を空けていたわけですから」

「とにかく、失踪課から連絡させます。しばらくお待ち下さい」

失踪課に電話をかけ、出た刑事——知らない人だった——に事情を話して、すぐに行方不明者届を受け取るようにきつく頼みこんだ。これでようやく、正規の捜査になる。電話を終えた時には早くもぐったり疲れており、晶は目を閉じて頭をがくりと後ろに倒した。

「朝から大変ですね」香奈江が労《いたわ》ってくれた。

「失踪課って、やっぱりいい加減なのよ。正式な手続きを飛ばして、勝手に捜査してる」

「そうなんですか？」

「何で私が、失踪課のフォローをしないといけないのかな」ドス黒いものが胸の中に湧き上がってくる。こういう感情はマイナスにしかならないのだが、自分の心をコントロールするのは不可能だ。

目の前の電話が鳴る。無意識のうちに取り上げると、高城の声が耳に飛びこんできた。今の行方不明者届に関して文句を言ってきたのかと思ったら、別件だった——完全な別件ではないが。

「科捜研から連絡があった。ＤＮＡ型が一致した」

「本当ですか？」晶は、一気に目の前が開けたように感じた——決していい感じではないが。

「ああ。科捜研の連中、一応は最優先で動いてくれたよ。これで支援課も、水谷さんを捜す理由ができたな」

「そうですね」蓮の父親を捜し出して話をし、夏海をフォローさせる——これこそ本来の仕事である。「ありがとうございます。それと、水谷さんの行方不明者届のことですけど」

「ああ、さっきの件な。ちゃんとやっておく」

電話は一方的に切れてしまった。何なんだ、この人はと呆れながら、晶は立ち上がった。すぐに若本の席に行き、今の情報を報告する。

「蓮君の父親が、水谷さんだとほぼ確定しました」

「分かったのか？」若本が目を見開く。

「失踪課が、科捜研を急《せ》かしたそうです」

「高城さんか」若本が一瞬苦笑した後、すぐに真顔に戻った。「まあ、いい。これで、水谷さんの捜索が最優先事項になったな」

「そうですね。打ち合わせ、しておきますか？」

「ああ。課長にも報告しておきたい」

一係全員、それに亮子も加わって打ち合わせが始まった。晶が、現状について報告すると、亮子はすぐに指示を出した。

「最優先事項は水谷さんの捜索ね。失踪課と上手く連携して、一刻も早く見つけて下さい」

「まあ……」清水が耳を引っ張った。「やばい感じはしますよね。真面目なサラリーマンが、まったく連絡しないで会社に出てこない――それもう、十日になります。何か事件に巻きこまれた可能性が高いんじゃないですか」

「だとしても、捜索は続けます」亮子が宣言した。

「殺されて、どこかに埋められている可能性もありますよね」

「清水さん、言い過ぎです」晶は低い声で釘を刺した。「無責任な井戸端会議じゃないんですから――」

「分かった、分かった」清水が面倒臭そうに顔の前で手を振った。「捜せばいいんだろう？　ちゃんとやらせてもらいますよ」

「動きが無駄にならないように、失踪課ときちんと連携した方がいいわね。若本係長、窓口になって。向こうと協力して捜索を進めるために、連絡を密にしましょう」

「了解です」

「それじゃ、早速失踪課と打ち合わせを――」

デスクの電話が鳴り、香奈江が席を立って飛んで行った。「支援課です」という声が聞こえたが、その後は沈黙――しかしすぐに「本当ですか！」と確認する悲鳴のような声が聞こえてきた。

ただ事ではないと思い、晶も立ち上がって彼女の側に行った。「どうした？」と確認すると、香奈江は「ちょっと待って」とでも言いたげに首を横に振り、相手の話に合わせて「はい、はい」と言っている。重要な電話だったら、復唱しながら話して、周りの人にも状況を伝えるのが常識なのだが、それも忘れている。晶は手を伸ばし、スピーカーフォンのボタンを押した。

「――では、そういうことでよろしくお願いします」相手はちょうど通話を終えるところだった。

「秦、内容は復唱しないと」晶は思わず軽く説教した。

「水谷さんらしき遺体が見つかりました」香奈江が、それどころではない、とでも言いたげに焦って言った。

「現場は？」背筋を冷たいものが走る。

「群馬《ぐんま》です。今、現地の所轄から連絡が入って――あちこち回されてから、うちにつながりました」

文句を言うべき相手はいくらでもいる――しかし晶は何も言わず、上着を摑んで支援課を飛び出した。

いくら何でもいきなり勝手に行くな――警視庁を出た途端に若本から電話がかかってきて叱責された。一刻を争うのだと反論したかったが、やはり自分一人が行っても仕方ない。深呼吸して気持ちを落ち着かせ、支援課に戻った。亮子がテキパキと指示を飛ばす。

「現場には、秦と清水が行って」

「課長！」晶はつい声を張り上げた。

「冷静じゃない人を、現場に行かせるわけにはいかないわ」

「私は冷静です——前橋《まえばし》に着くまでには冷静になります」

「そう？」

「一時間半も頭に血が昇っていたら、血管が切れます」

「——分かった。だったら秦と一緒に行って。清水は残ってバックアップ」

「俺はどこでもいいですよ」清水が肩をすくめる。「仕事は仕事なんで」

醒《さ》めた言い方だが、こういう人も組織には必要なのかもしれないと、晶は前向きに考えた。

「失踪課には私から連絡しておくから、現地で落ち合って」

「水谷さんのお母さんはどうしましょう」そんなことも忘れて飛び出そうとしていたのだ、と晶は反省した。「まだ行方不明者届も出していません」

「そこは——」亮子が一瞬言い淀む。今、誰が雅子の面倒を見るかは難しいところだ。しかし遺体の確認などで、家族も現地に行く必要が出てくる。「失踪課に任せましょう。こういうことは、向こうの方が慣れているから」

「では、すぐに向かいます」

晶と香奈江は急いで警視庁を出た。前橋辺りだと、車で行っても新幹線で行っても時間はさほど変わらないのだが、今回は新幹線を使うことにする。

「晶さん」東京駅へ向かう丸ノ内線の車内で、香奈江が両手を広げて下へ向けた。「落ち着いてるわよ」香奈江に飼い慣らされている猛獣という感じか……。

「今、血圧を測ったら大変ですよ」

「測らなければ分からないから」

「とにかく――」

「分かってる。冷静に、ね」

香奈江が無言でうなずいた。後輩に諭されるようじゃ、私もまだまだ――そして香奈江が、自分にとってのストッパーになっていることを意識する。愛美が高城のストッパーであるのと同じように。

遺体の発見場所を管轄する東前橋署は、行きにくい場所にあった。JR両毛《りょうもう》線の前橋駅と前橋大島《おおしま》駅の中間。どちらからも歩いてそれなりの距離がある。結局晶は、前橋駅前からタクシーを使った。

「この署も大変じゃないですかね」スマートフォンの地図を見ながら香奈江が言っ

た。「赤城山《あかぎさん》の方まで管轄なんですよね。山で何か起きたら大変じゃないかな」

「山岳遭難とか？　でもそれは、山岳捜索救助隊が担当するはず」

「ですかね……でも、管内は滅茶苦茶広いですよ。現場に行くだけでも大変かな」

「確かに」こんな会話ができるのは、自分が冷静になれた証拠だと思う。とにかく落ち着いて、落ち着いて……。

駅を出て十分足らずで、タクシーは東前橋署に到着した。もう一度、「冷静に」と自分に言い聞かせてタクシーを降りたが、署に入る際には無駄に大股になってしまう。

東前橋署は四階建ての庁舎で、さほど大きくない。しかし駐車場がやけに広いのが、いかにも田舎の警察署、という感じだった。

どんな状況でも遺体が発見されれば、最初は必ず刑事課が対応する決まりになっているので、二人は二階の刑事課に足を運んだ。男性だらけの部屋に女性二人が入ったせいか、急に注目が集まる。こういうのも面倒臭い……もっと女性警官が増えないと、いつまでもこういう好奇の目で見られるわけだ。

課長を見つけてすぐに挨拶する。

「警視庁総合支援課の柿谷です。ご連絡、ありがとうございました」

「いやいや……」短い髪がほぼ白髪になった小柄な刑事課長は、愛想がよかった。

「上手くつながってよかったよ」

「身元はすぐに分かったんですか？」

「ああ。免許証と社員証、それに名刺を持っていた。名刺は全部英語なんだけどね」

「先月まで、アメリカで仕事をしていたんです」

「なるほど」刑事課長がうなずく。「社員証の会社の社員で間違いないかな」

「確認させていただけますか？」

刑事課長が、証拠品保管袋に入った社員証と免許証を見せてくれた。新日トレーディングの社員証、顔写真入り。

「これが本当に新日トレーディングの社員証かどうかは分かりませんが、この会社に在籍しているのは間違いありません。もう、連絡は取ったんですか」

「いや、会社や遺族への連絡は、警視庁の失踪課が責任を持ってやるから、ということで……ただしこれは、殺人事件の可能性が極めて高いから、うちで引き取ることになると思う」

「殺人？」その情報は入っていなかった。一番肝心な情報なのだが。「どういう状況だったんですか」

「遺体に、激しく暴行された形跡が残っている」

「発見の状況は？」

「山の中——山道をバイクで走っていた人がたまたま見つけたんだ。山の斜面に捨てたんじゃないかな。それが自然に下の道路近くまで落ちてきたのが発見されたんだろう。斜面に、新しい滑落痕があった」

「死後どれぐらいでしょうか」

「新しくはないな。もう、一部白骨化が始まっている。二週間ぐらいは経っているかもしれない」

今日は二十一日。北野が水谷と話したのは三日で、彼の足跡はそこで切れてしまっている。そこから既にかなりの日数が経過していた。

「詳しいことは、解剖してみないと分からない」

「死因についてはどうですか?」

「激しい殴打の痕があるし、首には絞められたような痕があるが、専門家の鑑定が必要だ。どうする? 遺体はこちらへ搬送したけど、まず見ますか?」

「お願いします」

駐車場の一角にある小さな小屋へ向かう。普段はパトカーの整備道具などを保管してある場所だが、遺体が発見されると臨時の保管場所になる——多くの所轄がこのようにしている。

初めて、水谷の顔を生で見た。写真で見ていたのと、だいぶイメージが違う。この十日間ほどはそれほど気温は高くなかったが、やはり遺体の腐敗は進んでいる。臭いもきつい。臭いに耐えながら、遺体の全身を観察した。

黒いジャケットにグレーのTシャツ、ジーンズという軽装で、顔には確かに激しく殴打された痕跡がある。靴は片方だけしか履いていなかった。山の斜面を転げ落ちる最中に脱げてしまったのかもしれない。

「荷物はないんですか？」

「遺体の近くにはなかった」刑事課長がすぐに答える。「今、付近の捜索を行っているから、何か見つかるかもしれないが……財布や身分証明書は、服のポケットに入っていた」

「スマホはどうですか？」

「見つかってないな」

「ずっと追跡していたんですが、スマホの電源が入っていた形跡はありません」

「犯人が持ち去って処分したかもしれないな」刑事課長が顎を撫でる。

「現場、どんな場所なんですか？　本当に山の中なんですか」

「そうだな。赤城山の麓……麓と言っても、標高九百メートルぐらいのところだ」

「登山ルートですか」

「そういうわけじゃないが、近くに森林公園なんかがあるから、ドライブで行く人はいるよ。今は紅葉シーズン真っ盛りだから、週末は結構混むけど、ウィークデーはそれほどでもない。現場、見てみるかい？」

「そうですね……」迷った。自分たちにはこの事件を捜査する権利はない。現場を見ても、夏海の支援活動につながるとは思えなかった。

そこへ、のっそりと醍醐が入って来て、「ああ、お疲れ」と晶に声をかける。それから水谷の遺体の前で、長い時間手を合わせた。

「現場は？　もう行ったか？」晶に話を向ける。

「いえ。ついさっき来たばかりなんです」

「一応、見ておこうか」

「でも……いいんですか？」考えてみれば、失踪課の仕事もここで終わりなのだ。殺人事件として捜査するのは群馬県警である。

「一応、現場ぐらい見ておかないと。つき合えよ。車で来てるから」

「――分かりました」

醍醐は、先日一緒だった若い刑事・三木を伴っていた。三木を連絡要員として署に残し、自分で覆面パトカーのハンドルを握る。思い切りシートを後ろに下げたが、それでも下半身は窮屈そうだった。思わず、運転を代わろうかと言い出しかけてしまう。覆面パトカーは、運転していて楽しい車ではないが、運転している間は余計なことを考えずに済む。晶にとって車の運転は、精神的なデトックスでもあるのだ。

長いドライブになった。緊急走行ではないのでパトランプやサイレンを使うわけにはいかない……醍醐は結構なハイペースで車を走らせたが、それでもカーナビが示す到着時刻は四十五分後だ。

「こいつは、東前橋署も大変だ」醍醐が零《こぼ》す。「こんなに管内が広いと、現場に行くだけでも時間がかかる」

「さっき、同じことを話してました」後部座席に座る香奈江が応じた。

「まあ、しょうがないけど……山があるところは、どうしてもこんな感じになるんだろうな」

「失踪課としては、これからどうするんですか？」

「情報を集めてから検討するよ。今のところ、１０３ｄだな」

「何ですか、それ」

「うちのデータベースの分類。行方不明者が遺体で発見されたけど状況不明、という場合だ。事件なら１０３ａ、事故ならｂ、自殺ならｃになる」

「殺しだと思いますよ」

「でも、確定できない……これは失踪課が作ってるデータベースのための分類だから、他の課の人が心配することじゃない」

「それで、失踪課としてはどうするんですか」晶は質問を繰り返した。

「うちとしては、これで終わりなんだ。行方不明者を見つけるのが仕事なんだから、生きていても死体でも、見つかればそれ以上のことはできない」

「だったら、わざわざ現場を見る必要はないんじゃないですか」

「課長の指示でね」ハンドルを握ったまま、醍醐が肩をすくめる。「実際、状況を見ておかないと、最終的な報告書は書けない。それに……」

「それに、何ですか？」醍醐が言い淀んだのが気になる。

「何かあったら首を突っこみたがるからね、高城さんは」

「殺しだったら、さすがに失踪課も手は出せないんじゃないですか」

「それがそうでもないんだな。あの人、強引だから」

また愛美が苦労することになるのだろうか。高城はこの件に結構入れこんでいた印象があるから、暴走しないとも限らない。

「ご家族への連絡はどうなりました？」

「母親が今、東京にいるんだろう？」

「ええ」

「もう話はしているはずだ。たぶん、明神がここまで連れて来るんじゃないかな」

「明神さんですか……」大丈夫なのだろうか、と一瞬心配になった。愛美は、細かい心遣いができるタイプには見えない。ここはやはり、支援課で何とかすべきだったのではないだろうか。今や雅子は、犯罪被害者の家族なのだから。

「何か心配か？　明神だったら大丈夫だよ」

「そうですかねえ」

「明神だって、被害者遺族の気持ちは分かってる。ご両親が交通事故に巻きこまれて、ひどい目に遭ってるんだから」

「そうなんですか……」

「明神をきついと感じたなら、それは君がきつく当たったからじゃないか。あいつは相手の出方に応じて態度を変えるからな」

「そんなことないですけど」否定してみたが、愛美が自分のことをどう思ったかは分からない。

途中から急坂、そして急カーブが続く山道になり、晶は体の揺れを抑えるためにアシストグリップを摑み っ放しになった。車酔いはしないタイプなので大丈夫だが、これでかなりダメージを受ける人もいるだろう。

「ここだな」醍醐がつぶやいてスピードを落とす。一車線の細い道路、途中に車の待避所があって、警察車両が何台か停まっている。醍醐はギリギリ空いている最後尾のスペースに何とか覆面パトカーを停めた。「落石注意」の標識が目についたが、落ちてきたのは遺体だったわけだ、と皮肉に考えてしまう。

現場では、鑑識が忙しく活動中だった。条件が悪い——屋外でしかもきつい斜面だから、やりにくいことこの上ないだろう。醍醐が鑑識の係官に挨拶して、簡単に話を聞いた。晶と香奈江は口出しせず、二人のやり取りに耳を傾ける。

「滑落痕がかなり長く残っていてね」キャップから白髪がはみ出た係官が、淡々と言った。「道路はつづら折りになっていて、この上、三十メートルぐらいのところを道路が走っている」

「そこから遺体を落とした、ということですか」

「それがいつの間にか、自然に下まで落ちてきたんだろうな」係官がうなずく。「見つかったのはその辺りだ」

道路脇にはガードレールもなく、岩が剝《む》き出しになっている箇所がある。その斜面に、小さな三角コーンがいくつか置いてあった。上から滑り落ちてきて、この岩にぶつかって止まった、ということだろう。晶は岩に近づいてみたが、血痕などは確認できなかった。

「発見者はどんな人ですか？」

「この下の方に住んでる人で、たまに上の公園までバイクで走ってるんだ」

「若い人ですか？」

「いや、四十五歳だったかな。手軽なワインディングロードという感じだよ。早い時間なら他の車も通らないし、安全ということだろう。発見は朝の五時だった」

遺体が道路まで転げ落ちていなくてよかった、と晶は思った。バイクだったら、道路上の障害物を避けきれずに事故を起こしていた可能性がある。

「遺体がいつからここにあったかは、分からないでしょうね」醍醐が首を捻る。

「そこの判断は難しいねえ」係官が同意した。「ただ、昨日の夜から今朝にかけてじゃないかな。夕方ぐらいまでは、車は結構走ってる。特に昨日は日曜で、紅葉見物に来ている人も多かったはずだ」

「天気は……関係ないですね」

「ないだろうね。前橋も先週は基本的にずっと晴れていた」

二人の会話は手詰まりになった。晶はそこで初めて、話に割って入った。

「警視庁総合支援課の柿谷です……死亡してからかなり時間が経っているようですね」

「ざっと見た感じではね」係官が認めた。「ただ、俺は検視の専門家じゃないから、はっきりしたことは言えない。あくまで解剖待ちだね」

「被害者の姿が最後に確認されたのは、今月三日です」

「三週間近く前か……遺体の状況を見ると、亡くなってからそれぐらいは経ってるかもしれないな」

三週間も山の中で一人きりだった、と考えると気分が暗くなる。いったい彼に何があったのか。

「もういいんじゃないかな」醍醐が話をまとめにかかった。「ここで俺たちができることはないだろう」

「ちょっと待って下さい」スマートフォンを構えた香奈江が声を上げる。「一応、現場の写真を押さえておきます」

「そうだ、俺も撮っておこう」醍醐もスマートフォンを取り出した。

「現場の写真を押さえないと、高城さんがうるさいとか？」

「ああ」醍醐が顔をしかめる。「高城さんは常に念のため、念のためだから。でも、この現場の写真を見ても何か分かるとも思えないけどなあ……特殊事件対策班《SCU》の八神《やがみ》ならともかく」

「ああ、八神さん」晶はうなずいた。

「知ってるか？」

「捜査一課で一緒でした。パッと見ただけで、他の人には分からないものを見つけ出しちゃうんですよね」

「あれ、映像記憶とか言うらしいよ。間違い探しが得意らしいな——二枚の絵を見て違いを探すやつ」

「知ってます」晶は少しだけ気分が緩むのを感じた。「でもこれを、八神さんに見てもらうわけにはいかないですよね」

「この件は、SCUの出番じゃないよ」

自分たちの出番でもない。失踪課も……この先、自分の仕事はどう転がしていけばいいのか、晶は迷い始めた。

6

午後半ばに東前橋署に戻ると、雅子は既に到着していた。刑事課の横にある会議室にいるというので顔を出すと、愛美がつき添っている。愛美が晶に気づき、会議室のドアに向けて顎をしゃくった。話がある——か。香奈江は中に入って、雅子の近くに座った。

「あなたたち、いつもこういうことしてるわけね」愛美が渋い表情で言った。

「私たちだけじゃないです。警察官なら誰でも、遺族に寄り添うことがあるでしょう」

「とはいえ、私はこういうのは専門じゃないから。この場合、どうするの？　警視庁の事件じゃないし」

「正直、他県警で起きた事件に関してはルールがないんです。今回の捜査は群馬県警の担当ですけど、被害者家族支援まで丸投げするわけにはいきません」自分たちがサポートしなければ、という気持ちは強い。あとは群馬県警の方が何と言うかだ。「とにかく、まず所轄と話してみます。お疲れ様でした」

「母親と面識はあるの？」

「あります」

「じゃあ、扱いにくいことは分かってるわよね」愛美が声をひそめた。

「あまりそういうことは言いたくありませんけど――何とか話はできます」

「じゃあ、ここから先はプロに任せるから」

「もちろんです」

愛美が「逃げた」とは思いたくない。まさにこういうことの「プロ」が来たから任せる――自分たちが頼りにされている証拠だと思うようにした。

部屋へ戻ると、香奈江は何も言わずに座っていた。例によって、小さなペットボトルの水が雅子の前に置いてあるが、キャップは開いていない。人は、水も飲めないほど憔悴してしまうこともある……。

「この度はご愁傷様でした」晶は腰を下ろす前に深々と頭を下げた。雅子がのろのろと頭を下げる。上品、かつプライドが高くてきつい人という印象を持っていたのだが、今は憔悴しきって顔色が悪い。「ご遺体とお会いになりましたか」

「あれは……あんなのは晃太じゃありません！」雅子が突然叫んだ。「晃太は……」

晶は黙って、彼女の斜め前に腰を下ろした。雅子は慟哭《どうこく》して、背中が大きく上下している。まずい――もう一度立ち上がり、彼女の背中に手を添える。雅子がびくりと身を震わせ、涙を流しながら晶を睨んだ。

「深呼吸して下さい」

「何が――」

「お願いです。深呼吸して下さい」晶は自分でも肩を上下させた。

雅子が小さく、忙《せわ》しなく呼吸する。これでは駄目だ。晶は「ゆっくりです。ゆっくり、大きく」と忠告した。そして自分も肩を上下させる。雅子が晶を睨みつけたまま、その動きに合わせた。静かな、ゆっくりとした呼吸。ほどなく落ち着いたようだった。

「水、飲んで下さい」

晶の言葉に合わせて、香奈江がペットボトルのキャップを開けて差し出す。雅子がのろのろと手を伸ばし、ボトルを摑んだ。ほんの一口飲んだだけで、すぐにテーブルに置いてしまう。

「ご家族への連絡は……」

「済みました」雅子の声は、先ほどよりもしっかりしている。深呼吸と、ほんのわずかな水分で、自分を取り戻したようだった。

「こちらで合流しますか？」

「ええ」

「それまで、私たちもご一緒します」

「そうですか……」深い溜息。しかしすぐに顔を上げ、晶の顔を真っ直ぐ見た。「晃太には子どもがいる、という話でしたね」

「はい」晶は認めた。「DNA型鑑定で確認しました。間違いありません」

「そうですか……まさか、その件と関係しているわけじゃないでしょうね」

「それはまだ分かりません」関係があるようなないような……蓮の殺害と水谷の殺害は、ごく細い線でつながっているだけだ。実際、蓮を殺した岡江は、既に逮捕されているわけだし。

「どう考えたらいいんですか？　私にはさっぱり分かりません」

「正直に申し上げると、私にも分かりません。水谷さんが、自分に子どもがいることを知ったのはつい最近――アメリカから戻ってからだと思います」

「それで何があったんですか？」

「それを調べているところでした」

「母親がいるんですよね？」雅子が気色ばんだ。「会わせて下さい。何か知っているかもしれないでしょう」

「申し訳ありませんが、それはしばらくお待ち下さい。母親は子どもを殺されて、まだ話ができるような状態じゃないんです」

「でも、晃太と……そういう関係だったんでしょう？　だったらうちにも関係があります。話を聞きたい！」

「それは警察に任せてもらえますか」

「警察が信じられないから、言ってるんです！」雅子が声を張り上げる。「晃太を見つけられないで、こんなことになったんですよ！」

「申し上げにくいですが……」晶は一瞬迷ったが、これはちゃんと言っておかなくてはならない。「晃太さんが行方不明になって、私たちが捜し始めた時には、もう亡くなっていた可能性が高いんです」

雅子が声を上げて泣き始めた。止める手立ては——ない。

夕方、晃太の父親と兄が東前橋署にやって来た。父親は激昂《げきこう》していて、いきなり雅子を叱責し始めたので、割って入って止めるのが大変だった。そしてその怒りは、晶たちにも向く。

「あんたたちがしっかりしてないから、こういうことになったんじゃないか!」

反論せず、晶は頭を下げるだけにした。本当に自分たちが悪いのかどうか、今はまだ判断ができない。

助けてくれたのは、晃太の兄、大介《だいすけ》だった。詰め寄る父親と晶たちの間に割って入り、父親を宥める。ようやく二人を落ち着かせると、晶に「ちょっと話ができますか」と遠慮がちに訊ねた。

晶と香奈江は、一度庁舎の外へ出た。十一月、既に夕闇が迫り、ひんやりとした空気が流れている。

「どうもすみません。父は気が短くて」深々と頭を下げる。非常に腰が低い人のようだ。

「お怒りになるのは当然です」晶は言った。「息子さんが、あんな亡くなり方をしたんですから」

「父は、晃太に期待をしていたんです。家の正式な後継者として」

「お兄さんがもう家を継いでいるんじゃないんですか?」水谷の家は、関西で複数の会社を経営していて、それをまとめる持ち株会社の代表が水谷の父である。大介がその会社に入社し、跡を継ぐ予定になっていることも分かっていた。

「新日トレーディングは、うちにとって特別な会社なんです。戦前、あそこから全てが始まったんですから……今は経営とは関係ないんですが、晃太が希望してあの会社に入って、また経営に関わることができるようになるかもしれないと。別に乗っ取りをしようとしていたわけじゃないですけど、自分たちの基礎みたいな会社に晃太が入って、父が一番喜んでいたんですよ」

「実際に会社でも、将来の社長と目されていたそうです。優秀な人だったんですね」

「まあ……うん、そうですね」どうにも歯切れが悪い。

「何か問題でもあったんですか」

「どうもあいつは世間知らずというか、今までにも問題を起こしたことがあって」

「学生時代の話ですか」

「知ってるんですか？」大介が目を見開いた。

「詳しいことは知りません。でも、女性問題ですよね？　交際していた相手が妊娠して、勝手に堕胎したとか」

「そうなんですよ」大介が声をひそめる。「あまり格好のいい話じゃない……女性の扱いが下手なんでしょうね」

「今回の件――渡米する前に、おつき合いしている女性がいるという話は、ご存じでしたか？」

「ええ」大介があっさり認めた。「親は知らないはずですけど、僕は聞いてました」

「詳しく聞かせて下さい」晶は大介に詰め寄った。

「その前に……煙草を吸わせてもらっていいですか？」

「構いませんけど、吸える場所がありますか？」今時は、警察署はどこも禁煙のはずである。

「聞いてきました。裏の駐車場に喫煙場所があるそうです」

「では、そちらに」

三人は裏の駐車場に移動した。喫煙場所といっても、ペンキ缶の上を切って水を入れた大きな吸い殻入れが、二つ置いてあるだけ。既に当直時間に入っているせいか、署員は誰もいなかった。大介が忙しなく煙草に火を点け、目を閉じて煙を深く吸いこむ。ゆっくりと煙を吐くと、ほっとした表情になって目を開いた。

「相手は高卒で、行きつけの喫茶店のバイトをしてるっていう子ですよね」

「ええ」

「やめておけっていいました」大介がはっきり言い切った。「どんなにいい人でも、育ちが違うと絶対苦労するからって。それに、今後会社の中で出世していくために、サポートしてくれる女性の方が絶対にいい」

「それに対して、晃太さんは何と？」

「諦めきれなかったみたいで、アメリカにまで連れていこうとしていたんですけど、断られたんですね。結果的にはそれでよかったと思いますけど……でも、子どもがいるとは知らなかった。晃太は、騙されたみたいなものじゃないですか？」

「晃太さんが妊娠の事実を知ったのは日本に戻って来てから――つい最近のようです」

「何でその……相手の女性は何も言わなかったのかな」大介が首を捻った。

「遠慮していたんです。自分が晃太さんに釣り合わないことは分かっていて、身を引いたんです。だから、お金を要求する気なんかなかったんですよ」

「そうですか……それは気の毒なことをしたな」大介は本気で申し訳なく思っているようだった。父親はかなり強権的――ワンマン経営者という感じだが、大介はバランス重視のタイプかもしれない。「今後、どうしたらいいんでしょうね」

「状況を見極めるしかないですけど……晃太さんが交際していた女性に会うのは、遠慮して下さい」

　調べれば分かってしまうだろう。蓮が殺された事件は、新聞やテレビで大きく報道されたし、週刊誌も取り上げた。ネットで少し調べれば、関係者の名前はすぐに分かるのだ。名前さえ分かれば、連絡先は何とでも調べようがある。

「分かりました。親父はうるさく言いそうですけど、確かに接触はしない方がいいですね」

「落ち着いたら、話をする機会もあると思いますから」

自分たちがその仲介をすることはないと思うが……ただし、もしも水谷家が夏海と面会するというなら、その際は立ち会わねばならないかもしれない。

夏海を守るために。

亮子が、群馬県警と今後の対応を打ち合わせてくれた。水谷の件はあくまで群馬県警の事件であり、被害者支援も県警の担当部署に任せる。状況によって、支援課の応援が必要なら、その時になって改めて考える、ということになった。

「というわけで、今日はおしまいにして。そっちに泊まる？」亮子も疲れた様子だった。

「いえ、まだ電車がありますから帰ります。それと、明日の朝、夏海さんに会うつもりです。水谷さんが殺されたことを知ったら、態度が変わるかもしれません」

「万が一だけど……夏海さんが水谷さんを殺した可能性はない？」

「まさか」反射的に言ってしまったが、課長の言葉は晶の頭に染みついた。大きなわだかまりのある二人である。何かのきっかけで、暴力を伴う大きなトラブルが起きてもおかしくない。「いえ、やっぱりあり得ないと思います。　夏海さんが遺体を遺棄する方法がありません」

東京から前橋まで遺体を運ぶなら、車しかない。しかし夏海は車はもちろんのこと、免許さえ持っていないのだ。

「そうか……先走ったわね。今のは忘れて。明日は夏海さんのところへ直行する？」

「そうします」

電話を切り、群馬県警の支援担当の人間に引き継ぎをした。初老のベテラン係官で、「警視庁さんほど経験はないけど、何とかするよ」と請け合ってくれた。本当に何とかなるかどうかは、誰にも分からないが。

醍醐が先に引き上げていたので、足がない。仕方なくタクシーを使って前橋駅まで出て、高崎《たかさき》で新幹線に乗り換える。自宅まで二時間少しの旅程だ。夕食は、駅弁で済ませることにする。しかし、午後七時を過ぎているせいで、弁当の種類も少なくなっていた。香奈江が、高崎らしいだるま弁当を二つ、仕入れてくる。

新幹線で食べる弁当は、今回は味気ない。今日一日で全てを失ってしまったような気分だった。水谷が殺された事実を知ったら、夏海はどんな反応を見せるだろう。心配なのは、これで夏海を支えてくれる人が誰もいなくなってしまったことだ。朋恵にも、ずっと頼り続けることはできない――というより、晶の個人的な感覚として、朋恵には頼りたくなかった。「どうせ警察は」という彼女の態度に対する反発もある。ちゃんと、自分たちが最後まで面倒を見てみせる――。

新幹線の中でも会話は少ない。かといって一眠りして体の疲れを取るには、乗車時間が短か過ぎた。

東京駅で別れ、晶は中央線で新宿に出て小田急《おだきゅう》に乗った。午後九時半、下北沢駅着。ぐったり疲れて、今は熱い湯につかってさっさと寝ることしか考えられなかった。

しかしこういう時に限って、余計な電話が入る。神岡。

「大変なことになったじゃないですか」神岡の声は深刻だった。

「ええ、大変ですよ」自分も大変だ。気安い店が並ぶ商店街を歩きながら、晶は大袈裟に溜息をついてみせた。しゃきっとしたい――この先に、エスプレッソを飲ませる小さなカフェがあるが、午後九時には閉まってしまう。

「連絡してくれれば、相談に乗ったのに」

「先生の出番になるような事態じゃないですよ」実際には、神岡に連絡するのをすっかり忘れていた。そもそも自分は神岡担当でもないのだが……若本あたりが情報を入れてくれるのが筋である。

「何か言うことはないですか」

「いや、別に……」

「愚痴でも何でも」

「先生に言ってもしょうがないですから」

「私は、ゴミ箱になりたいと思ってるんですよね」

「ゴミ箱？」

「誰かの愚痴を捨てるゴミ箱。そういうのも弁護士の役目ですから」

「だったら、私以外の人の愚痴を聞いてあげて下さい。私には、愚痴なんかありませんから」

「無理してませんか？　この状況では……」

「これも仕事なんです。自分で何とかしないといけないことですから」

「あなたがそう言うなら」神岡が素直に引いた。

　茶沢通りに出て、信号が変わるのを待つ。今年は暖かい秋が続いていたが、さすがにこの時間になると空気は冷え始めている。それでも、半袖のTシャツ姿で歩いている人が少なくないのは、やはりここが若者のための街だという証拠だろう。結構長い間暮らしているお気に入りの街なのだが、そろそろ引っ越しを考えるべきかもしれない。三十代という年齢なりのもう少し落ち着いた場所に――そう言えば、神岡はどこに住んでいるのだろう。

少しきつく当たり過ぎたな、と反省した。それこそ、愚痴を零したい状況ではあるのだが、神岡に弱みは見せたくない。

「……ありがとうございました。気を遣ってもらって」

「いや、とんでもない。いつでも電話してください」

「愚痴の電話でも？」

「あなたからの電話なら、愚痴だろうが何だろうがいつでも歓迎です」

本当に、この人は何を言っているのだ？

第四部　本当の影

1

午前九時、晶は夏海のアパートの前に立った。少し遅れて香奈江がやって来る。

「すみません、遅れました」香奈江が息を切らしながら挨拶した。

「私も今来たところ」

「夏海さん、起きてますかね」香奈江が小声で言った。

「寝てるかもしれないね。生活のリズム、滅茶苦茶になってると思う」

「インタフォン鳴らすのも、気が引けますけど……」

「でも、呼ばないと何も始まらないから」

晶はインタフォンを鳴らした。反応なし、少し間を置いてもう一度鳴らそうかと思った瞬間、いきなりドアが開き、眠そうな表情の夏海が顔を出した。

「あ……」間の抜けた声。

「朝早くからごめんね。どうしても伝えておきたいことがあったの」

「何ですか」夏海が身じろぎした。

「中で話す？　それとも外にする？」

「……外にします」

「上着、着てね」晶は自分の両肩を触った。「今朝は少し冷えるから」

ドアが閉まり、夏海の姿が消えた。香奈江が、「ニュース、見てないでしょうね」

と小声で言った。

「たぶん。そんな気にもなれないと思う」

「本当は、昨日のうちに言っておくべきでした」

「課長に頼んで、私が止めた」

「そうなんですか？」香奈江が右の眉を釣り上げる。「いつの間に？」

「空き時間に。この件を言うなら、私が担当すべきだと思ったから」

「晶さん、背負い過ぎですよ」

「それでもまだ、足りないかもしれない」

夏海が部屋から出て来た。黄土色のマウンテンパーカを羽織っている。

「朝ご飯は？」晶は訊ねた。

「――まだですけど」

「何か食べる？」

「いいです」力なく首を横に振る。

「じゃあ、コーヒーでも」

「……はい」

コンビニエンスストアでコーヒーを買いこみ、先日の公園へ向かう。朝早い時間なので、人気はない。土曜日と同じベンチに腰かけ、晶は話し始めた。

「率直に言うわね。水谷さんが亡くなりました」

「え」夏海が顔を上げた。前髪が垂れて右目にかかったが、払おうともしない。

「水谷さんが亡くなって、遺体が群馬県で見つかりました」

「それは……」夏海は明らかに混乱していた。

「殺されたんです」きつい言葉。分かってはいたが、こういうことは曖昧にはできない。

「殺された？」夏海が目を見開く。「殺されたって……」

夏海がコーヒーカップを取り落とした。黒い飛沫《ひまつ》が散り、スニーカーに染みをつくる。

「犯人はまだ見つかっていません。水谷さんが帰国してから、本当に会っていない？」

「まさか、私を疑っているんですか」

「確認しているだけ。水谷さんは、今月三日に友だちと会っていることが分かっているけど、その後の消息が分からない。水谷さんがあなたに会いたがっていたことは分かっているのよ」

「会ってません」強張った口調で夏海が言った。

「連絡は？　水谷さんは、あなたの電話番号も知っていた」

「かかってきていません」

これは、通話記録を入手すれば、すぐに確認が取れる。仮にかけていたことがはっきりしても、何を話していたかまでは分からないのだが。

「水谷さんは、蓮君の父親だった。それはＤＮＡ型鑑定で判明しています」

「そうかもしれないけど……もう、どうでもいいです」

「自棄にならないで」晶は強い口調で言った。「私たちは、あなたを支えてくれる人を捜していたの。水谷さんがそういう人だと思っていたけど……残念です」

夏海が無言で首を横に振る。力なく、今にも崩れ落ちそうだった。晶は彼女の肩にそっと触れたが、すぐに身を引かれてしまう。晶に――誰に触られても、体が汚れるとでもいうように。

「大変なのは分かります」晶は低い声で言った。「でも私たちは、いつでも助けるから。あなたが嫌がっていても、私たちが必要と思えば手を貸します」

これは本当は、間違いだ。「相手が助けを必要としていれば助ける」が支援課の基本方針である。自力で、あるいは近親者や友人の助けを受けて立ち直ろうとしている人は、むしろ警察の助力を煩わしく思うものだ。

しかし夏海は違う。自力で立ち直れるとは思えないし、手を貸してくれる人も近くにいない。だからこそ、お節介と思われようが嫌われようが、自分が助けなければならないのだ。

ふと、昨夜の神岡と一緒だと思う。晶が助けを求めてもいないのに電話してきて、自分をゴミ箱扱い――自分たちは、案外似ているのかもしれない。

「取り敢えず今日、一緒にいてもいいかな」

「必要ないです」夏海の答えはあくまで冷たい。

「自分で考えているよりもずっと、あなたは弱ってるよ」

「……一人になりたい」

晶は顔を上げ、香奈江と視線を交わした。香奈江が小さく首を横に振る。強引にいかないで――夏海が心配ではあったが、ここであまりにも強く押すと、また精神のバランスが崩れてしまうだろう。

「ヘルプが必要だったら電話して。それか、水谷さんのことで何か思い出したら――」

「何も思い出しません」夏海が、意外に力強い声で晶の言葉を遮った。「あの人のことは忘れました。私とは住む世界が違います」

「でも、好きだったんでしょう？　だから蓮君も——」

「関係ないです！」夏海が言葉を叩きつけた。

「夏海さん……」

「帰ります」

夏海が立ち上がり、晶たちを見もせず、大股に公園から出て行く。その途中、公園に入って来た若い女性とぶつかりかけ、慌てて身を引いた。相手も同じようにしたが、直後、知り合いだと気づいた様子で、夏海の表情が微妙に変わる。見られたくないとでも言うように顔を背けたが、すぐに思い直したように相手の目を見据え、さっと一礼した。相手は夏海に向かって手を伸ばしたが、夏海はそれをかわして、そのまま去って行った。

「無理しない……方がいいですよね」香奈江が自信なげに言った。

「自分が許せない」晶は低い声で言った。「どうして信頼してもらえないのかな」

「今の夏海さんは、誰も信用できないと思います。たぶん、水谷さんに対する思いはあったと思いますよ。それが亡くなったと聞いたら……本当に一人になったように感じているんじゃないですか」

「だからこそ支えないといけないんだけど」

「難しいです」香奈江の表情は深刻だった。

「分かってる。でも、やらないわけにはいかない」

自分の言葉が、がらんどうのようになった胸に響く。

スマートフォンが鳴る。前を向いたまま、バッグに手を突っこんで取り出した。若本。

「おかしなことになったぞ」若本の声には焦りが滲んでいる。

「何ですか」

「岡江が供述を変えた。夏海さんが、蓮君を虐待していたと言うんだ」

絶対に嘘だ、と晶は自分に言い聞かせた——いや、それ以外に考えられない。罪を逃れるために、夏海に責任を転嫁しようとしているに違いない。

晶と香奈江は、そのまま西ケ原署に転進した。刑事課長の今泉に確認すると、今朝の取り調べが始まってすぐに、夏海が虐待していた、と言い出したのだと言う。

「嘘ですよね？　自分が責任を問われないように、言い逃れしているんだと思います」晶は強い口調で自説を展開した。

「何とも言えない」今泉は慎重だった。「誰が蓮君を殺したかについては、何も言っていないんだ。もしも責任逃れだとしたら、夏海さんがやったと言えばいい。そこのところがよく分からない」

隅田がやって来た。朝十時にして、既に疲れ切った表情を浮かべている。しかし晶を見ると、何とか笑って見せた。

「いきなりですか？」晶は訊ねた。

「ああ。今までは基本黙秘、雑談ぐらいしかしなかったのに、急に夏海さんが蓮君を虐待していたと言い出した。それも結構詳細に喋ってるんだよな。叩いたり、暴言を吐いたりはしょっちゅうだったと」

アパートの住人の証言で、蓮の泣き声や悲鳴が頻繁に聞こえていたのは分かっている。捜査本部では当然、岡江が虐待していたのだと考えていたし、晶も同じように思っていたのだが。

「具体的には……」

「一緒に住むようになってからしばらくして、夏海が蓮君を叩く——殴るようになったと言っている。理由は分からないと」

「先ほどまで、夏海さんと会っていました。水谷さんが殺されたことを教えてきたんですけど……相変わらずまともに話ができません」

「そこまで頑なな理由なんだけど、もしかして自分が子どもを手にかけていたからじゃないかな」深刻な表情で隅田が言った。

「それはあり得ません」

「いや、そこはゼロベースで考えるべきだろう」

「夏海さんのことはずっと見ていました。子どもを殺された若い母親の典型的な行動、態度です。自分で手にかけたとしたら、もっと別の挙動を見せるはずです」

「支援課の観察は尊重するけど、犯罪者が必ず同じ態度を示すわけじゃない。それこそ、百人の犯罪者には百通りの行動パターンがあるんじゃないかな」

そう言われると反論できない。しかし晶としては、あくまで夏海を信じたかった。問題は捜査本部の方針だ。

「今後、どうするんですか？　まさか、いきなり夏海さんを逮捕したりはしないですよね」

「今の段階では、事情聴取も考えていない——そうですよね、課長？」

「岡江の言葉を全面的に信じるわけにはいかない。急に喋り出したのも、どうにも怪しいしな」今泉が同意した。「まず、奴をしっかり叩いて、証言を引き出す。責任逃れのためにいい加減なことを言っている可能性もあるから、慎重にやるよ」

「取り調べ、見せてもらっていいですか」

「そっちのモニターで見てくれ」今泉が、刑事課の片隅にある大型のモニターに目をやった。今は、取り調べの様子は外に中継されて、他の刑事もモニターで確認できるようになっている。昔はマジックミラー越しに取調室の中を監視していたのだが。

「ありがとうございます」晶は素直に頭を下げ、隅田に視線を向けた。「今、休憩ですよね」

「ああ。ちょっと頭を冷やしてもらっている」

「では、再開したら様子を見てみます……それと、支援課に知らせないで、夏海さんを取り調べたりしないで下さい」晶は今泉に釘を刺した。「彼女はあくまで被害者家族です。支援課としてもそういうスタンスで接します。もしも事情聴取するとしたら、我々が立ち会いますから、よろしくお願いします」

「本当に被害者家族なら、な」

今泉の言葉は真っ当なものだが、どうしても逆らいたくなる――とはいえ、反論の言葉が思い浮かばない。

十分後、岡江の取り調べが再開された。モニターに映る岡江は、ふてぶてしい感じ……無精髭《ぶしょうひげ》が伸びているせいもあるが、それだけでなく、隅田を見る目が挑発的である。いかにも「落とせるものなら落としてみろ」とでも言いたげな感じ。

「先ほどの続きだけど」隅田が軽い調子で切り出した。「普段から夏海さんが蓮君を虐待していた、という話だったね。何でそんなことをしたんだろう」

「あいつは子どもなんだよ」馬鹿にしたように岡江が言った。「子どもが子どもを産んで、まともに育てられるわけがない。蓮はうるさい子どもだったから、それに耐えられなかったんだろう」

「あなたは？　手を上げたりしなかった？」

「俺は、子どもが騒いでも、別に気にならないんでね。家にいないことも多かったから」

「バイトで」

「バイトもあるし、呑みにも行くし」

「あなたも、子どもに慣れているわけじゃないだろう。一人っ子だし」

「そういうわけじゃない。半分血が繋《つな》がった妹はいる」

父親の再婚相手——向こうに子どもが生まれた後、岡江は一時、父親に引き取られて暮らしていた。

「お父さんの再婚相手の子どもだね」

「俺が父親のところで暮らしてた頃、一歳だぜ？　毎日毎日泣いてた。だけど別に、気にならなかったね」

「そういうのが苦手な人もいるけど」

「俺は平気なんだ。まあ、面倒は見られないけど」

それも無責任な感じではある。同棲相手が子どもの世話で四苦八苦していたら、手伝おうという気持ちになるものではないか？　もしかしたら岡江は、自分以外に興味がないタイプなのかもしれない。関心がないものは一切目に入らない――そういう人間がいることは、晶も経験上知っていた。

「叩いたりしたら、さすがに『やめろ』とは言うけどさ。それ以上のことはない」

「だったら、夏海さんが怪我をしていたのはどうしてかな？　肋骨骨折なんて、簡単にはしないもんだ」

「転んだんじゃないの？」岡江が白けた口調で言って、耳の穴に指を突っこんだ。

「あいつ、ドジだからさ。俺は何もしてないよ」

「夏海さんは、あなたに蹴られたと言ってる。否定するのかな」

「俺は何もやってない」岡江が繰り返した。「ちゃんと夏海の面倒を見ていた。バイトして、金も入れていた」

「その割に、生活は苦しかった」

「あいつがどんどん使うからさ。俺はたまに呑みに行ったりするぐらいで、金なんかあまりいらないんだけどね」

どうにも嘘臭い。自分で突っこんでみたいと晶は思ったが、さすがに容疑者を取り調べるのは、支援課の仕事から大きくはみ出してしまう。

「まあ、あいつも母子家庭だし、普通の家を知らないわけよ。だから、子どもとの接し方もよく分かってなかったんじゃない？　すぐキレるし」

「それで……」隅田が背筋をピンと伸ばした。「夏海さんが蓮君を虐待していた——あなたの言い分は分かった。だけど問題は、誰が蓮君を殺したかだ」

「さあ」岡江がわざとらしく首を捻る。

「あなたは、夏海さんだと言いたいんじゃないのか」

「別に……ただ、あいつは普段から蓮を虐待していた。それは間違いない」

晶は首を傾げた。香奈江がそれに目ざとく気づく。

「変ですね」

「変だね……夏海さんに責任を押しつけて『殺した』って言い出すなら分かる。でも、ただ虐待していたって言うだけで、そこから先に話は進めない。あれじゃ、自分を守ることにならない」

「ですね」香奈江も首を捻る。「いったい何が狙いなんでしょう」

「見当がつかない……そもそも狙いがあるのかな。自分でも訳が分からなくなって、適当なことを言ってるだけかもしれない」

「それもあり得ますね」

取調室では、隅田の追及が続いていた。岡江は腕組みして、体を斜めにした、だらしない格好。対して隅田は、背筋をしっかり伸ばし、岡江を正面から見据えている。

「蓮君の遺体が発見された日、あなたは朝帰りしていた」

「ああ」

「徹夜で呑んでいた、そう言ってたね」

「久々にオールでね」馬鹿にしたように岡江が言った。

「一晩中、呑んでた？」

「だから、オールだから」

「その件、何度も確認したけど、あなたは何も言わなかった——何時にどの店にいたか、教えてくれなかったね。何でかな」

「だから、酔っ払ってたから。分かるでしょう？　オールで呑んでたら、完全に酔っ払う。俺、そんなに酒が強いわけじゃないし」

「通報が午前七時過ぎ。あなたが警察に呼ばれて事情聴取が始まったのは八時半頃だ」隅田が手帳に視線を落とした。「その際、アルコールの呼気検査は行っていない。だから、あなたが本当に一晩中呑んでいたかどうかは分からない」

「検査しなかったのは警察の判断で、俺には関係ないよ」

「必要ないと判断したのには理由がある」隅田の表情が急に厳しくなった。「私は最初から、あなたを見てきた。あの日午前八時半、ここへ連れて来られた時からずっとです。私もアルコールの検査は必要ないと思った。何故なら、まったくアルコールの臭いがしなかったからです」

「そんなの、あんたたちの鼻がおかしいんだろう」

「我々は普段から、酔っ払いの相手をしてるんですよ。臭いを嗅いだだけで、どれぐらい酒が入ってるかは分かる。あなたの場合、まったくアルコールの臭いはしなかった——つまり、嘘なんだ。徹夜で呑んでたわけじゃない」

「嘘じゃない！」岡江が声を張り上げる。

「自宅でも話をしていましたよね？　その時に、確かに呑んで帰って来たと証言した。でも、その話を聞いたうちの刑事も、まったく酒の臭いはしなかった、と言ってるんです」

「抜けたんだよ」

「徹夜なのに抜けた、ね……とにかく、どこで呑んでいたか、教えてもらえますか？　それで確認します」

「だから、覚えてないって」岡江がふんぞり返った。「オールで呑んでたら、最後の頃なんか記憶がない」

「そんなに呑んでいて、オール——寝てもいないのに、朝には酒が抜けるんですか」

隅田が理詰めでぐいぐい押していく。しかし岡江は平然としていた。

「とにかく、覚えてないね」

「蓮君を殺したことは認めるんですか？」

「何も言わない」右手で、口にチャックを閉める真似《まね》をした。

「人を殺して、そのままというわけにはいかないんですよ。被害者が子どもでも同じことだ。あの部屋にはあなたと夏海さん、二人しかいなかった。どちらかがやったとしか考えられないんです。あなたですか？　夏海さんですか？」

「そんなこと、警察が勝手に決めてくれ。俺が言うことじゃない」

責任逃れとしても、あまりにも稚拙だ。「夏海が殺した」と主張するならまだ分かるが、「勝手に決めてくれ」とは……もしかしたら、勾留期間切れを狙っているのだろうか。

今のところ、岡江が逮捕された決め手は、夏海の証言、それに蓮の首筋から岡江の指紋が検出されていることである。首に手を当て、タオルで顔を押さえて窒息死させた――というシナリオだ。凶器と見られるタオルは現場で発見されているものの、証拠としては今ひとつ心許《こころもと》ない。タオルから蓮の唾液が検出されているとはいえ、二歳児のよだれなど、どこにでもつくだろう。

捜査本部は、安直に捜査を進め過ぎたのではないか？　晶はにわかに不安になってきた。

「きちんと証言しないと、あなたは追いこまれるだけですよ」隅田が脅しにかかった。

「追いこむだけの材料があれば、ね」

相変わらずふてぶてしく岡江が言った。隅田は目を細めて岡江を睨みつける。しかし岡江はまったく動じていない様子だった。

午前中、晶と香奈江はずっと取り調べの様子を観察し続けた。一進一退――いや、隅田は一歩も進んでいない。やはり初動捜査のやり方に問題があったとしか考えようがない。夏海の証言は重要だが、補完材料がないではないか。岡江の逮捕を先延ばしにしても、周辺捜査をきちんと進めるべきだったのだ。岡江はやはり、時間切れを狙っている可能性もある。このままだと勾留期間が切れ、処分保留のまま釈放ということにもなりかねない。その後に待っているのは、証拠不十分による不起訴だ。

昼休憩になると、今泉が「夏海を呼ぶ」と言い出した。

「ちょっと待って下さい。方針転換ですか」晶は思わず詰め寄った。

「そういうわけじゃない……」今泉が渋い表情を浮かべる。

「容疑者として、ですか」

「いや、あくまで参考人――虐待の事実について話を聴くだけだ。今のところは、それ以上のことはない」

「立ち会わせてもらいますよ」晶は強く押した。「夏海さんは、まだ普通に話ができる状態じゃないんです。何が起きるか、まったく予想できません」

「それは、支援課の仕事だから」今泉は平然としていた。「こちらはこちらの仕事をさせてもらう」

「仮に夏海さんが蓮君を殺したとしたら――岡江に関しては誤認逮捕になりますよ」

「分かってる」今泉の表情が一気に険しくなった。「俺も責任を取らされるだろう。だけど真相が埋もれてしまったら、もっとまずい」

そこまでの覚悟があるのか……捜査のミスは、一人の人間の人生を完全に狂わせてしまう。そして警察は、ミスを認めたがらない組織だが、今泉の言い分は極めて真っ当だった。

「分かりました。とにかく支援課としては立ち会う――そういうことでよろしくお願いします」

午後一番で、夏海は西ケ原署に連れてこられた。相変わらず憔悴しきった様子……その辺を考慮して、今泉は同署の刑事課で唯一の女性刑事、鳩山美唯《はとやまみい》を取り調べ担当につけた。美唯は四十歳ぐらいのふくよかなタイプで、いかにも人を安心させられそうな穏やかな表情を浮かべている。家庭ではよき母親ではないかと晶は想像した。事情聴取が始まる前に、晶は美唯に頭を下げて頼みこんだ。

「できるだけ穏便にお願いします」

「それは分かってるわ。でも、彼女、私が予想していたよりも緊張してるみたいね」

会議室の隅に座る夏海に視線を向け、美唯がぽつりと言った。

「そうなんです。ですから、配慮を……よろしくお願いします」晶は頭を下げた。

「私は、この話はそもそも信用していないから」美唯が小声で言った。「岡江が、罪を免れるために、適当なことを言ってるだけでしょう」

「そうだといいんですが」

「そんなに心配しないで。私も母親だから、夏海さんの気持ちはある程度は理解できる」

「はい。よろしくお願いします……ちなみに鳩山さん、墨田《すみだ》中央署の刑事課長の鳩山さんと何か関係あるんですか？」元々捜査一課追跡捜査係の係長だった人だ。

「ああ、母方の叔父」

「じゃあ、私と同じですね。南太田《みなみおおた》署の交通課長が叔父です」

「そうなんだ……やっぱり、一族で警察官の家は多いのね」

確かに——それがいいことかどうかは分からないが。

美唯は柔らかく夏海に対峙した。晶たちが口を挟む必要もない。しかし例によって夏海は口数少なく、顔を上げて美唯を見ようともしない。精神的なダメージを受けている——と思っていたのだが、晶の心には小さな疑念が入りこんでいた。もしかしたら、本当のことを隠すために、相手との間に壁を作っているのではないか？

そんなことを考えては駄目だ、と晶は自分を戒めた。夏海はあくまで、犯罪被害者の家族。それに寄り添うのが自分の役目である。一抹の疑念も感じてはいけない——

しかし晶の中に残る捜査一課刑事としての勘が、不幸な結末を予想していた。

2

夏海が帰された後——結局虐待に関しては全否定だった——思いもよらぬ情報が入ってきた。連絡してきたのは、レンタカー会社。水谷のアタッシェケースが見つかった、という誰も予想していない話だった。その情報が巡り巡って、支援課にも入ってきた。

晶は若本から聞いたのだが、まだ詳細が分からない。問題のアタッシェケースは、取り敢えず、レンタカー会社に近い警察署に運ばれたという。

「確認は取れると思います。水谷さんが大事にしていたアタッシェケースが自宅にない、と母親は証言していました」

「ネームタグがついているから間違いないと思うが、念のために母親に確認してもらいたい。可能だろうか」と若本。

「見れば分かると思います。水谷家で、代々伝えられてきたものだそうですから。今、どこにいるんでしょうか」

「まだ前橋かもしれないな。群馬県警に連絡を取るように、所轄に言っておくよ。うちは手を出さずに任せよう」

「私がやりましょうか？」晶は申し出た。「水谷さんのお母さんとは面識がありますし、話もできます」

「いや、それは……」若本は及び腰だった。「やり過ぎだぞ」

「今、すぐ近くにいますから。時間もかかりません。豊島《とし ま》中央署ですよね」

「ああ」

「では、行きます」

晶は返事を待たずに西ケ原署を飛び出し、タクシーを摑まえた。距離的に近いとはいえ、電車を乗り次いでいたら、時間がかかって仕方がない。

「どういうことですかね」香奈江が首を捻る。

「まだよく分からない。事情を聴いてみないと、何とも言えないと思う」

豊島中央署に知り合いは……いない。取り敢えず行ってみての勝負になるだろう。

若本が話を通してくれていればいいのだが、支援課が出ることを渋っていたぐらいだから、そこまではやってくれないだろう。

豊島中央署に飛びこみ、すぐに刑事課に顔を出した。幸い、部屋の片隅で、レンタカー会社の人間がまだ事情聴取されていた。

「支援課？　関係ないだろう」刑事課の係長・大川《おおかわ》は、さっさと帰れと言いたげだった。

「こちらの支援活動に関係があることです。それに私は、関係者と話ができます。群馬県警を飛ばして、直接」

「そういうことをすると、また問題になるんだよ」

「時間優先ということもあるんじゃないですか」晶は強硬に押した。「ここへ来るまでの間に、もう関係者――水谷さんのお母さんと電話で話しています。写真で確認してもらうようにお願いしました」

「勝手なことばかりしやがって」大川が吐き捨てる。

「それについては謝罪します」晶は頭を下げた。「でも、そもそも豊島中央署には、この件を捜査する権限はないんじゃないですか？　レンタカー会社も、たまたま近くの所轄だから持って来ただけでしょう」

「屁理屈《へりくつ》を言うな！」大川が怒鳴ったが、それでも最後にはアタッシェケースを直接確認する許可を出してくれた。

会議室に置かれたアタッシェケースに対面する。ラテックス製の手袋をはめ、角度を変えて何枚も写真を撮影した。年季の入った革のアタッシェケースで、渋い飴《あめ》色に変色しているものの、目立った傷や汚れはない。何十年も使って、何回も修理されているのだろう。幅三十センチ、厚みは五センチほどで、いかにもエグゼクティブ向け──大企業の社長が持っていてもおかしくない。ハンドル部分に革製のタグ──これは元々の付属品ではなさそうだ──がついており、水谷の名前と携帯電話の番号が手書きされたカードが中に入っている。これだけでも水谷のアタッシェケースだと断定していいだろうが、念の為に雅子には確認してもらわないと。いや、冷静な大介の方がいいかもしれない。

雅子にアタッシェケースの写真つきのメッセージを送ると、すぐに電話がかかってきた。

「間違いないです。晃太のアタッシェケースです」

「鍵がかかっていて、中が確認できません」

「あの……鍵はこちらにあります。現場で見つかったものを確認させてもらったんですが、財布の中に鍵が入っていました」

「間違いないですか？」

「間違いありません」

「アタッシェケースの中身も確認していただく必要がありますので、そちらへお持ちするか、こちらに来ていただくか、後で改めて相談します」

「はい」

雅子が少しだけ冷静さを取り戻したようだったので、晶はほっとして電話を切った。このやりとりを傍《かたわら》で聞いていた大川が「確認取れたか？」と聞いてくる。こちらもある程度は頭が冷えたようだ。

「写真で見た限りでは、間違いないようです」

「じゃあ、ご苦労さん。どうやって渡すかは、向こうと相談するから、連絡先を教えてくれ」明らかに晶を追い払いたがっている。

「それは構いませんが、レンタカー会社の人、まだこちらにいますよね？　話を聴かせてもらっていいですか？」

「それはちょいと図々しくないか。いや、とんでもなく図々しい。支援課とは関係ないだろう」大川がまたむっとした表情を浮かべる。

「いえ、うちとも関係が出てきました。うちで追っていた人の所持品ですから」

大川が晶を睨みつける。晶も睨み返した。結局、大川が「しょうがねえな」と溜息をついて折れる。

「会議室を使っていい。ただし、手短に済ませてくれよ。向こうは厚意で届けてくれたんだから」

「そうします」

アタッシェケースを届けてくれたのは、池袋駅前にあるレンタカー店の店員、中里《なかさと》という男だった。事務全般を取り仕切っているということで、詳しい事情が聴けそうだ。

「警視庁総合支援課の柿谷と申します」

「支援課……」

まったく分からないようだ。支援課の仕事、いや、存在自体がまだまだ世間に知られていない――PR不足を実感する。それを専門にやっている係もあるのだが。

「詳しく説明している時間はないですが、ある事件の関係で、水谷さんという人のことを調べていました」

「殺人事件の被害者ですよね」中里が声をひそめる。「ニュースで見て、これはまずいと思って届け出たんです」

「ありがとうございます……どういう経緯で、これが御社にあったんですか」

「お客様の忘れ物なんです」中里が手帳を広げた。「十一月六日に、群馬県で返却された車の中で見つかって。お客様が急いで帰られたので、話ができなかったそうです」

「乗り捨てですか？」

「ええ。こちらで借りられた車なので、忘れ物もこっちに回ってきたんですよ」

「借主は誰ですか？」

「岡江弘人さんという方ですね」

「何ですって！」

晶は思わず声を張り上げた。あまりにも声が大きかったのか、中里がびくりと身を震わせる。晶は香奈江に目配せした。うなずいた香奈江が、すぐに会議室を飛び出して行く。水谷のアタッシェケースが、岡江が借りた車の中から出てきた——これは大問題だ。まったく新しい展開になる可能性もある。

「失礼しました」晶は謝罪して、深呼吸した。こういう時こそ、冷静にいかないと。

「レンタカーの動き、教えていただけますか」

「岡江さんという人……誰なんですか」

「殺人事件で逮捕されています」

「殺人？」中里が目を見開いた。「どういう……」

「我々にもまだ分かりません。それを調べるために、状況を確認させて下さい」

中里はきちんと説明してくれた。岡江がレンタカーを借りに来たのは、六日の日曜日、午後一時頃。群馬で乗り捨てにしたいという話だった。車は空いていたので、すぐに貸し出された。車種はダイハツ・ムーヴ。軽自動車だが室内空間は広く、それなりに荷物も載るはずだ——遺体とか。

その日の午後八時前、前橋の営業所が閉店する直前に車は返却されている。後部座席の下にこのアタッシェケースが落ちているのが発見されたが、既に岡江は帰った後で、しかもその後携帯に何度電話を入れても連絡が取れなかった——当然だ。翌日岡江は逮捕されてしまったのだから。

レンタカー店では、アタッシェケースのネームタグを手がかりに、水谷の携帯電話にも連絡を入れてみたが、当然つながらなかった。ロックされていて、中に貴重品が入っているかどうかも分からないので処分できないまま、最初にレンタカーを貸し出した池袋の店にずっと保管されていたのだという。通常、忘れ物は一ヶ月保管で、持ち主が見つからなければ処分——しかし今朝の朝刊に、「水谷晃太」という人物が遺体で発見されたというニュースが載っていたので、慌てて近くの豊島中央署に届け出てきたのだった。

捨ててしまわれずに助かった、と晶はほっとした。このアタッシェケースが、水谷殺しの手がかりになるかもしれない。

いや……既に犯人は分かっている。

岡江だ。

岡江が借り出した車に、水谷のアタッシェケースが残されていた。問題の車に水谷――あるいは水谷の遺体が載っていたのは間違いない。

晶はすぐに、東前橋署に電話を入れた。昨日話した刑事課長を摑まえ、この件を報告する。本当は支援課から刑事共助課経由で群馬県警に伝えてもらうのが正規のルートなのだが、今はそんな手間をかけている時間がもったいない。叱責だったら、甘んじて受け入れよう。

「その件は聞いているよ」刑事課長が気軽な調子で言った。

「そうですか……余計なことをしました」少し気持ちが逸《はや》り過ぎたか。

「今、うちの刑事をそちらへ向かわせている。アタッシェケースは押収して調べるから」

「レンタカー会社の方はどうですか？」

「もちろん、そちらにも向かわせる」少しむっとした口調で刑事課長が言った。「手がかりになるかどうかはともかく、当該の車は調べないといけないだろう。今営業所にあるというから、押さえてもらっている」

「……失礼しました」

「俺が言うべきことじゃないが、あなたたちの仕事もひっくり返るんじゃないか」

「いえ……どうでしょう」謎が増えただけとも言える。「事件を担当している捜査本部は大変かと思いますが、私たちはそれに付随する仕事をしているだけなので」

「まあ、面倒な事件になるのは間違いないだろうね」

「はい……あと、アタッシェケースの件は、先ほど水谷さんの母親と話しました」

「我々も話した。アタッシェケースが戻るまで、こちらにいるそうだ。だいたい、解剖がまだでね」

「混んでるんですか？」

「ああ。早くても明日の午前中だ。だから家族も、明日まではこっちにいることになると思う。解剖が終わったら遺体の引き渡しなんだが、その後どうするかは、まだ決めていないようだ」

京都の名家である水谷家では、葬儀を簡単に済ませるわけにはいかないかもしれない。親戚一同、会社関係者が集まって大々的な葬儀を——それも無理があるか。事件に巻きこまれて犠牲になった人の葬儀は、往々にして参列者の少ない家族葬で行われる傾向がある。

「すみません、勝手に電話して」

「いやいや、別に構わないけどね。うちはいいけど、警視庁さんは大変だね」

本当に大変だ。

「冷静にいきましょう、晶さん」香奈江が我慢できないという感じで口を出した。

「私は冷静だよ」

「冷静じゃないでしょう。手帳」

言われて、晶は手帳を見下ろした。ぐちゃぐちゃ——時刻を書いては消し、線でつなげ、そこにまたバツ印をつけている。前橋から東京へ戻るルートをあれこれ調べてメモしていたのだ。スマートフォンで検索するだけで済むのだが、今回は様々なルートや可能性が想定される……自分が書いたものが読めず、まったくチェックになっていなかった。

「前橋でレンタカーを返却したのが、午後八時頃ですね」香奈江が冷静な口調で言って、自分の手帳を見る。「レンタカー店からJRの前橋駅までは、歩いて行けます。東京へ戻るとしたら、両毛線で高崎まで出て新幹線ですよね」

「一番効率的なルートだね」

「両毛線の最終は午後十一時台までありますけど、上りの新幹線に乗ろうとしたら、両毛線は十時十三分発が実質ラストです。十時三十七分もありますけど、それだと高崎駅での乗り換え時間がないので、現実的には無理でしょう。ただし、前橋発熱海《あたみ》行きなんかもあるんですよね。自宅へ戻るなら、赤羽《あかばね》で降りるのが現実的です。午後八時二十八分発で、赤羽に十時三十三分着。九時五十六分発だと、十一時四十六分着です」

「松本清張《まつもとせいちょう》みたい」晶はまともに読んだことがないが、代表作の『点と線』が、鉄道ダイヤが絡んだトリックを軸にしていることぐらいは知っている。

「でも、私たちはアリバイ崩しをしているわけじゃないですから」香奈江が苦笑した。

「ちなみに始発は……」晶は自分の手帳を見た。辛うじて読み取れる部分がある。

「朝五時三十一分で、赤羽に七時四十二分着。高崎で新幹線の始発に乗れば、東京駅に七時十二分」

「どっちにしても、一一〇番通報があった前後になります」

「ちょっと計算が合わない感じかな……」

この辺は、西ケ原署の捜査本部が気にすればいいことだ。ただし晶としても、どうしても放っておけない。

「どうします？」香奈江が腕時計を見た。既に勤務時間は過ぎており、このまま帰ってしまってもいいのだが、やり残したことがある。西ケ原署へ行って、捜査本部の動きを見ないと。最初の事件も、全然違う意味を持つようになる可能性があるのだ。

「西ケ原署」

「本部には私が連絡を入れます」

「何で？　私がやるよ」

「晶さん……」香奈江が溜息をついた。「今の晶さん、爆弾ですよ。いや、地雷かな。踏んだらすぐ爆発しそうで」

「それは——」晶は溜息をついた。若本に報告したら「手を出すな」と言われる可能性もある。夏海につき添うことを言い訳にできるかもしれないが、それを認めさせるためには激しい言い合いが予想される。「分かった。任せる」

「はい」

スマートフォンを片手に、香奈江が部屋を出て行った。広い会議室に一人残された晶は、目を閉じて夏海の顔を思い浮かべた。いったい何があったのか……理性では、色々想像はできる。しかし感情的な部分では、全てを否定する自分がいた。

結局は、捜査本部に委ねるしかないだろう。そして誰もが等分に痛みを負う恐れもある。

しかしそれは、必ず自分で責任を取らねばならないことなのだ。真実を見抜けなかった自分は、刑事としても支援課のスタッフとしても失格である。

西ケ原署へ回り、刑事課長の今泉と面会した。既に情報は入っているようで、渋い表情である。もう、捜査の失敗を覚悟したような感じでもあった。

「岡江が水谷さんを殺したとして、蓮君殺しに関してはアリバイが成立する可能性があります」

「それはうちでも検討を始めてる」低い声で今泉が言った。「前日の午後八時に前橋で車を返して、その日のうちに東京へ戻ることは十分可能だ」

「翌朝かもしれません」

「通報の時間を考えると、それは無理がある」今泉が指摘した。「前日の夜遅くに帰宅して、普通に家にいた。それで早朝に蓮君を殺したと考える方が無理がない」

「ええ……ただし、夏海さんの証言の信憑《しんぴょう》性が薄れます」

「ああ。もう一つ分からないのは、岡江が水谷さんを殺したとして、その動機だ」

「嫉妬、かもしれません。水谷さんは、帰国して初めて自分に子どもがいることを知って、どうしても夏海さんに会って話がしたいと、関係者から連絡先と住所を聞き出しています。岡江にすれば、実の父親が出てきたせいで、自分の立場が脅かされると考えてもおかしくありません」

「夏海さんの携帯の通話履歴を確認した。実際に、四日、五日と水谷さんの携帯から電話がかかってきている。しかし通話時間はゼロ——つまり話してはいない」

「夏海さんは水谷さんの携帯の番号を覚えていて、出なかったのかもしれません」

「出ないから、水谷さんが直接会いに行った可能性はある。そこで岡江と出くわして揉めた――という筋書きはあり得るだろう」

「岡江にとって、夏海さんは便利な存在だったんだと思います。家に転がりこんでいて、生活保護で受け取った金も使いこんでいたんですよね」

「ああ」今泉の表情がさらに暗くなる。「岡江はたまにバイト代を渡していたという話だが、そんなものはスズメの涙だろう。要するに、都合のいい女だったんだよ」

「そこへ元彼が現れたら――面倒な話になると思います」

「エリートサラリーマンからは、ろくでもない男が夏海さんを騙しているように見えたんじゃないか？　それで揉めて、暴力沙汰になった。岡江は水谷さんを殺してしまい、そのまま遺体を前橋に運んで処理した――筋としては不自然じゃない」

岡江は中学を卒業して社会に出た。中学生の頃から警察のお世話になることもあったし、社会に出てからはさらに厳しい経験もしているだろう。喧嘩慣れしていて、水谷を叩きのめすのは難しくなかったのではないか。

「犯行現場が分かりませんが」晶は指摘した。「自宅では、血痕は見つかっていません」

「それは、奴に犯行を認めさせてからはっきりさせればいい」

「でもそれは、群馬県警の仕事ですよ」

今泉がぐっと顎を引く。逮捕した犯人を、後から別の事件で他の県警に引き渡すケースはないではない。ただし、起訴されてから、あるいは判決が確定して服役中にということが多く、起訴前の犯人を引き渡すケースはほとんどない。

しかし今回は、そうなるかもしれない。岡江を、蓮殺しで起訴できない可能性があるからだ。

「蓮君殺しについては、どう見てるんですか」

「さっきも言ったが、前の晩に東京へ戻っていれば、犯行に及ぶ時間は十分あった」

「一つ、気になります」晶は人差し指を立てた。「短時間に二人の人間を殺すことはできるでしょうか。岡江は間違いなくクソ野郎だと思いますが、まともな精神状態の人間にできることじゃないですよ」

「一人でも殺す時には、もうまともじゃなくなってるけどな」今泉が皮肉っぽく言った。「水谷さんを殺したことで焦って、急に蓮君の存在が邪魔になってしまったのかもしれない。父親が分かったことで憎しみが生まれて、鬱陶しくなったとか。いずれにせよ、まともな精神状態でないとすれば、そういう犯行に走ってもおかしくない。まとも群馬県警と協力して、捜査は続けていくよ」

「夏海さんについては……」

「今のところ、状況に変わりはない。ただし、明日の朝にはもう一度ここへ来てもらって話を聴く。色々状況が変わってきたし、水谷さん殺しについても何か知っている可能性があるから、その辺の話も聴きたい」

「立ち会います」

「九時に来てもらうことになる」

「私が連れてきましょうか？」

「あなたが行っても効果はないだろう。夏海さんは、人によって態度を変える感じじゃない。その辺は、あなたたちの方がよく分かってるはずだ」

「それでも、私たちが行きます。それが支援課の責任です」

今泉が晶の顔を凝視した。こちらの覚悟を推し量っているようでもあり……あるいは単に疑っているのかもしれない。しかしほどなく「分かった」と短く言った。

「明日の朝九時前に、彼女のアパートに来てくれ」

「祝日ですけど――この状況だと関係ないですね」

「ああ。うちの刑事を行かせるから、落ち合って、夏海さんを上手く連れてきてくれないか」

「分かりました」

「では、明日」それで話は終わりとでも言うように、今泉が素早くうなずいた。

最初から支援課に対して反発し、何かと気に食わないところのある課長だが、彼は彼で苦しんでいるはずだ。最初は楽勝だと思われていた事件が、次第におかしな方向へねじ曲がっていく……ベテランの捜査官でも事件の筋を読み違えることがあるし、途中で思いもよらぬ方向へずれてしまって、対応できなくなることもある。

自分は、と考えると、急に体が縮んでしまったように感じられるのだった。

香奈江が「ご飯を食べて帰りましょう」と言い出し、二人は王子《おうじ》に出た。西ケ原署に近い東京メトロの西ケ原駅周辺には、食事ができる店はあまりないのだ。ＪＲ王子駅の北口側にはいくらでも店があるはずだが、二人で軽く手早く食事ができる店があっただろうか。

しかし香奈江は迷わず、一軒のトンカツ屋へ晶を誘った。ビルの一階に入っている店で、店内にはカウンターとテーブル席が二つだけ。カウンターはよく磨き上げられ、脂の臭いがあまりしない。二人がけのテーブル席が空いていたので、そこに座らせてもらう。

「ここ、行きつけ？」

「違います。前に一人で来た時に、たまたま見つけて入ったんですけど、驚きますよ」

「値段だけで、もう驚きだけど」ロースカツ定食が二千五百円、ヒレカツが二千八百円。その上の黒豚ロースカツ定食だと三千五百円になる。一番安い串カツ定食でも千八百円だ。給料日前の身としては、財布に厳しい。

「ロースカツがお勧めです」香奈江がさらりと言った。

「いいけど、この値段、ヤバくない？」

「むしろ安いですよ。食べれば分かります」

何を言っているのかと思ったが、香奈江の舌が確かなことは分かっている。メニューには写真がないから、どんな料理が出てくるかは想像もできない——食べたことがある人間の言葉を信じるしかない。

「トンカツが揚がるまでちょっと時間かかりますけど、ビールでも呑みます？」

「今日はいい」晶は首を横に振った。呑みたい気分でもないし、今夜もこの先何かが起きる予感がする。

「じゃあ、お茶でいいですね」

香奈江が湯呑み茶碗を掲げて、乾杯の仕草をしてみせた。つき合う気にもならず、晶は首を横に振るしかできなかった。後輩に弱った姿は見せたくないのだが、元気な振りもできない。

注文したロースカツ定食が気持ちを助けてくれた。厚さ二センチ。少しピンク色の残った断面が美しい。衣は細かいタイプで、晶の好みだった。つけ合わせのキャベツの千切りが糸のように細いのもいい。さらにポテトサラダがついていることで、評価はマックスまで上がった。トンカツソースだけでなく、ウスターソースも置いてあるのがありがたい。晶は、甘みが勝ったトンカツソースがあまり好きではないのだ。早速ウスターソースに手を伸ばしたが、香奈江に止められる。

「通みたいに思われるのも何ですけど、最初は岩塩で食べて下さい」

「それ、本当に通っぽいよ」

「肉の断面にだけかけて――かけすぎないように気をつけて」

言われた通り、ソルトミルで岩塩をがりがりと削って断面にかけ、一切れの半分ほどを嚙み取る。咀嚼しているうちに、思わず目を見開いてしまった。これは本当に美味い――シンプルな塩味のために、肉の甘みが際立つ。

「これはすごいわ」晶は正直に言った。

「でしょう?」香奈江は嬉しそうだった。

「いいお店、見つけたね」

「お褒めいただきまして」と言いながら、香奈江は塩ではなくトンカツソースをどっぷりかけて食べ始めた。

「塩って言ったじゃない」

「私はトンカツソース派なんで」

言行不一致だと呆れたが、塩で食べるトンカツの美味さを教えてもらっただけでもよしとしよう。晶は六切れの半分を塩で、残りをウスターソースで食べた。肉自体が分厚く大きいので、小ぶりの茶碗一杯のご飯で満腹になってしまう。最後はトンカツが一切れ残ったので、純粋に脂の甘みを堪能した後、残りのキャベツを食べてフィニッシュにした。満腹感もそうだが、精神的な満足感が大きい。

「満足しました？」

「ちゃんとしたものを食べた感じ」そう言えば、昨夜は新幹線の中でだるま弁当だったのだ。あれは名物として美味かったが、こうやって温かい食事を美味しく食べるのは久しぶりな感じだった。

「晶さん、ダメージを受けてる時は美味しいご飯が一番ですよ」

「私はそこまで単純な人間じゃないけど」

「逆に、そんなに複雑な人、います？　人間なんて、単純な生き物ですよ」

「後輩に慰められるのも情けないわ」

「晶さん、背負い過ぎなんですよ。心配するのは分かりますけど、私にも言って下さい。話しているうちに、解決策が見つかるかもしれないし」

「……そうだね」本当は、香奈江が落ちこんで悩んでいる時に、自分がこんな風に言ってやるべきなのだ。しかし実際には、自分が助けられてばかりである。自ら手を挙げて異動してきたわけではないが、香奈江の方が、よほどここでの仕事に向いているのかもしれない。自分はどうも、師匠の村野と似たタイプのようだ。相手に感情移入し過ぎて、ダメージを受けてしまうことが少なくない。

「美味しいもの食べたら、少しは元気になったんじゃないですか」

「エネルギー充電は完了、かな」

「じゃあ、巻き直して、明日の朝から頑張りましょう」香奈江が財布を取り出し、二千五百円を出した。小声で「美味しいですけど、やっぱりちょっと高いですよね」と言って小さく笑う。

この笑顔に慰められる犯罪被害者はたくさんいるはずだ。自分も少し、表情の作り方を勉強しよう、と晶は真面目に思った。

家に帰り、後は寝るだけ——明日は重大な一日になるかもしれない。こういうことには慣れているから、どれだけ緊張していても普通に寝られるのだが、今日はさすがに難しいかもしれない。

時間も遅いが、神岡に電話しようかとも思った。大きく変化した事態を彼も知っておくべきだし……いや、それはこちらの勝手な判断だ。

単にアドバイスが——あるいは慰めが欲しいだけ。香奈江に案内されてトンカツを食べた直後は、気持ちが持ち直したと思ったのだが、ロースカツ定食二千五百円分の効果は、自宅へ帰り着いて風呂に入っただけで消え失せていた。

スマートフォンを手にし、神岡の電話番号を呼び出す。十一時半。世の恋人たちは、この時間でも普通に連絡を取り合うだろう。ただし自分たちはそういう関係ではないし、神岡は夜は早そうなタイプに思える。本当にそうかどうかは……自分は神岡のことをほとんど知らないのだと改めて思う。

知ったからといって、何になるわけではないのだが。

向こうからかかってくるかもしれないと思った。こちらの気持ちの動きを見透かしたように、連絡してくる人だから――しかし、望んでいる時に限って、連絡はない。

自分は、神岡と話したいのか？　慰めが欲しいのか？

それさえ分からないのだった。

3

翌朝八時半、晶は夏海の自宅に着いた。予定より三十分も早いのは、妙に早く目覚めてしまったせいだ。少し寝不足……煙草を吸う人だったら、朝の一服で眠気を追い払うところだろう。煙草を吸わない晶の手には、途中のコンビニエンスストアで仕入れてきたコーヒー。エスプレッソが欲しいところだが、贅沢は言えない。

ちびちびと飲み続け、カップに半分ほどになったところで、こちらの様子を窺っている女性に気づいた。二十代後半。身長は自分と同じぐらい——ということは女性の平均身長よりかなり高い。薄手のコートにゆったりしたジーンズ、グレーのスニーカーという軽装。近所の人がちょっと買い物に出てきた感じ、とプロファイリングしたところで、初対面ではないと思い出した。どこかで会った——見たことがある。

晶が凝視しているのに気づいたのか、女性が顔を背けて歩き出した。そこで唐突に、誰なのか気づく。晶は慌てて駆け出し、女性を追った。ちらりと振り向いた女性が険しい表情を浮かべ、歩調を早める。晶はスピードを上げてすぐに追いついた。

「ちょっと待って下さい」

女性も駆け出した。しかし晶はダッシュし、女性を追い越して前に回りこんだ。両手を広げてストップをかけると、女性が驚いた表情を浮かべて立ち止まる。ここで、香奈江のようなスマイルを——自分では全開の笑顔を浮かべたつもりだが、相手の緊張は解けない。

「もしかしたら、夏海さんのお知り合いですか？」

「いえ、あの……」女性が顔を背ける。

「昨日、公園で夏海さんと話していたでしょう？」正確には「話そうとした」だ。夏海は彼女を押し除《の》けるようにして、すぐに去って行ってしまった。顔見知りだが、夏海の方では話したくなかった、という感じ。

あの時、ほんの少し違和感を覚えたことを思い出す。夏海には東京に知り合いもおらず、孤独な日々を送っていると思っていたのに、話しかけてくれる人がいるわけか
……ママ友かもしれないと、今になって思う。夏海だって、蓮を公園で遊ばせていて、そこで友だちができてもおかしくはない。この前話をした公園——あそこでは子ども連れの若い母親が何人もいた。

「夏海さんの知り合いですか？」晶は繰り返し聴いた。

「それは、はい——いえ……」

「どちらですか？」つい、追及するきつい口調になってしまう。「ママ友？」

「はい、まあ……」

「今、夏海さんに会いに来たんですか？　それならありがたいんですけど」

「ありがたい？」女性が戸惑いの表情を浮かべる。

「警視庁総合支援課の柿谷と言います」

「警察ですか？」女性の顔が白くなる。

「警察ですけど、あなたが想像しているような警察じゃないんです」

「……どういうことですか？」

「犯罪被害者の支援をするのが仕事です」場合によっては加害者家族も。「ずっと夏

海さんをフォローしていました」

「そうですか」

「お名前、教えてもらえませんか？」

「私は、別に……」

「あなたに何かしようというわけじゃありません」晶は声のトーンを落として告げた。「普通に話したいだけです。そのためには、あなたの名前が分かっている方がいいんですよ。それにこれは、夏海さんのためでもあります」

女性が唇を噛み、うつむいた。しかしほどなく意を決したように顔を上げ、「高梨《たかなし》です。高梨早苗《さなえ》」と言った。

「高梨さんですね……それで、夏海さんに何か用事でもあったんですか？」

「用事というか……心配で」

「それは分かります」

晶はうなずいた。その瞬間、近くを香奈江が通り過ぎるのが見えた。こちらに気づいて立ち止まり、怪訝そうな表情を浮かべる。晶は軽く手を振って、先に行くように促した。そっちはお願い——それだけで事情を理解したようで、香奈江がうなずいてアパートの方へ向かう。

「実は私は、夏海さんを迎えに来たんです」

「警察へ連れて行くんですか?」早苗の顔が青褪《ざ》める。

「確認したいことがあるだけです。もしも夏海さんに伝えたいことがあるなら、言っておきますよ」

早苗の顔がさらに白くなる。「言っておきます」という一言で嫌な想像をしたのかもしれない。しばらく会えない——夏海が逮捕されるとか。

「時間がかかるかもしれませんから」晶は言い添えた。それで少しだけ、早苗の顔に血の色が差す。

「言いたいことというか、聞きたいことが……でも、こんなことを言っていいのかどうか」

「何でも言って下さい。他の人の耳には入らないようにしますから」

「でも……」

「二人の間の秘密ですか?」

「秘密というか、これが真実かどうか分かりません」早苗が急に、晶の顔を真っ直ぐ見た。「ずっと、誰かに言わなくちゃいけないのかな、と思ってました。主人にも相談しました。でも、『余計なことは言わない方がいい』って言われて……私もそう思ってたんですけど、どうしても我慢できないんです。正しいことだとは思えません」

「高梨さん、どこかで座って話しませんか?　そこの公園ででも」

「……はい」

重要なことを告げようとしている人に特有の緊張感――彼女は緊張しているかもしれないが、晶は不安を感じていた。

聞いてもいいのか？　聞いた後、自分はまともな精神状態でいられるのか？

いられなかった。

誰かに話して重荷を下ろしたい。しかしその前に、何とか自分の中で整理をつけたかった。冷め切ったコーヒーを飲みながら、公園の中を行ったり来たりして考えをまとめようとする。どうにもならない……ふと、公園に入って来た老夫婦に見詰められていることに気づき、残り少ないコーヒーを一気に飲み干してゴミ箱に入れた――叩きこんだ。

考えている間に、スマートフォンに着信があったことは分かっている。メッセージ……香奈江からで、「夏海さんを家から連れ出しました」とだけある。返信している余裕はないから、西ケ原署へ行って、直接様子を確認しよう。

何の様子を？　夏海を見たら、何か分かるのだろうか。自分は占い師でも何でもないから、人の顔を見ただけで相手の本音や考えが分かるわけではない。秘密を引き出すためには言葉をぶつけるしかないのだが、今の晶にその勇気はなかった。

誰かの後押しが必要だ。思いついたのは村野——支援業務における自分の師匠。

村野はすぐに電話に出た。「休みの日にすみません」と謝ると、「ややこしいことになってるみたいだな」と軽い調子で返してくる。声は穏やか——最近の彼は、精神的にすっかり安定しているようだ。

「今日も朝からややこしいです」

「俺の方は、時間はあるよ。いくらでも話してくれ」

晶は深呼吸して、今聴いたばかりの情報を村野に話した。さすがに村野も絶句してしまう。しかしすぐに気を取り直して「あり得ない話じゃない」と結論を出した。

「むしろよくあるケースかもしれない。君の方が、女性の立場で理解できるんじゃないか?」

「そんなことはありません」事情は人それぞれ——結婚していない、子どももいない晶には、感覚的に分からない。子育てしている同年代の友人たちからも、そんな話は聞いたことがなかった。ただ、誰もが自分のプライベートを他人にさらけ出すわけでもないだろう。

「そうか……決めつけはよくないな」

「でも、理屈では分かります」

「君は今、冷静か?」

「――いえ」

「だったらまず、冷静になってくれ。感情的に決めつけない、まずそこから始めるんだ」

「分かってはいるんですけどね」スマートフォンを持つ左手が強張っているのを意識する。それだけ緊張して、困っているのだ。スマートフォンを右手に持ち替え、左腕を振って緊張を解してやる。

「彼女は？　今所轄か？」

「はい。秦がつき添っています」

「あいつならちゃんとやるだろう。それで……いきなり話さない方がいいと思う。まず、岡江の方だな。それで話が上手く回ってから、夏海さんに情報をぶつけた方がいい。同時進行だと、調べる方のすり合わせも難しい。まず、岡江に自供させる――」

「時間がありません。群馬県警に引き渡す話になっているんです」

「早くても起訴後だろう。それまでに勝負すればいい。水谷さん殺しを自供させろ」

「私がやることじゃないですし、西ケ原署の捜査本部もそれは聴けないと思います」

警察というのは実に厄介な組織だ。縦割りで担当が決まっているから、自分の担当する案件に関係ありそうな事件に関して容疑者に話を聴くだけでも、一々関係各所の許可が必要になる。時々、どこが担当していいか分からないような事件も発生して、そういう時にこそＳＣＵの出番になるのだが。

「そこは上手くやってくれ。西ケ原署にとってもこれが最後のチャンスになるかもしれない――誤認逮捕のミスを取り返すなら、今しかないぞ」

「私に何ができますか」

「西ケ原署の捜査本部に、今の事情を全部話せ。まともな刑事なら、それで設計図が書ける。分からないようなら、君が考えていることを全部説明するんだ」

「私は――」

「分かってる。自分の考えを認めたくないんだろう？　もしもそれが当たっていたら、今までやってきたことが全部無駄になるからな。裏切られたような気分になるかもしれない。それでも、真実に対して目を瞑っちゃいけないんだ」

「分かりますけど……」

「俺も、何度も裏切られた。意図してか、そうじゃないか、状況は色々だけど。この仕事では、そういうこともあると覚悟しておけばいいんだ」

「でも、裏切られた時には、どうしたらいいんですか？　納得するのは難しいですよね」

「人間は基本的に嘘をつく動物だと考えていれば、少しは気が楽になる」

「そんな悲しい前提で、支援の仕事ができますか？」

「嘘をつかれても裏切られても、自分のスタンスを変えなければ何とかなるよ。これこそが自分の仕事だと考えれば……そう信じていても、やっぱりきついけどね。それにこれは俺の考え、やり方だから。君は君の対処法を見つけた方がいい——とにかく、この件については迷うな。大事なのは真実だ」

真実を捻じ曲げても被害者家族の支援をすべきか、あるいは——一つ分かっているのは、この公園でいつまでもぶらぶらしているわけにはいかない、ということだ。

隅田に、一時的に岡江の取り調べを中断してもらい、今泉、香奈江を交えて話し合いを持った。最初は晶が一方的に話すことになる。今泉はやはり前向きにはならなかった。

「それはあくまで、一人からの情報だよな？」

「はい、今のところは。今まで調べてきたところでは、夏海さんには気軽に話せるような知り合いはほとんどいません。先ほど話を聴いた人は、数少ないママ友なんです」

「それだけでは弱いな」今泉は乗ってこなかった。

「裏は取れます」晶は隅田の顔を見た。「岡江も、夏海さんが蓮君を虐待していたと言っていましたよね？　二人から証言が取れているんですから、これで裏は取れたと言っていいんじゃないですか？　今日の証言も、夏海さんから直接聞かされた情報が元になっています。信憑性は高いと思います」

「もしも本当なら、これまでの状況が一気にひっくり返る可能性がありますよ」隅田が指摘した。

「分かってる」むっとした表情で今泉が腕組みをした。「つまり、うちにとっては大失点だ」

「そうであっても――」

晶が口を挟みかけると、今泉が「分かってる！」と怒鳴って繰り返した。

「ミスはミスだ。責任を取る覚悟はできている。今はあくまで、真相の追及優先だ」

「この事実をぶつけます」隅田がこれまで見せたことのない深刻な表情で言った。

「ただしその先は、群馬県警の管轄になる。一応、今のうちに向こうに通告しておいてくれませんか？　供述の内容は、当然向こうも欲しがるでしょうし」

「ちょうど向こうから刑事が来ているから、話をしておくよ。取り調べの様子もモニターで全部見てもらおう」

今日で全てがひっくり返ってしまうかもしれない。晶は軽い胃痛を覚えた。胃薬は……持ち合わせがない。まあ、後で手に入れよう。

「それと、夏海さんはどうしてますか？」

「相変わらずで、はっきり話さない。すぐに今の情報をぶつけたいところなんだが……」今泉が顎を撫でる。薄《うっす》らと髭——もしかしたら昨夜は帰らず、署に泊まったのかもしれない。世間は祝日で休みなのに、自分たちの一日は、こんな風に汚れて過ぎていく。

「担当は鳩山さんですか？」

「ああ」今泉が認める。「できるだけ担当は変えたくないんだ。これから頻繁に話を聴くことになるだろうしな。信頼関係第一だ」

美唯なら大丈夫だろう。穏やかな人だから、夏海がパニックになっても、何とか対処してくれるはずだ。

「まず、岡江からだな。奴を落とせたら、その後は夏海さんだ。岡江を落とすまで、今日の夏海さんの取り調べは中止する」今泉が結論を出した。

「夏海さんは、私たちで監視します」晶はすぐに提案した。今もまだ立場は、「被害者の母親」……。「一緒にいた方がいいですよね」

「分かった。任せる」今泉が素早くうなずく。表情は依然として厳しい。

打ち合わせが終了し、署内が何となくざわついた雰囲気になった。香奈江が「ちょっといいですか」と言って、刑事課の隅に晶を引っ張っていく。

「晶さん、岡江の方をお願いします」

「お願いって……私が調べるわけじゃないよ」

「供述をしっかり見ておいて下さい。今後のためです」

「夏海さんの担当は任せられない、か」

「そうじゃないです」香奈江が深刻な表情で言った。「そうじゃない——いや、やっぱりそうかな」

「どっちよ」

「晶さん、絶対に冷静になれないと思います。今は夏海さんから距離を置いておく方がいいですよ」

「でも、最初から私の担当だよ？」

「分かってます。今まで散々苦労してきたのも近くで見ています。でも、私も担当なんですよ？　ここは私に任せてもらってもいいんじゃないですか」

「秦を信頼してないわけじゃないよ」実際、夏海に関しては、自分よりも香奈江の方がよほど上手く対応できている。

「抱えこまないのが大事ですよ、晶さん」香奈江が真顔で言った。「うちはチームなんですから」

　スタンバイ完了。晶は今泉、そして群馬県警から派遣された二人の刑事と一緒に、取り調べの様子を見守ることになった。いよいよ取り調べが始まるという時、群馬県警の刑事のスマートフォンが鳴る。慌てて立ち上がってその場を離れ、刑事課の隅で電話に出た。妙に気になってそちらに視線を向ける。刑事は緊張した面持ちで相手の声に耳を傾けていたが、すぐに顔が真っ赤になった。興奮している――モニターのところに駆け戻って来ると、今泉に「鑑識の結果が出ました」と告げる。

「レンタカー？」今泉が訊ねる。

「はい。車内から微量の血痕が発見されたそうです。今、詳しい結果がきます――きましたね」刑事のスマートフォンがピン、と音を立てる。メッセージの着信だ。

全員でその情報を共有する。晶は立ち上がって「隅田さんに報告してきます」と告げた。

「頼む」今泉の視線は、モニターに戻っている。表情は険しい――自分たちのミスが明らかになる瞬間が、刻一刻と近づいているのだ。

取調室の前に立ち、素早く深呼吸してノックする。返事を待ってドアを開け、隅田に向かってうなずきかける。

「どうした」外へ出て来た隅田が、怪訝そうに訊ねる。

「群馬県警の鑑識結果が出ました。レンタカーの関係です」

「もう？」隅田が目を見開く。「祝日なのにフル回転だな」

「向こうも急いでいるんだと思います」

「分かった。だったら早く引き渡してやれるように、さっさと自供させるか」

「隅田さん……平気なんですか」

「何が？」隅田が目を細める。

「岡江を引き渡すということは、自分たちのミスを認めることになりますよ」

「しょうがない」隅田が肩をすくめる。「ミスはミスだ。それに俺が謝るわけじゃない。課長も署長もいる――管理職っていうのは、謝るのが仕事なんだから」

「私にはそこまで割り切れません」

「あなたがミスしたわけじゃない。自分の仕事をこなしてくれ」

うなずいて、隅田が取調室に戻って行った。やはり割り切れない……自分の視線は前を向いているだけで、ちょっと振り向いたり、横を見ている余裕すらなかった。

モニターの前に戻る。隅田は正面から岡江と対峙していた。岡江は相変わらずだらしない格好――これ以上厳しく追及されるわけがないと舐めてかかっているようにも見えるし、既に全てを諦めて、どうでもいいと投げやりになっているようにも見える。

「一つ、確認させてもらいたいことがある」隅田が切り出した。

「どうぞ――別に言うことはないけど」岡江が白けた口調で言った。

「今月六日の日曜日、あなたは池袋駅前のレンタカー店で、車を借りている」

無言。否定しても無駄だと分かっていて、黙秘するつもりだろう。黙りこむのは、逮捕されてからずっと岡江が続けてきた作戦だ。

「その車を、その日の夜、午後八時に前橋の店で返却している。乗り捨てだね」

「だから？」予想に反して、岡江が口を開いた。解像度の高いカメラで撮影しているので、彼のこめかみが汗で濡れているのが分かる。取調室の中は、真冬を思わせるように底冷えしているのだが。

「免許証で確認できているし、あなたが車を借りたのは間違いない。他人の免許証で車を借りることはできないからな。それで……どうして前橋に？」

「別に」岡江が顔を背ける。

「何も用事がなければ、行くような場所じゃないと思うが」

「紅葉見物とか」馬鹿にしたように岡江が言った。

「あなた、そういう風流な趣味があるのか」

「さあね」岡江が耳を擦った。

「この車から、水谷晃太さんのアタッシェケースが見つかった。水谷晃太さん、知ってるな？」

「誰？」

「夏海さんが、二年以上前に交際していた人だ。面識は？」

「二年前？　俺はまだ夏海と会ってもいねえよ」

「なるほど。それで、水谷さんと面識は？」

「そんな人は知らねえな」

「だったら、あなたが借りていた車に彼のアタッシェケースが残っていたのはどうしてだろう」

「俺の前に借りた人じゃねえの？」

「本気で言ってるのか？」

「そんなアタッシェケース、見たこともないね」

「あなたの指紋がついてるのに？」

岡江がはっと顔を上げた。隅田は両手を組み合わせてテーブルに置き、身を乗り出した。

「それだけじゃないんだな。車内から血痕が検出されている。DNA型鑑定はまだ終わってないけど、血液型は水谷さんと一致した。その水谷さんは、前橋の山の中で遺体で発見されている。この状況は、どういうことだと思う？」

「知らねえよ」

「じゃあ、俺が言おうか？　あなたは水谷さんの遺体とアタッシェケースを車に載せて前橋まで運び、山中に遺体を遺棄した。その痕跡が、車に残されたアタッシェケースと血痕だった。アタッシェケースは、慌てていて処分し忘れたんじゃないか──何で水谷さんの遺体を捨てた？」

「知らねえよ！」岡江が繰り返す。声は甲高くなり、焦りが滲み出ていた。

「これだけで、死体遺棄であなたを逮捕することもできるんだ──レンタカーに水谷さんの遺体があったことに関して、合理的な説明ができない限りは」

「俺の前に借りた人かもしれねえだろう」

「それは違うな……水谷さんの姿が最後に確認されたのは、今月三日だ。問題の車が、あなたが借りるより前に返却されたのは、今月二日。計算が合わないんだよ」

「クソ……」低い声で岡江が吐き捨てる。

「認めるか？　水谷さんとの間に何があった？」

「あいつは──」

岡江が声を張り上げかける。しかしすぐに口を閉じてしまった。まだ粘るつもりか、と晶は軽い怒りを覚えた。

「あのな、あなたは蓮君殺しについて、ずっと黙秘してきた。否定じゃなくて黙秘だ。色々考えてたんだろう？　俺の想像だけど、聴いてくれるかな」

隅田が柔らかい口調で話しかけるが、岡江は反応しない。隅田はまったく気にしない様子で続けた。

「あなたは蓮君を殺していない。だけど、水谷さんを殺した」

「俺は――」

「まあまあ、まず聴いてくれ」隅田がのんびりした口調で言った。「水谷さんが殺されたのが発覚したのは、今週だ。この事実を知っていたのは、たぶんあなただけだろう。蓮君殺しに関しては、あなたは夏海さんの証言で逮捕された。でも蓮君殺しを否定すれば、夏海さんが、余計なことを喋ってしまうかもしれない――水谷さんを殺したことがバレるかもしれない。そう考えて、何も言わないことにしたんじゃないか？そうこうしているうちに、時間切れで釈放されるかもしれない……そういう計算だと俺は睨んでいるんだけどな。水谷さんの遺体が見つかったのは、あなたにとっては想定外だっただろう」

「俺は何も言わないよ」岡江の声は震えている。

「言わなくてもいい。この件に関しては、俺の仕事じゃないからな。あなたは間もなく群馬県警に引き渡されて、向こうで厳しく取り調べを受けることになる。証拠も揃っている。どう言い訳するかは、あなたの自由だ。今俺が聴くべきことじゃない――でも、今のうちに喋っておくことがあるんじゃないか？　蓮君殺しの真相だ。あなたがやったとしたら、罪は重くなる。二人殺したら、相当重い判決を覚悟しないといけないぞ」

「俺じゃない！」岡江が叫んだ。

「何に関して？」

「俺は蓮を殺してない！」

「水谷さんを殺したことは認めるのか？」

「それは……とにかく、蓮は殺していない」

「だったら、蓮君を殺したのは誰なんだ？」

答えは分かっていた。しかし彼の口から出た名前は、晶の心を激しく揺さぶった。荒海に漂う一枚の葉のよう――どこへ流されるかはまったく分からない。漂う間もなく、沈んでしまうかもしれない。

4

どんよりした気分のまま、晶はモニターの前を離れた。まず香奈江に電話を入れ、岡江が自供したことを伝える。

「そう……ですか」香奈江の声が詰まる。この結果は分かっていたはずだが、やはり衝撃は大きいようだ。

「夏海さん、どうしてる？」

「今は部屋にいます」

「あなたは？」

「外で待機中です」

大丈夫だろうか、と心配になった。部屋に上がりこんで、近くでしっかり監視しておくべきでは――晶はそうするように、香奈江に指示した。それから本部に電話を入れ、若本に報告する。

「そうか……」若本も少なからず衝撃を受けたようだった。「これからは、まったく違う対応になるな」

「この件に関しては、支援課の仕事はなくなるかもしれません」

「……そういうことになるか」若本の声は苦しそうだった。

「捜査本部では、これから夏海さんを呼ぶことになります。任意の聴取が続いている間はつき添いますが、その後は……」

「逮捕されたら向こうに任せろ。それ以上手を出したら駄目だ」

「分かっています」

「暴走するなよ」

「分かってます」繰り返し言うしかない。普段ならむっとして反論するところだが、今日はその元気すらなかった。その時、着信があるのに気づいた。「すみません、別の電話です。状況は逐一報告します」

「頼む」

通話を切り替えると、香奈江だった。

「夏海さんが部屋から逃げました！」

晶は即座に駆け出した。

夏海のアパートに着くと、香奈江が待機していた。自転車置き場の前を、忙しなく行ったり来たりしている。晶に気づくと、すぐに駆け寄って来た。

「すみません、やっぱり中で一緒にいるべきでした」

「どういう状況？」

「二階のベランダから飛び降りたんです。ドアに鍵がかかっていなくて、開けたらベランダの窓が開いていて——その直後に、どすんという音がしました」

「ベランダ側にはいない？」

「すぐにそちらに回ったんですけど、いませんでした」香奈江が唇を噛み締める。

「すみません、完全に私のミスです」

「今それを言ってもしょうがないから。捜索は？」

「こっちに来ていた所轄の人たちが捜しています」

「来る途中、刑事課長に応援を頼んでおいたから。携帯のGPSチェックもするし、地域課から人も出してもらえる」

「でも、スマートフォンは家に置いたままでした」

追跡されることまで計算していたのかどうか。いずれにせよこれで、重要な手がかりが一つ使えなくなってしまったことになる。今は、何の当てもなく捜すしかない。

「もしかしたら、琥珀亭でしょうか」香奈江が言った。

「可能性はある」晶はうなずいた。「電話して、朋恵さんに頼んでおいて。もしも夏海さんが来るか、連絡してきたら、すぐにこっちに教えてもらえるように」

「直接行かなくていいでしょうか」

「それは……やめておこう。あそこで待機していても時間が無駄になる可能性があるから」

「実家は——ないですね」

「ないと思う」晶も同意した。「どんなに困っていても、母親を頼るとは考えられない」

「ですね……どうします？」

「組織だった捜索は、所轄に任せるしかないわね。私たちは、取り敢えずこの辺を捜そう」

「分かりました」

やることができたせいか、香奈江が少しだけほっとした表情を浮かべる。

晶はまず、夏海と一緒に何度か行った公園に向かった。祝日なので、子ども連れの若い母親たちが大勢いる。夏海の写真を見せて回ったが、誰も見ていない——公園とは反対側にある駅の方へ行ったのでは、と晶は想像した。

「財布も部屋にありましたよ」香奈江が指摘した。

「ということは、どこへも行けないわけね」財布もスマートフォンもなければ、電車にも乗れない。いや、交通系のカードを持っていれば何とかなるか……やはり駅へ向かおう、と晶は決めた。公共交通機関の職員は、案外よく利用者の顔を覚えているものだ。特に様子がおかしい利用者は。夏海が正常な精神状態でいるとは考えられないから、駅員の目についた可能性もある。

東京メトロの西ケ原駅で、駅員に聞き込みをしてみたが、目撃者はいない。防犯カメラのチェックには時間がかかる……駅の周辺は住宅地で、これ以上の聞き込みは難しそうだ。

「後は……」香奈江がスマートフォンを見ながら言った。「駅の反対側に大きな病院がありますけど、それは関係ないですね」

「その近くに大きな公園があります」

「たぶん」

「公園か……」金も持っていない若い女性が、一人時間が過ぎ去るのを待つのに、公園は悪くない場所かもしれない。後は図書館ぐらいだろうか。コンビニやスーパーで時間潰しをするにも限度がある。あまりにも長い間滞在していると、店員に怪しまれるだろう。「ちょっと見てみようか」

「そうですね」

「問題は、夏海さんが逃げるつもりなのか、一時的に一人になりたいのかだけど……」

「それは分かりません。行きましょう」

地上に出ると、香奈江が早足で本郷通りを歩き出した。田端《たばた》方面へ少し行くと、左側に公園――これは「ちょっと見てみる」では済まない。相当大きな公園で、ざっと見て回るだけでも三十分以上はかかるのではないだろうか。

本郷通り側から入ると、公園内の散策路は複数に分かれる。「左へ行くから」と言って、晶は左手の小径《こみち》に入った。香奈江は右側へ。しかしそれで、全てカバーできるわけではない。不安を抱いたまま、晶は軽いジョギングのスピードで前進した。植え込みなどはさほど大きくないので、隠れていても見逃すことはないだろう。ほどなく、細い階段が見えてきた。上まで行けば……駆け上がった先は小高い丘で、公園内が広く見渡せる。散歩している高齢者が二人、三人。しかし夏海の姿は見当たらない。

公園の奥で香奈江と一緒になる。香奈江は呼吸を整えながら、首を横に振った。

「見当違いかもしれませんね」弱気な発言。

「所轄に連絡しよう」公園内を全て探索できたわけではないが……晶はスマートフォンを取り出した。その時、香奈江が小さく声を上げる。

「いました」

彼女が指差す方を見ると、マウンテンパーカを着た夏海が、うつむいたままゆっくりと歩いている。晶はすぐに駆け出して「夏海さん！」と声をかけた。夏海が振り返り、一瞬眉を吊り上げてから駆け出した。

晶は一気にスピードを上げ、追いつきかけた。しかし夏海は意外に足が速く、ぎりぎりで摑まえられない。冗談じゃない、こんなところで逃すわけにはいかない——しかし夏海は、晶を引き離し始めた。

夏海のスタミナが尽きるまで追い続けるしかないか……三歳ぐらいの男の子を連れた母親が、向こうからやって来る。正面衝突——ぎりぎりで夏海が身を翻したが、煽《あお》られた男の子がバランスを崩して転んでしまう。火がついたような泣き声。母親なら、子どもが泣き始めたら反応するはずだが、夏海はまったくスピードを落とさず走り続ける。子どもの母親がしゃがみこんで子どもを抱き上げ、同時に「何するの！」と鋭い声を上げた。

突然、横から香奈江が飛び出してきた。どこをショートカットしたのだろう……両手を大きく広げて前を塞ぐ。急停止した夏海が踵《かかと》を軸に綺麗に体を回転させて、晶に向き直る。大きく肩を上下させて息を整えようとする。表情は険しい——これまで見たことがないものだった。

「夏海さん、逃げないで！」

晶も呼吸を整えながら呼びかけた。香奈江が距離を詰めてくる。ちらりと振り向いた夏海は、行き先を失った。晶はゆっくり夏海に近づき、「逃げる必要はないから」と静かに告げる。

「私は……」夏海がつぶやく。

「とにかく、ゆっくり話をしよう」

香奈江がスマートフォンを取り出す。晶は一気に夏海との距離を詰め、互いの息が感じられるほどに近づいた。

「秦、三十分」晶は指を三本立てて見せた。

「でも」香奈江が戸惑いの表情を浮かべる。「連絡しないと」

「三十分だけ。夏海さん、もう逃げないよね」

夏海は反応しなかった。しかしその顔を見た限り、もはや逃げる気力を失っているのは明らかだった。

香奈江が「仕方ない」とでも言いたげに肩をすくめる。夏海のもとへ歩み寄ると、そっと腕を摑んだ。夏海がびくりと身を震わせたが、抵抗はしない。そのまま、近くにあるベンチに連れて行った。晶と香奈江が、夏海の両脇に座る。夏海は気力を失ってはいるが、緊張感だけは漂ってきた。

「ちょっと話をさせて。これは非公式なものだから」

「非公式……」夏海がつぶやく。視線は足元。

「警察の正式な取り調べでも事情聴取でもない。知り合い同士の会話だと思って」

「あなたは知り合いじゃありません」強い拒絶。

「だったら、あなたにとって私は何かな」

「勝手に入ってきた人」

「あなたの人生に？」

夏海が浅くうなずき、晶は軽い衝撃を感じた。自分のことをそんな風に見ていたのか……いや、この言葉の裏をよく考えなければならない。

「私は、間違った角度から入ってしまったみたいだね」

「間違った角度？」

「私は、あなたを被害者家族だと思っていた。一人で育ててきた蓮君を殺された、可哀想な母親だと。だから、できるだけ寄り添ってフォローしようとしていたけど、それが間違いだった」

「私は……」

「あなたは被害者じゃない。蓮君を殺したのは誰？」

夏海が低い呻《うめ》き声を上げた。それがどういう反応なのかが分からない。両手に顔を埋めて、しばらく肩を震わせていたが、どうにも演技のような感じがしてならないのだった。

「夏海さん」

返事のつもりなのか、夏海が呻き声を上げる。肩はまだ震えていた。

「夏海さん、顔を上げて」

夏海がゆっくりと、掌から顔を離す。ちらりと晶の顔を見たが、頬は濡れていなかった。目が少し潤んでいるだけ。嘘泣きだったのか、泣き出す直前だったのかは分からない。

夏海という人間のことが、さらに分からなくなってきた。どう判断すべきか――判断するのはまだ早い。全て知るためには、彼女の心の一番底まで降りていかなくてはいけないのだ。

「最初からいくね。あなたは二年半前、水谷さんがアメリカへ行くまで交際していた。水谷さんは、あなたに実質的にプロポーズした——一緒にアメリカへ行って欲しいと言ったけど、あなたは断った。どうして？　釣り合わないと思ったから？」同じ話は何度もしたのだが、とにかくはっきりさせておきたい。

「アメリカへなんか行きたくなかったし、最後のところでどうしても……あの人とは話が合わなかった」

「でも、仲良くしてたんでしょう？」

「でもやっぱり、育ちが違うから。京都のいい家の出で、将来は新日トレーディングの社長になるかもしれないっていう話を何度も聞いて、私には絶対無理だって思った。実家へ行こうって誘われたけど、怖くて断ってた」

「水谷さんの家の人は、普通だよ」少なくとも兄の大介は、腰の低い常識人だ。

「絶対無理。違い過ぎるから」

「それで身を引いた——それは本当なのね」

「怖かった」

「分かった。妊娠が分かったのはその後だよね？　水谷さんに何も言わなかったのは、やっぱり怖かったから？」

「子どもができたって分かったら、同じ話の蒸し返しになるから。それなら一人で産んで、一人で育てようと思った」

「助けてくれる人がいなくても？」

「二歳まで育てた」

それは事実だ。しかし蓮は、ちゃんと育っていたと言っていいのだろうか。夏海は家できちんと料理をしていた様子もないし、実際蓮の体重は二歳児の平均よりだいぶ軽かった。ネグレクトとまでは言わないが、愛情と責任を持って育ててきたとは言えないだろう。そこへ岡江が転がりこんできて、状況はさらに悪化した……。

「岡江は、蓮君を本当に虐待してたの？」

「叩いたりして」

「どうして」

「蓮が邪魔だったから」

「あなたは止めなかった？」

「止めたけど、止めたら……」夏海が脇腹をさする。

「止めたらあなたも暴力を振るわれる。そういうことだよね」

「はい」

「でも追い出さなかった。どうして？」

「たまにお金を入れてくれたから」

「だから岡江の機嫌を取って、蓮君に暴力を振るうのも我慢してきたんだね」

無言。小さなうなずき。

「そこへ水谷さんが現れた。家に来たの？」

「いきなり。誰かが教えたんだ……誰かは、だいたい分かっているけど」

朋恵。彼女は、水谷に対する同情心からそうしたのだろうが、結果的には軽率だったと言わざるを得ない。それが分かっているからこそ、朋恵も最初は嘘をついたのかもしれない――しかしその話は後回しだ。

「水谷さんが来たのはいつ？」

「土曜日……五日の夜遅く。蓮はもう寝てた。ドアを開けたら水谷さんが立っていて、びっくりして」

「話はした？」

「話すことはないから帰って欲しいって言ったけど、水谷さんは帰ろうとしなかった。そこへ……」

「岡江が帰って来た？」

「酔っ払って。十二時ぐらいに」

「それでどうなった？　岡江は怒ってもおかしくない状況だったよね」

「いきなり殴りかかって、水谷さんが倒れて……岡江が何度も蹴りつけて、そのうち水谷さんは動かなくなった」

「玄関で？」あのアパートの玄関は狭い。何かあったら、隣近所に聞かれてしまうだろう。

「キッチンで」

「水谷さんは……」

「死んだ、って岡江が言った。私は怖くて触れなかったし、顔も見られなかった」

「岡江は何でそんなことをしたのかな？」

「私を取られると思ったんじゃないですか？　水谷さんは子どもを引き取るって言ってたから、蓮と一緒に私も」

「岡江さんは、あなたを必要としていたわけね」

「それは……」

夏海が言い淀む。晶は構わず話を進めた。

「次の日――六日の日曜日に、岡江はレンタカーを借りてきた。それに水谷さんの遺体を乗せて、群馬まで捨てに行った。近所の人に見られなかった？」

岡江が車を借りたのは昼間だ。アパートの前で遺体を車に積みこんでいたら、絶対に誰かに見られる。

「大きな袋を買ってきてそれに入れて、二人で運んで。荷物を運んでいるようにしか見えなかったはず」

「あなたも手伝った？」

無言で夏海がうなずく。これが本当なら、彼女も死体遺棄の共犯になってしまうのだが、それを理解しているだろうか。今説明することではないと判断して、話を先へ進める。

「岡江が戻って来たのはいつ？」

「次の日の朝です」

「どうやって？　車は前橋で返してしまったでしょう」

「新幹線の最終で……東京に十一時半ぐらいに着いて、朝までネットカフェで時間を潰していたって言ってた」

「どうして家に帰って来なかったんだろう」

「分からない」夏海が首を横に振った。「一人になりたかったのかも」

「本当にそうだと思う？」東京へ戻ったものの、家に帰る気になれなかった、ということはあり得るが……。「朝になって岡江が帰って来た時、蓮君はどうしていたのかな」

「蓮は……」

「はっきり言うしかないから、ごめんね」晶は謝ってから話を進めた。「蓮君は生きていた？　それとも……？」

「蓮は……」夏海が曖昧に繰り返した。

「蓮君は？　岡江が殺した？」

「——はい」

「夏海さん、本当のことを言おうか」ここから話はついに核心に入る。「岡江が六日の夜に東京まで戻って来て、疲れ果ててネットカフェで時間を潰していたのは間違いない。それは店の方でも確認が取れています。神田《かんだ》の、二十四時間営業のネットカフェ。岡江は七日の朝七時にそこを出た。神田から西ケ原までは、ＪＲと南北線を乗り継いで二十五分ぐらいでしょう。駅から家までは五分？　七分？　とにかくネットカフェを出てから家に着くまで、最低でも三十分かかる。でもあなたが一一〇番通報してきたのは朝の七時過ぎ。あなたの言うことを信じるとしたら、岡江は夜中から明け方にかけてのどこかで、蓮君を殺したことになる。でもあなたは今、岡江が朝方に帰って来たと言った。どっちが本当？」

「私は……」夏海の声が震え始める。

「お願いだから、本当のことを教えて。私は今までずっと、あなたが殺人事件の被害者の母親だと思って接してきた。至らないこともあったと思う。あなたは私が嫌いだったかもしれない。でも私も、そもそも前提を間違えていたのかな？」

晶は体の角度を変えて、夏海の顔をじっと見た。夏海の視線は、腿の上に置かれた両手にじっと注がれている。

「あなたが蓮君を殺したの？」

今度は本当に、夏海の嗚咽《おえつ》が始まった。

5

夏海は五分ほど、静かに涙を流し続けた。その間に、香奈江がベンチを離れて電話をかけに行く。何の用事でどこにかけているかは分かっている――晶の持ち時間は切れたのだ。

香奈江が戻って来ると、夏海がちらりと彼女を見た。急に背筋を伸ばすと、覚悟を決めたように「私です」と言った。

「あなたが蓮君を殺した」晶は低い声で言った。

「はい」

「どうして？」

「泣き止《や》まなかったから。蓮は聞き分けが悪くて、いつも煩《うるさ》かった。夜もちゃんと眠れないし、疲れてた。特にあの時は、前の晩からずっと……」

蓮は、目の前で水谷――自分の父親が殺されるのを見ていたかもしれない。父親だということは知らなくても、人が殺されるのはどういうことか、二歳児にも分かったのではないか？　その衝撃が、蓮の精神を崩壊させてもおかしくない。

「蓮君が岡江に虐待を受けていたのは、事実でしょう？　守ってあげようという気持ちはなかったの？」

「そんなことをしたら、私が岡江に嫌われる」

「そんなに岡江が必要だった？」

「私には……あの程度の男が合ってるから」

ここでも「格」について言い出すのだろうか。そんなに気になるのか……好きならば、相手が誰であっても一気に突っ走るのみ――というのは、晶の勝手な考えかもしれない。恋愛は、そんなに単純なものではないだろう。ましてや夏海のように劣等感の塊だと、どうしても相手が自分と釣り合うかどうかを考えてしまうのかもしれない。だとしても、岡江のようなクソ野郎と自分を同等の人間だと見なくても……いや、実際には夏海もひどい人間だ。

「ごめん。私はあなたを少し疑ってた」

「いつから？」

「いつかな……でも、はっきりしたのは今朝。あなたが蓮君を虐待しているっていう話を聞いたから」

「早苗さん？」淡々とした口調で夏海が言った。

「恨まないであげて。彼女だって悩んでたのよ。あなたは高梨早苗さんに、蓮君を何度も殴ってしまったって、打ち明けてたわよね？　彼女はそれを虐待だと思った。蓮君が殺されて岡江が逮捕された後、この件を誰かに相談しなくていいのかってずっと悩んでたのよ」

「別に、言えばよかったのに」

「本当にそう思ってる？」

「どっちにしても……いつかは分かることだから」諦めたように言って、夏海が溜息をつく。

「だったら、もっと早く本当のことを言ってくれればよかった」

そうしたら自分は、まったく違うスタンスで夏海とつきあっていただろう。いや、そもそも支援課として縁がなかったかもしれない。容疑者に直接関わる仕事ではないのだから。

「蓮君が煩かった――泣いただけで殺したの？」

「岡江さんが水谷さんを殺したから」

「ごめん、どういうこと？」彼女の言葉は晶の頭に引っかからなかった。

「岡江さんは、私を渡したくないから水谷さんを殺した。私のために人を殺した。だから私は、岡江さんが嫌いな物を排除しなければならなかった」

「蓮君は物じゃないよ」

「蓮はいらなかった」夏海の口から爆弾発言が飛び出した。

「でも、あなたは蓮君を産むことを選択したんだよ。産みたくないなら、そうしない方法もあったでしょう」

「子どもは可愛いんだと思ってた。可愛い時もあったけど、だいたいは煩いだけで……こんなはずじゃなかった。岡江さんも、蓮が嫌いだった。だから私も、いつの間にか……」

「岡江の機嫌を取るため？」

「機嫌っていうか、そうしないと……一人じゃ……」

「岡江と一緒にいたかった？」

「他に誰もいないから」

「こういうことは話したくないかもしれないけど」晶は一呼吸置いた。「お母さんに頼ろうとは思わなかった？　たった一人の肉親なんだよ？」

「あの人は……」

「あの人」呼ばわりに、晶は鳩尾《みぞおち》を殴られたような衝撃を覚えた。肉親を、ここまで他人扱いできるものだろうか。

「あの人は、私を物としてしか見てない。自分で自由にできる物として。だから……ずっと、自由になりたかった。一人で大変かもしれないけど、一人になりたかった」

「分かった」分からない。しかしここで、夏海の実家の事情を掘り下げている時間はない。「でも、どうして蓮君を殺したのは岡江だと証言したの？　あなたにとって岡江が必要な人なら、そんなことをしなくても……他に方法があったと思う」水谷の遺体を遺棄して引っ越してしまえば、犯行自体が発覚しなかった可能性もある。それほど、夏海は周辺との関わりがなかったのだ。

「怖くなったから」

「蓮君を殺したことが？」

夏海が無言でうなずく。晶はますます混乱するのを感じた。岡江が必要――しかし自分が罪に問われたくないから岡江に罪を押しつけた。いったい彼女の本心はどこにあるのだろう。

「岡江に責任を押しつけて、この後はどうするつもりだったの？　岡江は責任を問われない可能性もあったんだよ。逮捕されたのはあなたの証言がきっかけで、岡江自身も否定しなかったから。でも、物理的な証拠は見つかっていないし、岡江の黙秘が続いていたら、起訴されないで釈放されていた可能性もある。起訴、分かる?」

夏海は何も言わずに首を横に振った。言葉をなくしてしまったようだった。

「裁判にかけられるって決まること。そして裁判では、有罪か無罪かが決まる……有罪ならどれぐらい刑務所に入るかが決められる。でも、証拠が固まらないで、起訴できないこともある。岡江はそうなる可能性もあった。そうしたら今度は、あなたが疑われていたかもしれない。岡江はあなたに責任を押しつけられて、恨むようになったかもしれない。そうなったら、今よりもだいぶ状況は悪くなっていたと思う」

「そんな先のこと、考えてなかった。とにかく怖くて、逮捕されたくなくて。でも、自分がこれからどうなるかなんて、何も分からなかった」夏海が顔を上げ、ちらりと晶を見た。「今でも分からない」

晶は、その場の雰囲気が変わったのに気づいた。一瞬夏海から視線を外して周囲を見回すと、スーツ姿の男が三人、静かにこちらに近づいて来るところだった。西ケ原署の刑事たち。

晶は立ち上がり、夏海に声をかけた。

「あなたの計画は失敗した。これから、正式に警察の取り調べを受けることになります。今後、私があなたと話すことはなくなります」

「そうですか」晶に対して何の感情も持っていない、醒めた声。

「誰か、今のうちに連絡しておきたい人はいますか？」

「いません」夏海が立ち上がり、晶の顔を真っ直ぐ見た。「私には、誰もいない」

晶は、西ケ原署の刑事たちに連行される夏海を見送った。公園から立ち去るのを見届けてから、先ほどまで座っていたベンチに腰を下ろす。両手で額を支えてうなだれる——目の前に、すっとペットボトルのお茶が差し出された。

「飲んだ方がいいですよ」と香奈江。

「今の私に、お茶を飲む権利があると思う？」

「脱水症状になったらまずいでしょう」

「泣いたわけでも、汗をかいたわけでもないから」実際には少し汗をかいていた。先ほど走った名残り——汗は既に乾きかけており、急に寒さを感じた。このまま放っておいたら風邪をひきそうだ、それでも構わないと思う。もはや、自分のことなどどうでもいいという感じだった。

しかしお茶は受け取った。ゆっくりキャップをひねり取り、ほんの一口飲む。そうすると、ひどく喉が渇いていたことを自覚し、一気に半分ほどを空にしてしまう。

「ごめん、後で返すから」

「あ、大丈夫です。これ、経費で請求してますから」

「本当に？」初耳だった。晶もバッグにペットボトルと飴を常備しているが、自前で買ったものだ。

「経費で落ちるって、村野さんから言われました。箱買いして、毎回領収書を出してますよ」

「何だ、そうなんだ」馬鹿馬鹿しい。今までずっと自腹を切っていた自分は何なのだろう。

香奈江が横に腰を下ろす。トートバッグを抱えこむようにして、溜息を漏らした。

「溜息だよね」

「ええ」

「煙草が吸える人だったら、ここで絶対一服」

「それか、強いお酒ですね」

「煙草はともかく、お酒はいきたいかな」やったことはないのだが、ウィスキーをストレートで喉の奥に放りこむことを想像した。

「行きますか？　こんな時ぐらい、サボってもいいんじゃないかな。昼呑みできる店、探しますよ」

「うん……」晶はお茶を一口飲んだ。「やっぱりやめておく」

「自分を追いこんだら駄目ですよ」香奈江が警告する。

「酒に逃げるのも駄目だと思う。失踪課の高城さんみたいに」高城はそうやって辛い時期を乗り切ったのかもしれないが……肉体的精神的にいいことではないだろう。

「きついですね」香奈江が苦笑する。

「そうだね。でも高城さん、娘さんが行方不明になって酒に溺れるようになる前は、ものすごく優秀な刑事だったんだって。それこそ、捜査一課の一時代を代表するみたいな。でも、その後はお酒の悪影響を受けた。仕事場のデスクにウィスキーを隠しておくのは、やっぱりまずいと思う」

「……ですね」

「私はそうはなりたくない。だから、呑まないで何とか乗り越える」

「つき合いますよ」香奈江が優しい声で言った。

「何もそこまで、私のフォローをしてくれなくていいんだよ」

「乗りかかった船っていう感じですか？　せめて、何か美味しいものでも食べに行きましょう」

「それもどうかな」

「絶食しても、何も始まりませんよ」

香奈江が微笑む。晶はそれに合わせられなかった。自分に微笑む権利などない。

何ができるとも思えなかったが、晶は西ケ原署に引き返した。刑事課長の今泉が、晶を見て眉を吊り上げる。

「だいぶダメージが大きいみたいだな」

「走ったからです」晶は強がりを言った。

「まだ若いのに情けないな」今泉が鼻を鳴らした。

「ちゃんとトレーニングしておきます……どうなってますか？」

「鳩山が取り調べをやってる。喋り始めてるみたいだ」

「逮捕は？」

「それは、正式に供述が得られてからだな。見るか？」

うなずき、晶は刑事課の隅にあるモニターの前に陣取った。立ったまま腕組みをし、様子を見守る。画面の中の夏海は、いっそう小さく見えた。股の間に両手を挟み、うなだれたまま――しかし美唯の取り調べには素直に応じているようで、時折顔を上げて短く返事をしている。

「――じゃあ、蓮君が泣き止まないからカッとなって、顔にタオルを押しつけた、ということね」

「はい」

「息をしてないことに気づいたのは？」

「すぐです」

「もしかしたら、岡江は脈を確かめようとして、蓮君の首に触った？」

「はい」

なるほど、これで蓮の首に指紋がついていた理由が分かった。

「そうなることは――蓮君が亡くなるかもしれないことは意識していた？」

美唯が核心に入る。死ぬかもしれないと意識していたかどうか――未必の故意があったかどうかは、罪状を決める際に極めて重要なポイントになる。死ぬ可能性があると分かっていてその行為に及んだら殺人、そうでなければ傷害致死。罪の重さがまったく違う。そして夏海は「死ぬかもしれないと分かっていた」と認めた。

「泣いてうるさいから、黙らせようと思った？　今までも、そういうことをしたことはある？」

「あります」

「いつも、死ぬかもしれないと思った？」

「――はい。でも、しょうがないかなって」

「しょうがない？」

「蓮は、全然言うことを聞かないんです。こっちがおかしくなりそうで」

「そうか……大変だったんだ」美唯が同情のこもった声で言った。本心からの言葉に思える。たぶん美唯にも子どもがいて、警察官としての仕事をこなしながら子育てする、慌ただしい日々を経験してきたのだろう。「でも、蓮君が死んだ事実に変わりはありません。当日の様子、それと、今までの様子についても、できるだけちゃんと話して」

「蓮は……」

「うん？」

「蓮を産んだのは間違いだった。あの子、全然幸せになれなかった。私と同じ」

「母子家庭だから、という意味？」

「ずっと、他の子が羨ましかった。何でうちには父親がいないのかって、子どもの頃から寂しかった」

その言葉が晶の胸に刺さった。自分も片親——父が自死を選んだのは、晶が大人になってからだが、それでも母親しかいないという事実を時々嚙み締めて、辛い気分になることがある。岡江もそうだ。いや、岡江の場合、事情はもっと複雑である。子どもの頃に母親と一緒にいたり、父親と暮らしたり、母親が違う妹が近くにいたり……それが彼の人格形成に大きな影響を与えたのは間違いない。

母子家庭の子ども同士が一緒に暮らして、母子家庭の子どもを殺してしまった。

「分かった。あなたの育った環境には同情します。でも、それはあまり言い訳にならない。自分がしたことの責任をきちんと感じて」

「私は別に……」

「私も、一人で子どもを二人、育てている」

晶は思わず組んでいた腕を解き、画面に近づいた。もしかしたら、夏海を素直に話させるために嘘を言っている？　違う。取り調べは全人格での戦いだ。取り調べる方も絶対に嘘を言ったり、脅したりしてはいけない——それが基礎の基礎だ。

「だから、あなたが蓮君に対して怒ることがあるのも分かる。子どもは言うことを聞かないからね。でもそれは、どんな家でも同じ。あなたがどうして、蓮君が死んでもいいと思ったのか、これから二人で考えていこう」

「私は、一人です」夏海がうつむいたまま言った。

「違う。少なくともこれからしばらくは、常に私が一緒にいます。二人で一緒に考えるの。それが私の責任だから」

夏海がのろのろと顔を上げる。目には涙が滲んでいた。少しだけ感情が透けて見える——これまでは、感情をインストールされていないロボットのような感じがしていたのだが、今は違う。幼い弱さ、母親としての後悔、これからの人生に対する暗い見通し——そういうものが一気に押し寄せてきて、初めてナイフの切先を突きつけられたような恐怖を感じているのかもしれない。もちろん夏海は、子どもの頃から様々な恐怖を味わってきたはずだ。しかしそれは、真綿で首を絞めつけられるような、あるいは暗闇の中を手探りで歩くような恐怖だったのではないだろうか。新たな鋭い恐怖と向き合って、乗り越えていけるかどうか。

「お疲れ」背後から声をかけられ、振り向く。何故か支援課課長の亮子が立っていた。

「お嬢様方、食事は？」

「まだですけど、食べる気にはなれません。秦、行ってきたら？」

「いやあ」香奈江が微妙な表情を浮かべる。

「あら、私と一緒じゃ嫌なの？」亮子が悲しげな表情を浮かべる。

「いや、そうじゃなくて」香奈江が「先輩が行かないのに、私だけ行くのは申し訳ないですから」

「柿谷は、後輩に慕われてるわけね」

「いえ……同情してもらうのは情けない限りです」

「まあ、あなたが自虐的になるのは別に止めないけど、取り敢えずお茶でも飲もうか。お茶ならいいでしょう」

この場を美唯に任せても、問題はないだろう。彼女は同じシングルマザーという立場を生かして、確実に夏海の心に食いこみつつある。今の立場は容疑者――支援課として、夏海に手を貸す必要はもうなくなった。

「じゃあ……行きます」

とはいっても、西ケ原駅の近くにはお茶が飲めるような店がないことは分かっている。どうするかと思ったら、亮子は本郷通りを王子駅方面へ向かって歩き始めた。すぐに飛鳥山《あすかやま》公園に入り、迷わず園内を歩いて行く。そのまま、博物館の中にあるカフェに入った。

「こういう公共施設のカフェやレストランって、馬鹿にできないのよ。リーズナブルで美味しいし。そう言えば、区役所の食堂食べ歩きを趣味にしている人もいるみたいね」席についた亮子が、気楽な調子で話し続ける。

「どこが一番美味しいんですかね」香奈江も気軽に応じる。

「どうかしら。新しいところの方が美味しいと思うけど、私にはそういう比較をする趣味はないから」

カフェに落ち着く。店内は明るく、感じは悪くない――明る過ぎて、シビアな話をするには合わないが。しかし亮子が褒めた中で、「安くて」というのはその通りだった。きちんと座ってお茶が飲める店で、コーヒー三百八十円というのは、都内では最安レベルだろう。残念ながらエスプレッソはない。

「本当に食べなくて大丈夫？」

亮子がメニューを渡してくれる。カレーライスにハヤシライス、スパゲティと軽食は揃っているものの、やはりまだ食欲は湧かない。

「今はやめておきます」

三人で揃ってコーヒーを頼んだが、香奈江はすぐにカフェオレに注文を変えた。少しでも空腹を癒してくれるものを――と考えたのだろう。遠慮しないで食べればいいのに、と思ったが、香奈江はそういうことができない人だ。

「ダメージレベルはどれぐらい？」亮子がさらりと訊ねる。

「どうですかね」九十パーセントまではきていると思うが、自分では認めたくなかった。

「まだ終わってないから。それを言いに来たのよ」

「何ですか？」

「夏海さんの家族――母親に対応しないといけないでしょう」

「それは静岡県警の仕事だと思います」

「向こうとはもう話をしたわ。予想されるのは、母親の仕事への影響」

「ああ……」

それは考えていなかった。夏海は「被害者の母親」から「加害者」になってしまった。今後、マスコミも大きく取り上げるに違いない。当然、母親の周囲の人にも分かってしまうだろう。母親が勤める高齢者施設の管理者は、この状況をどう考えるか――辞めさせる権利はないはずだが、母親の方で気を遣って身を引く可能性は少なくない。

「私にどうしろと言うんですか」

「きちんとフォローしてあげて。そこまで面倒を見る必要があると思うわ」

「できません」晶は言い切った。情けないが、本当に無理だと思う。強気になれないし、いい加減に話を合わせることもできない。

「そう……途中で投げ出すんだ」

「私がやっていいこととは思えません」

「業務命令でも？」

晶は口をつぐんだ。命令――警察においては絶対的な意味を持つ言葉である。理不尽な命令には逆らう権利があると思うが、この件はどうなのだろう。

「母親と連絡を取って、やれるべきことはやっておいて」

「分かりました、しか返事は許されないですよね」

「そう言ってもらえたらいいわ。お茶を飲んで一休みしたら、すぐに動いて」

「課長、私が……」香奈江が遠慮がちに申し出た。

「もちろん、あなたにもやってもらう」亮子が平然と言った。「今の柿谷は、実力の半分も出せないはずだから」

「そんなこと、ありません」晶としては否定するしかなかった。

「だったら、よろしく」

そこで飲み物が運ばれてきた。ブラックでコーヒーを一口飲んだ晶は、薄い味に不満を覚えたが、ここは胃が温まるだけでよしとしよう。何か食べないと……ここでへばっているわけにはいかない。亮子のきつい指示にはむかつくが、自分にはまだやることがある——それは間違いないのだ。

「……ナポリタン、頼んでもいいですか」

「どうぞ」亮子が平然と言った。「何だったら奢《おご》るけど」

「自分で払います」

どうしてこんなに頑なになるのか、自分でも分からない。ただ、突っ張っていないと崩れ落ちてしまいそうだった。

「柿谷は、支援課の新しい時代を作っていかないといけないのよ。それが私たちの願い」

「分かってます」

「社会も事件もどんどん複雑になっていく。簡単には解決できないし、支援活動も今まで以上に難しくなるでしょう。それでも柿谷には、きちんと対応してもらいたいの。あなたならそれができると思っている」

「もちろんです」

「じゃあ……私もナポリタン、食べようかな」亮子がようやく微笑んだ。

「乗っかっていいですか」香奈江が小さく手を挙げた。

「もちろん――これは打ち上げじゃなくて、単なるランチだから、打ち上げにはもっと豪華な食事を用意するわ」

「打ち上がらないと思います――この件は。ずっと続きそうです」

晶の指摘に、亮子が絶望的な表情を浮かべた。

6

夏海の母親、貴恵は晶との面談を拒絶し続けた。晶は何度も電話をかけ、一度は直接会いに行き、何とかきっかけを摑もうとしたのだが、その都度「言うことはない」で会話が終わってしまっていた。

それを救ってくれたのは、不動産屋だった。夏海が逮捕されてしまい、部屋の家賃を払う人がいなくなった。身柄を拘束された夏海には、家賃を払い続ける余裕があるわけもなく、弁護士を通じて「契約を解除したい」と伝えてきた。弁護士――神岡が選任されていた——が不動産屋にその意向を伝え、退去するために荷物を片づけなければならなくなって、とうとう母親が上京してきたのだった。十二月二十日。

これはチャンスだと晶は思った。部屋の片づけを手伝う中で、少しでも会話を交わして夏海との関係を取り持ちたい。そう考え、神岡と一緒にアパートを訪ねたのだった。

部屋のドアは開いていて、貴恵が忙しく立ち働いているのが見えた。ただし、表情は一切ない。機械が動いているようだった。

「失礼します」晶は開いたままのドアの隙間から顔を突き出し、声をかけた。狭い部屋故、貴恵がすぐに気づいて、嫌そうな表情を浮かべた。

「今度は何ですか」

「お手伝いに来ました。人手が必要なら、他にも応援を呼べます」

「結構です」

「片づけるの、大変じゃないですか」元々無駄に物が多い部屋で、しかもかなり汚れている。不要なもの——貴恵は全てが不要と考えるかもしれない——を処分して、部屋を綺麗にするのに、一日や二日では済まないかもしれない。捨てるもの、引き取るものを選別するだけで、時間が過ぎてしまうだろう。

狭い玄関には、ビニール袋の塊が大量にできていた。不要品をまとめたのだろうが、きちんと分別できているかどうか……ゴミの分別は自治体によって細かくルールが違い、初めての場所でゴミ捨てをする時は、かなり気を遣うのだ。

「これじゃ、終わりませんよ。一人では無理です」

「終わるまでやりますから」貴恵が平然と答える。

「でも、お仕事は……」

「辞めました」貴恵があっさり言い切った。

「職場で何か言われたんですか」この情報は初耳だった。

「いいえ」貴恵の顔からまた表情が消える。「そういうことを言う人がいる職場じゃないです。いい職場だと思います。でも、利用者さんを不安にさせるといけないので、辞表を出しました」

晶は隣に立つ神岡の顔を見た。神岡がゆっくりと首を横に振る。この情報は彼も摑んでいなかったようだ。

「生活は大丈夫なんですか」

「余計なお世話です」貴恵が反発する。「今まで、何度も仕事は変わってきました。仕事なんか、いくらでも見つかります——選ばなければ」

「困っていることがあれば、何でも相談に乗ります」

「結構です」貴恵が拒絶する。「こんなことになったら、何を言われても、何が起き

「責任を感じておられるんですか」

「そう考えてもらってもいいです。もっとちゃんと躾《しつ》けておけば、あんな変な子にはならなかった」

この辺りの感覚のずれは、もはやどうしようもないだろう。離婚した後、貴恵はますます娘をきちんと育てようと意思を固めたはずだ。そのために厳しく当たり、手を上げることもあったかもしれない。ひとえに娘のためを思ってだったのだろうが、夏海の方では当然、それを疎ましく思っていた。結果、家を飛び出してしまう——貴恵にすれば、自分の子育てを我が子に全否定されたような気分だろう。何が起きても「勝手にしろ」と開き直ってもおかしくない。そうしないと、貴恵も精神状態をきちんと保てないだろう。

「とにかく、放っておいて下さい。一人でやれます」貴恵の視線はきつい。

「分かりました」この人の拒絶はいつも激しい。亮子はきちんとフォローするように命じたが、それはあくまで相手が助けを求めてきた時のことである。これからも折に触れて電話をかけ、様子を窺うことになるだろうが、拒絶の繰り返しになることは容易に予想できた。「でも、何かあったらいつでも連絡して下さい」

「いいえ、結構です」

頑なな態度に、晶は一つだけ意地悪な質問をぶつけた。本音を吐き出させて壁を崩したい、という気持ちもあった。

「夏海さんが、こんなことをするような人だと思っていましたか」

貴恵の眉がぴくりと動く。ゴミをビニール袋に突っこむ動きを止めて、ゆっくりと立ち上がった。

「あの子は、昔からちょっと変わってました」

「どんな風にですか」

「昔、猫を飼っていたんです。本当は、飼っちゃいけないアパートだったんですけど、内緒で……でもあの子は、その猫を殺した」

「殺した？」晶は背筋に冷たいものが走るのを感じた。

「仕事から帰って来たら、アパートの前の空き地に穴を掘って、猫を埋めていたんです。驚いて『何してるの！』って聞いたら、大家さんに見つかったから殺したって……平然と答えたんです」

「それは何歳ぐらいの時ですか」

「七歳……八歳になった時です。だから元々、命に関する感覚が、人とはちょっと違うのかもしれない」

晶は、静かな衝撃を感じた。虐待を受けた子どもが、動物などに当たるようになるという話は枚挙にいとまがない。残忍な犯罪に走った人の過去を探ると、子ども時代に動物を虐待していた、という話が出てくることもある。夏海もそういうことなのか？　捜査本部は、彼女の心の闇にどこまで迫っていけるだろう。

「だから、こういうことをしてもおかしくないと思ってるんですか」

「そんなこと、私には分かりません。でも私は、どこかで子育てに失敗したんだと思います。離婚したのがそもそもの失敗だったかもしれないけど、とにかく……でも、どこで何を間違ったのか、本当は分かりません」

「事件については、あなたが責任を負うことはないんですよ」

「もちろん、負いません」貴恵があっさり言った。「あれこれ言う人がいるから、もうあの街にはいられませんけど、私は元々あそこの生まれでもないし、一人でどこでも暮らしていけます」

「夏海さんはどうするんですか？　刑に服して、いずれは出てくるんですよ」

「私には関係ありません。この家を片づけ終わったら、もう終わりです。夏海が何をしようが、どう生きていこうが、知りません」

背中を向け、テレビ台に置いてあるデジタルフォトフレームを取り上げた。

「そこに写っているのが蓮君です。可愛いですよね？　あなたにはお孫さんがいたんですよ」

「関係ないです」

デジタルフォトフレームを元に戻して、貴恵がこちらを見る。

心はまったく動かされていないようだった。


「どうしますか？ この状態だと、これ以上は手を出せませんよ」アパートを出て、西ケ原駅へ歩き始めた途端に、神岡が言った。

「うちとしては、これ以上は何もできないです。そういう決まりですから。先生こそ、どうするんですか？」

「私は夏海さんの弁護士ですからね。夏海さんが希望することに関しては努力しますが、ご家族のことまでは……夏海さんが母親に会いたいと言えば交渉しますが、夏海さんも母親を拒絶しています」

「私たちにできることは、もう何もないですね」晶は溜息をついた。夏海の母親が最後の希望だと信じていたのだが、たった今、それは完全に消えた。

「どうします？ 飯でも食べますか？」

確かに昼時だが、とてもそんな気になれない。そう言えば……今朝、久しぶりに体重計に乗ったら、二キロも減っていた。自分も確実にこの事件に蝕《むしば》まれていたのだと意識する。

「今日はやめておきます」

「そうですか。でも、いつでも言って下さい。相談にも乗るし、飯にもつき合います」

「先生は、私の弁護士じゃないんですよ」

「だったら、どういう――」

彼の言葉が途中で耳に入らなくなった。向こうからやってくる人の姿に目を奪われる。朋恵。

「飯塚さん」

晶は思わず声をかけて、早足で歩き出した。ここへ来た用事は、一つしか考えられない。朋恵がはっと顔を上げて、バツが悪そうな表情を浮かべる。

「もしかしたら、夏海さんの家に来たんですか」

「……そう」

「今、夏海さんのお母さんが片づけをしています」

「私も……何かできるんじゃないかって思って来たんだけどね」

「夏海さんのお母さんと面識はありますか」

「ないわ」

「だったら今、ちょっと話しませんか？　対策を立てる必要があります。私たちも今、追い出されたばかりなんですよ」

「そんなにひどいの？」朋恵が目を細める。

「ええ。いきなり行っても、話もできないかもしれません……ちょっと、近くの公園で話しませんか？」

「そうね」

同意した朋恵を連れて、公園に向かう。夏海と何度か話した公園。嫌な記憶が蘇《よみがえ》ってくるが、何とか耐えた。

晶は、これまでの貴恵とのやりとりを説明した。朋恵の表情が、どんどん暗くなっていく。

「本格的なセラピーが必要な感じじゃない？」

「私もそう思いますけど、たぶん拒絶すると思います。そういう人なんです」

「そう……でも私は、話してみる。手伝えることがないか、一緒に考えてみる」朋恵がベンチから立ち上がった。

「私たちも苦労しました。難しいと思います」

「あなたたちは最初だけでしょう。私はずっと、夏海とつき合う覚悟はできているから」

「どうしてそこまで、夏海さんに関わろうとするんですか？」

そこまでの強い気持ちがあるなら、ずっと面倒を見ておくべきだったのではないか。夏海の方から遠ざかっていったとはいえ、しつこく言えば朋恵を頼ったはずである。それほど夏海は困窮していたのだから。しかし、拒絶し続ける相手の懐に飛び込み、心を開かせるのは本当に難しい。晶もそれを経験したばかりだった。

「自分のやってきたことが中途半端だったから。夏海の親代わりかもしれないって思ったこともあったけど、結局親にはなれなかった。でも、親じゃなくてもできることはあるはずだったのよ。私には努力が足りなかった」

「そこまでご自分を追いこむことはないと思います」

「気づいてやるべきだったかもしれない」

「何にですか？」

朋恵が溜息をついて、ゆっくりと首を横に振る。

「夏海は不安定な子だった。まだ子どもだからだろうと思ってたけど、実際には心に闇を抱えていたのね。それを見抜けなかったのは私の責任」

猫を殺した話を打ち明けようかと思った。しかしその件を伝えると、朋恵はまた衝撃を受けるだろう。晶も立ち上がり、彼女と正面から向き合った。

「一緒に暮らしているわけではないんですから、人の本性は簡単には見抜けないと思います」

「水谷君を紹介したのが、そもそもの間違いだった。夏海が自立して大人になるには、パートナーがいた方がいいと思ったけど、それは完全に私の判断ミスだった。二人の関係はこじれてしまって、あの子も全然成長できなかったし、その後も……」

「水谷さんが帰国してからのことですね」晶は指摘した。

「水谷君は夏海のことが忘れられなくて……それにほだされて、子どものことを教えてしまったのは大失敗だった。水谷君は真面目だから、子どものことを知ったら責任を取りたいって思うぐらい、当然予測しているべきだったのに。でも私は、つい話してしまった。水谷君を殺したのは私なのよ」

「違います。水谷さんを殺したのは岡江です」

「その岡江のことだって、夏海にもっときつく言って、くっつかないようにしておけばよかった。あんな男とつき合うようになったから、こんなことに……」朋恵が、目尻に溜まった涙を指先で拭った。

朋恵は、関係者ということで捜査本部に何度も呼ばれ、事情を話していた。その中で、夏海に対して「寛大な処置を」と頭を下げたことを晶も知っている。それだけ責任を感じているのだろうが……確かに朋恵が水谷殺しのきっかけを作ったことになるが、その責任を法的に問うことはできない。そもそも朋恵は、水谷に同情してこの情報を伝えてしまったのだし、悪気はなかった、ということだ。

「あなたは、夏海を怪物だと思う?」

「——いえ」

「世間はそう見てるのよ。ネットで『モンスター母』なんて呼ばれてるの、知ってる?」

「把握してます」

「でも、本当にモンスターみたいな人なんて、滅多にいないでしょう。夏海は育ちや性格のせいもあって、他人や世間と折り合うのが下手だった——私はそれだけのことだと思うわ」

「同意します」どうにもならない、理解もできない人間がいるのは間違いない。しかし夏海をそういう人の仲間入りさせるのは、間違ったカテゴライズだと思う。少し変わった子だし、その性格は晶には理解しにくいものの、頭から否定するわけにはいかない。警察官としても、人間としても。

「とにかく私は、責任を取ります。夏海の面倒を最後まで見ます」

「大変なことだと思いますよ」

「夏海、刑務所に入るんでしょうね」

「……執行猶予がつく可能性は高くないと思います」蓮を殺したこともそうだが、岡江に罪を押しつけ、警察の捜査を混乱させた責任も重い。

たって」

「長くなるのかな」

「それは、警察官である自分には何とも言えません」

「長くなることを覚悟しないとね。出てくるまで、私も元気でいないと。夏海が出てきたら、迎えに行きたい」

晶は、黙って頭を下げるしかできなかった。ここまで覚悟を持っている人に対しては「頑張れ」という言葉さえ意味を成さない。せめて、夏海の面倒を見るという朋恵に寄り添って、一緒にできることがないか、探っていくだけだ。

「じゃあ、夏海のお母さんに会ってきます。会って謝るわ。私のフォローが足りなかったって」

「気をつけて下さい。お母さんは、全てを拒絶している感じですから」

「ゆっくりやるわ。年齢が近い同士だから、話ぐらいはできるかもしれない——あなたと違ってね」

「そうですか……」自分も行くべきだろうか、と一瞬考えた。しかし貴恵は、自分の顔を見るとさらに頑なになってしまうだろう。ここは朋恵に任せよう、と決めた。

「どんな感じだったか、後で教えてもらえませんか」

「あなたもまだ関わるつもり？」

「飯塚さん、一つ勘違いしています。前にも、最初だけ面倒見ても、後は知らんぷり……なんて言いましたよね？　でも違います。私たちは、相手に必要とされる限り、支援を続けます」

「そう……人はやっぱり、一人じゃ生きていけないのね。誰か支えてくれる人が必要──あなたには、ちゃんとそういう人がいるみたいだけど」朋恵が神岡の顔を見た。

「違います。この人は、夏海さんの弁護士です」晶は慌てて訂正した。

「失礼。でも、そういう雰囲気だったから」朋恵の顔にようやく笑みが浮かんだ。

「仕事仲間には見えないわよ」

「単なる仕事仲間です」厳密にはそうも言えないのだが。今は協力し合っているとはいえ、警察官と弁護士は決して仕事仲間ではない。

「まあまあ、お似合いなのに」

「やめて下さい」晶は本気で抗議した。

「あら、ごめんなさい」朋恵が声を上げて笑う。「こういうお節介はよくないって、分かってるんだけどね」

一礼して朋恵が踵を返した。その背中が頼もしく見える。ここまでひどい状況になっても、まだ手を差し伸べてくれる人がいる──晶は最後の光を見た。

そして、自分が光になれそうにないのが悔しかった。

「さて、どうしますか」神岡が軽い口調で問いかけた。

「駅で解散です」晶は神岡の目を見ずに言った。

「飯はどうしますか?」

「やっぱりやめておきます」晶はきっぱり言い切った。「先生……誘うならもう少しタイミングを考えて下さい。今、そんな精神状態じゃないですよ」

「私は仕事仲間なんでしょう? だったら、仕事の途中で食事をするのは不思議でも何でもない。あなたも、同僚の人と――」

「そこまでにしましょうか」この人の考えていることは、未だにさっぱり分からない。晶のことを恋愛対象として見ているのか、あるいは単に気を遣っているのか……。「そもそも、西ケ原の駅前には、食事ができる場所もないんです」

「だったら王子まで出てもいいですよ。王子は地味かなあ」

「王子だったら、トンカツ」先日香奈江から教えてもらった店を思い出した。

「昼からトンカツ?」神岡が目を見開く。「ヘビーですね」

「先生、もう少し食べた方がいいんじゃないですか? 痩せ過ぎですよ」

「ダイエット中なので」神岡が肩をすくめる。

「必要ないでしょう」

「服を着てると分からないかもしれないけど、毎晩風呂上がりに鏡を見てがっかりしてますよ」

「じゃあ、昼は抜きましょうか」

「まあ……トンカツ、つき合いますよ」

王子までは一駅、一キロぐらいだろう。十二月に入って急に寒くなってきたが、歩くのが辛いほど、風が強いわけではない。

「少しは気が楽になったんじゃないですか」神岡が話しかける。「飯塚さんの言葉や行動が助けになった」

「立場が逆です。私が助けなければいけないのに。とにかく、今回の失敗は取り戻せません」

「逆に、支援課の仕事の『成功』って何なんですか」神岡が唐突に問いかけた。

「それは、被害者やその家族に立ち直ってもらって――」

「一時的にそう見えても、後からダメージが出てくることもあるでしょう。だから、成功したと思っても最初からやり直しになることもあり得る」

「――ええ」

「だから、失敗とか成功とか、考えない方がいいですよ。一喜一憂しないのが一番じゃないですか」

「先生、人を励ますのが得意なのか苦手なのか、よく分かりませんね」

「いやあ」神岡が頭を掻《か》いた。「僕も自分でよく分からないんですよ。毎日試行錯誤ですね。あなたと同じで」

そんなことで歩みが同じと言われても。晶は緩んだ表情を隠すためにうつむいた。しかしほどなく顔を上げ、歩くスピードを上げる。真っ直ぐ前を見て。光を求めて。

本書は文庫書下ろしです。
この作品はフィクションであり、実在する
個人や団体などとは一切関係ありません。

|著者|堂場瞬一　1963年茨城県生まれ。2000年、『８年』で第13回小説すばる新人賞を受賞。警察小説、スポーツ小説など多彩なジャンルで意欲的に作品を発表し続けている。著書に「支援課」「刑事・鳴沢了」「警視庁失踪課・高城賢吾」「警視庁追跡捜査係」「アナザーフェイス」「刑事の挑戦・一之瀬拓真」「捜査一課・澤村慶司」「ラストライン」「ボーダーズ」などのシリーズ作品のほか、『宴の前』『帰還』『凍結捜査』『決断の刻』『ダブル・トライ』『コーチ』『刑事の枷《かせ》』『沈黙の終わり』（上・下）『赤の呪縛』『大連合』『聖刻』『０ ZERO』『小さき王たち』『焦土の刑事』『動乱の刑事』『沃野の刑事』『鷹の系譜』『風の値段』『ザ・ミッション THE MISSION』『ラットトラップ』『デモクラシー』など多数がある。

最後《さいご》の光《ひかり》　警視庁総合支援課《けいしちょうそうごうしえんか》２
堂場瞬一《どうばしゅんいち》

2023年８月10日第１刷発行

発行者──髙橋明男
発行所──株式会社　講談社
東京都文京区音羽2-12-21　〒112-8001
電話　出版（03）5395-3510
　　　販売（03）5395-5817
　　　業務（03）5395-3615

Printed in Japan

講談社文庫
定価はカバーに表示してあります

KODANSHA

デザイン─菊地信義
本文データ制作─講談社デジタル製作
印刷───大日本印刷株式会社
製本───大日本印刷株式会社

ISBN978-4-06-532550-6

講談社文庫刊行の辞

二十一世紀の到来を目睫に望みながら、われわれはいま、人類史上かつて例を見ない巨大な転換期をむかえようとしている。

世界も、日本も、激動の予兆に対する期待とおののきを内に蔵して、未知の時代に歩み入ろうとしている。このときにあたり、創業の人野間清治の「ナショナル・エデュケイター」への志を現代に甦らせようと意図して、われわれはここに古今の文芸作品はいうまでもなく、ひろく人文・社会・自然の諸科学から東西の名著を網羅する、新しい綜合文庫の発刊を決意した。

激動の転換期はまた断絶の時代である。われわれは戦後二十五年間の出版文化のありかたへの深い反省をこめて、この断絶の時代にあえて人間的な持続を求めようとする。いたずらに浮薄な商業主義のあだ花を追い求めることなく、長期にわたって良書に生命をあたえようとつとめるところにしか、今後の出版文化の真の繁栄はあり得ないと信じるからである。

同時にわれわれはこの綜合文庫の刊行を通じて、人文・社会・自然の諸科学が、結局人間の学にほかならないことを立証しようと願っている。かつて知識とは、「汝自身を知る」ことにつきていた。現代社会の瑣末な情報の氾濫のなかから、力強い知識の源泉を掘り起し、技術文明のただなかに、生きた人間の姿を復活させること。それこそわれわれの切なる希求である。

われわれは権威に盲従せず、俗流に媚びることなく、渾然一体となって日本の「草の根」をかたちづくる若く新しい世代の人々に、心をこめてこの新しい綜合文庫をおくり届けたい。それは知識の泉であるとともに感受性のふるさとであり、もっとも有機的に組織され、社会に開かれた万人のための大学をめざしている。大方の支援と協力を衷心より切望してやまない。

一九七一年七月

野間省一

講談社文芸文庫

伊藤痴遊

隠れたる事実　明治裏面史

歴史の九割以上は人間関係である！　講談師にして自由民権の闘士が巧みな文辞で説く、維新の光と影。新政府の基盤が固まるまでに、いったいなにがあったのか？

解説＝木村　洋

いＺ１

978-4-06-512927-2

伊藤痴遊

続　隠れたる事実　明治裏面史

維新の三傑の死から自由民権運動の盛衰、日清・日露の栄光の勝利を説く稀代の講釈師は過激事件の顛末や多くの疑獄も見逃さない。戦前の人びとを魅了した名調子！

解説＝奈良岡聰智

いＺ２

978-4-06-532684-8

講談社文庫　目録

西尾維新　掟上今日子の推薦文
西尾維新　掟上今日子の挑戦状
西尾維新　掟上今日子の遺言書
西尾維新　掟上今日子の退職願
西尾維新　掟上今日子の婚姻届
西尾維新　掟上今日子の家計簿
西尾維新　掟上今日子の旅行記
西尾維新　新本格魔法少女りすか
西尾維新　新本格魔法少女りすか2
西尾維新　新本格魔法少女りすか3
西尾維新　新本格魔法少女りすか4
西尾維新　人類最強の初恋
西尾維新　人類最強の純愛
西尾維新　人類最強のときめき
西尾維新　人類最強のsweetheart
西尾維新　りぽぐら！
西尾維新　悲鳴伝
西尾維新　悲痛伝
西尾維新　悲惨伝
西尾維新　悲報伝
西村賢太　どうで死ぬ身の一踊り
西村賢太　夢魔去りぬ
西村賢太　藤澤清造追影
西村賢太　瓦礫の死角
西川善文　ザ・ラストバンカー〈西川善文回顧録〉
西川　司　向日葵《ひまわり》のかっちゃん
西　加奈子　舞台
丹羽宇一郎　民主化する中国〈習近平がいま本当に考えていること〉
貫井徳郎　新装版 修羅の終わり(上)(下)
貫井徳郎　妖奇切断譜
額賀　澪　完パケ！
A・ネルソン　「ネルソンさん、あなたは人を殺しましたか?」
法月綸太郎　法月綸太郎の冒険
法月綸太郎　新装版 密閉教室
法月綸太郎　怪盗グリフィン、絶体絶命
法月綸太郎　怪盗グリフィン対ラトウィッジ機関
法月綸太郎　キングを探せ
法月綸太郎　名探偵傑作短篇集 法月綸太郎篇
法月綸太郎　新装版 頼子のために
法月綸太郎　誰《たそ》彼《がれ》〈新装版〉
法月綸太郎　法月綸太郎の消息
法月綸太郎　雪密室〈新装版〉
乃南アサ　不発弾
乃南アサ　地のはてから(上)(下)
乃南アサ　チーム・オベリベリ(上)(下)
野沢　尚　破線のマリス
野沢　尚　深紅
野村克也／宮本慎也　師弟
乗代《のりしろ》雄介《ゆうすけ》　十七八《じゅうしちはち》より
乗代雄介　本物の読書家
乗代雄介　最高の任務
橋本　治　九十八歳になった私
原田泰治　わたしの信州
原田泰治／原田武雄　泰治が歩く〈原田泰治の物語〉
林　真理子　みんなの秘密
林　真理子　ミスキャスト
林　真理子　ミルキー

2023年6月15日現在